用文字照亮每个人的精神夜空

虚的美往往比实的美来得更动人。

——陈从周

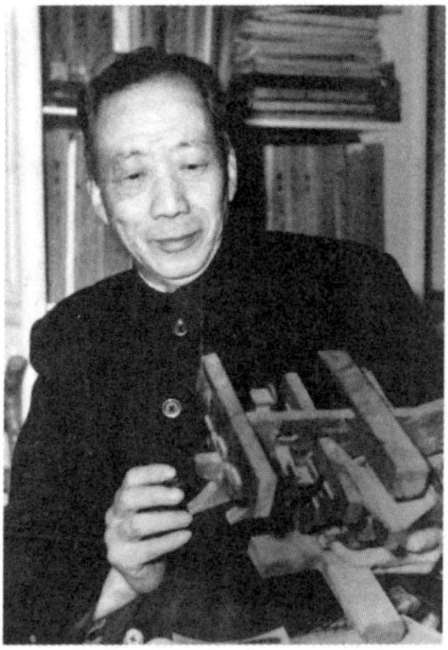

陈从周作品精选

# 帘青集

陈从周 著

燕山大学出版社
·秦皇岛·

**图书在版编目（CIP）数据**

帘青集 / 陈从周著 . -- 秦皇岛 ：燕山大学出版社，2025. 3. --（陈从周作品精选）. -- ISBN 978-7-5761-0770-8

Ⅰ . I267

中国国家版本馆 CIP 数据核字第2024EY5864号

## 帘青集
## LIAN QING JI

陈从周 著

| | | | |
|---|---|---|---|
| 出 版 人：陈　玉 | | 选题策划：北京领读文化 | |
| 责任编辑：刘　阳 | | 特约编辑：田　千　贺晓敏 | |
| 责任印制：吴　波 | | 封面设计：InnN Studio | |
| 出版发行：燕山大学出版社 | | 电　　话：0335-8387555 | |
| 地　　址：河北省秦皇岛市河北大街西段438号 | | 邮政编码：066004 | |
| 印　　刷：河北赛文印刷有限公司 | | 经　　销：全国新华书店 | |
| 开　　本：889 mm×1194 mm　1/32 | | 印　　张：12.5 | |
| 版　　次：2025年3月第1版 | | 印　　次：2025年3月第1次印刷 | |
| 书　　号：ISBN 978-7-5761-0770-8 | | 字　　数：202千字 | |
| 定　　价：78.00元 | | | |

**版权所有　侵权必究**

如发生印刷、装订质量问题，读者可与出版社联系调换

联系电话：0335-8387718

# 目 录

- 1 贫女巧梳头
- 7 中国诗文与中国园林艺术
- 14 明清园林的社会背景与市民生活
- 19 郭庄桥畔立斜阳
- 21 历史文化名城
- 25 说"屏"
- 30 说"帘"
- 35 说"影"
- 38 水边思语
- 41 天工园
- 43 先绿后园

| | |
|---|---|
| 45 | 与少年们谈园林 |
| 48 | 不到园林,怎知游客如许 |
| 50 | 钟情山水　知己泉石 |
| 57 | 水竹宜人 |
| 59 | 轻风柔波 |
| 62 | 蕉叶钟情 |
| 66 | 造风景还是煞风景 |
| 74 | 园林清议 |
| 80 | 曲水青溪　夕阳红半 |
| 82 | 鸟语花香 |
| 85 | 园林分南北　景物各千秋 |
| 88 | 谈谈色彩 |
| 91 | "三好坞"谈往 |
| 94 | 秋水 |
| 97 | 淡妆西子 |
| 100 | 春帆得意上高邮 |
| 103 | 香港侧影之一 |

| | |
|---|---|
| 107 | 香港侧影之二 |
| 110 | 香港侧影之三 |
| 112 | 香港侧影之四 |
| 115 | 香港侧影之五 |
| 118 | 说绍兴 |
| 124 | 厦门第一泉 |
| 127 | 东游鸿爪 |
| 133 | 定亭记 |
| 134 | 重建阳谷狮子楼记 |
| 135 | 铭语小记 |
| 140 | 陈墓砖瓦馆 |
| 143 | 梅亭话旧 |
| 146 | 不要忘了这颗明珠 |
| 148 | 说桥梁 |
| 153 | 贝聿铭与贝寿同 |
| 155 | 周叔弢与扬州小盘谷 |
| 157 | 瘦影 |

| | |
|---|---|
| 162 | 老师和笔砚 |
| 165 | "香"思 |
| 167 | 我的第一本书 |
| 170 | 丰实在望 |
| 172 | 也说师道 |
| 174 | 书边人语 |
| 185 | 读书忆旧 |
| 189 | 杂书要有目的地读 |
| 191 | 《理想·生活·学习》读后 |
| 194 | 写给同济大学函授同学 |
| 197 | 课余沉思 |
| 200 | 乐莫乐新相识 |
| 203 | 春兰乍放话昆曲 |
| 205 | 外国人看昆剧 |
| 208 | 大学生看昆剧 |
| 211 | 昆剧与建筑园林 |
| 214 | 山谷清音 |

| | |
|---|---|
| 217 | 希望昆剧去海盐 |
| 219 | 贝聿铭苏州听曲 |
| 221 | 清丑 |
| 225 | 《吴之翰诗词集》跋 |
| 226 | 《朱蠖公（启钤）先生九十寿言集》序 |
| 227 | 《旧藏饼饵干鲜果品货单》序 |
| 246 | 《中国古典名园》序 |
| 248 | 《徐志摩全集》序 |
| 250 | 徐志摩白话词手稿 |
| 261 | 徐志摩日记的发现 |
| 266 | 读《林徽因诗集》 |
| 269 | 俞陛云《蜀輶诗记》序 |
| 270 | 《朱屺瞻年谱》序 |
| 272 | 《艺坛侧影》序 |
| 274 | 园林春色如许 |
| 277 | 《中国古代苑囿》序 |
| 278 | 读《红楼识小录》 |

| | |
|---|---|
| 280 | 《红楼梦风俗谭》序 |
| 283 | 《园林揽胜》序 |
| 284 | 《旧城新录》序 |
| 286 | 《建筑艺术文化经纬录》序 |
| 288 | 《园林美学》序 |
| 291 | 《杭州园林》序 |
| 294 | 《昆山亭林公园导游册》序 |
| 295 | 影印明《鲁般营造正式》序 |
| 297 | 《花鸟鱼虫》序 |
| 300 | 向晚的五月天 |
| 302 | 鬓影衣香 |
| 304 | 说"茶" |
| 307 | 说"兰" |
| 310 | 不毛之地 |
| 313 | 艺菊歌 |
| 316 | 阿 Q 的帽子 |
| 318 | 花边人语 |

| | |
|---|---|
| 321 | 迎春寄语 |
| 323 | 佳节又而今 |
| 325 | 国民党党歌的作者 |
| 327 | "有路"和"有数" |
| 329 | "请示"与"研究" |
| 331 | 说"鬼" |
| 335 | 踢足球 |
| 337 | 阿Q同乡 |
| 339 | 怕君着眼未分明 |
| 341 | 必也正名乎 |
| 344 | 废话也许有益 |
| 346 | 老年人要"老实" |
| 349 | 校书扫落叶　无错不成书 |
| 351 | 文章写给外行看 |
| 353 | 新岁说戏 |
| 356 | 从大饼油条说起 |
| 358 | 行路难 |

| | |
|---|---|
| 360 | 观事于微 |
| 361 | 狮子吃垃圾 |
| 363 | 闲话"请客" |
| 365 | "〇"字的妙用 |
| 367 | 余卖柴 |
| 369 | 闲话《朝花》 |
| 371 | 编辑的甘苦 |
| 374 | 博大精深 |
| | |
| 378 | 后记 |

# 贫女巧梳头
## ——谈中国园林

近几年来世界上掀起了中国园林热,从1978年冬,我去美国纽约大都会博物馆筹建"明轩"开始,海外不断地出现了中国园林,这说明了世界上的人对中国文化的爱好,这是值得欣慰的事。但是中国园林在现今时代抱什么态度来对待呢?有的是全部照搬的古典主义者,也有全盘否定的虚无主义者。继承也好革新也好,看来都不够全面的。我认为继承与革新两者并不矛盾,没有继承,何言革新?述古可以为今,继往可以开来,盲目的搬移,彻底的否定,也并不是发展的道路。那么中国园林有些什么可继承呢?

一种文化的形成,并不是无本之木,园林应该属于文化范畴,非土木绿化之事,它属于上层建筑,反映了一定的意识形态,由此而产生了园林创作。

中国园林首重意境,即所谓诗情画意,这种诗情画意,与中国的哲学、美学、文学思想是分不开的,亦就是说园林的设计者有这种思想感情,才能创造出他理想的园林。思想感情变了，爱好有了差异，当然园林产生的意境也自然不同了。中国园林的那种闲适幽雅，并寓之以德的（就是以园林怡情养性，进行品德教育）超世脱俗的情调，也许可说是主导思想吧！因为要表达这种境界，当然要用许多手法。唐代的白居易在庐山之麓建草堂，以山为借景，尽收眼底。这种巧妙的手法，到明末，计成将其总结了出来，可见古人一直沿用的了。这说得上是一个伟大的创举，它将永远为人们所应用。"风水学"中的"靠山""照山"，亦是借景之别称而已。它不仅在造园与造景上已成为准则，而且在城市规划与居住区设计中也不能忽视。由借景而产生的选址问题、布局问题，都是分不开的，所谓大处着眼、全局观点、因地制宜，运用得好，气势神韵皆出。帝王之都、名园之基，无不首先重视借景。

叠山理水，在中国园林，其理本与画理相通，就是将自然景物加以概括提炼，做到"虽由人作，宛自天开"。我曾说过"水随山转，山因水活""溪水因山成曲折，山蹊（路）随地作低平"，这就是山水的关系，这种原则不论中西与古今，我想总不会变的吧。建筑物在中国园林中，是占主要地位，这是肯定的，但从园林史来看，我认为它的发展是由少到多，清代的园林建筑比重肯定比元明多，而且运用得更巧妙，空间分隔更灵活，这与造园的速度有关，计成在《园冶》中早说过："雕栋飞楹构易，荫槐挺玉成难。"建造房屋快，树木成长慢。为了追求园林早日竣工，在求得较为好的地形与借景有利的条件下，基地上如有若干大树古木，于是以大量建筑物安排组合其间，名园指日可成矣。苏州留园，在盛氏购入后，便添加了大量建筑物。北京的皇家园林也是越到后期加添的建筑越多。景点的增多，差不多皆与建筑分不开。建筑物在园林中占如此主导地位，在今日造园时还可有所借鉴，它不但在造园上起艺术作用，而且在快速造园这一方面也见效果显著。当然道理是一个，而形式表现亦因地因时而异，我们师其理，而不是用现代建筑材料仿木结构造亭台楼阁。中国园林是悟其理、传其神，生搬硬套，非度人以巧也。因此造园是有法而无式。不明其因焉得其果？

我认为中国园林在世界上来说，它是一门综合性艺术，又是综合性科学，其涉及知识面之广、变化之多，不难理解。如果说不先从园林理论与园林史入手进行一些研究，要创作园林，或是另开一条新的造园道路，恐怕有所困难，要走许多弯路。目前出现了许多园林小品书，无异于熟食店的冷盆，是做不出整桌名菜的。"宜亭斯亭,宜榭斯榭",重在"宜"字,"宜"就是建造的根据,"体宜"就是造园要得体,得体就是恰到好处,但是做到这一点并不是容易的事,如果没有理论根据,如何下笔?"胸有成竹"方可信手拈来。东施效颦,已为共见。不经过一番理论的研究与分析,要谈继承与革新有若缘木求鱼,于事是无补的。

中国造园有其普通的手法,如对比、节奏等等,但是我们要探讨的是它在中国园林中的特殊表现,亦就是同中求不同。我说过"园必隔,水必曲",这在中国园林中最为常见,然而西方园林用树丛、用流水也可以成隔与曲,但表现的境界却有所不同。中国园林的建筑与假山水池却是突出手法,"建筑看顶,假山看脚",在仰观与俯视上皆起很大效果,如果改用平顶那就感到缺少什么似的,视线只可以平视为主,然而对这类的问题,看法又不一致,尤其今日坡顶的建筑日趋减少,像这种情况,又怎样对待呢?中国的园林,尤其私家园林,范围又那么小,小中见大,含蓄不尽,如果将它放大了,意境随之变更,木结构的亭榭,放大了又不顺眼,苏州拙政园东部那座巨亭就是失败的例子。近年来亦知道大园林不分区不成,亦就是用大园包小园的手法,化整为零,分中有合。这种手法在新园林中正在尝试中。我在《说园》中总结出了"动观"与"静观"的理论，这原是古代哲学思想在造园中的体现。我深信不论中西园林，都不自觉地在运用着，至于运用得好与坏，那要看设计者的水平了，但是对"动"与"静"，却不能等闲视之，游有"动""静"，景也有"动""静"，情也有"动""静"，"为情而造文"是文学的高作品，同样造园其理一也，故云"情景交融"，世界上哪一个人是没有情的？而情在造园中应用，则应该说是列于首要地位，在继承和革新的造园事业中，这一点是无法否定的。

近来有许多人错误地理解园林的诗情画意，认为这并不是设计者的构思，而是建造完毕后加上一些古人的题词、书画，就有诗情画意了，那真是贻笑大方了。设计者对中国传统国画、诗文一无知晓，如何能有一点雅味呢？有一点传统味呢？各尽所能，忽视理论，往往形成了不古不今、不中不西的大杂烩园林。我并不是一个泥古不化的人，如果运用中国造园原理，能出新意，亦是有源之水，因此在现在看来，今后的造园创作，对于中国园林理论与历史的研究，是有助于园林创作事业的。提出这样的观点与大家商量，似乎比较近情理吧。中国的造园理论与手法，有许多与国外相通，尤其是日本园林，但是由于民族的差异，文化、社会、地理等条件的不同，遂各成体系，在运用上，也应该做一番分析，有可移用，有不能移用。功能、形式的产生不是凭空而来的。我们的思想头脑要清晰些。佳者收之，俗者摒之，则万物皆为我所用了。"贫女巧梳头"，对我们园林工作者来说，实在太用得到了，能懂得这诗中的命意，在"巧"字上多下功夫，我相信在造园这门学科中，必大大地向前一步了。

# 中国诗文与中国园林艺术

中国园林，名之为"文人园"，它是饶有书卷气的园林艺术。前年建成的北京香山饭店，是贝聿铭先生的匠心，因为建筑与园林结合得好，人们称之为"有书卷气的高雅建筑"，我则首先誉之为"雅洁明净，得清新之致"，两者意思是相同的。足证历代谈中国园林总离不了中国诗文。而画呢？也是以南宋的文人画为蓝本，所谓"诗中有画，画中有诗"，归根到底脱不开诗文一事。这就是中国造园的主导思想。

南北朝以后，士大夫寄情山水，啸傲烟霞，避嚣烦，寄情赏，既见之于行动，又出之以诗文。园林之筑，应时而生，继以隋唐、两宋、元，直至明清，皆一脉相承。白居易之筑堂庐山，名文传诵；李格非之记洛阳名园，华藻吐纳，故园之筑出于文思，园之存，赖文以传，相辅相成，互为促进，园实文，文实园，两者无二致也。

造园看主人，即园林水平高低，反映了园主之文化水平，自来文人画家颇多名园，因立意构思出于诗文。除了园主本身之外，造园必有清客，所谓清客，其类不一，有文人、画家、笛师、曲师、山师等等，他们相互讨论，相机献谋，为主人共商造园。不但如此，在建成以后，文酒之会，畅聚名流，赋诗品园，还有所拆改。明末张南垣，为王时敏造乐郊园，改作者再四，于此可得名园之成，非成于一次也。尤其在晚明更为突出，我曾经说过那时的诗文、书画、戏曲，同是一种思想感情，用不同形式表现而已，思想感情主要指的是什么？一般是指士大夫思想，而士大夫可说皆为文人，敏诗善文，擅画能歌，其所造园无不出之同一意识，以雅为其主要表现手法了。园寓诗文，复再藻饰，有额有联，配以园记题咏，园与诗文合二为一。所以每当人进入中国园林，便有诗情画意之感，如果游者文化修养高，必然能吟出几句好诗来，画家也能画上几笔晚明清逸之笔的园景来。这些我想是每一个游者所必然产生的情景，而其产生之由来就是这个道理。

汤显祖所为《牡丹亭》，而"游园""拾画"诸折，不仅是戏曲，而且是园林文学，又是教人怎样领会中国园林的精神实质，"遍青山啼红了杜鹃，那荼蘼外烟丝醉软"，"朝飞暮卷，云霞翠轩；雨丝风片，烟波画船"。其兴游移情之处真曲尽其妙。是情钟于园，而园必写情也，文以情生，园固相同也。

[明]汤显祖《牡丹亭》版画

清代钱泳在《履园丛话》中说:"造园如作诗文,必使曲折有法,前后呼应,最忌堆砌,最忌错杂,方称佳构。"一言道破,造园与作诗文无异,从诗文中可悟造园法,而园林又能兴游以成诗文。诗文与造园同样要通过构思,所以我说造园一名"构园"。这其中还是要能表达意境。中国美学,首重意境,同一意境可以不同形式之艺术手法出之。诗有诗境,词有词境,曲有曲境,画有画境,音乐有音乐境。而造园之高明者,运文学、绘画、音乐诸境,能以山水花木、池馆亭台组合出之,人临其境,有诗有画,各臻其妙。故"虽由人作,宛自天开",中国园林,能在世界上独树一帜者,实以诗文造园也。

诗文言空灵,造园忌堆砌,故"叶上初阳干宿雨,水面清圆,一一风荷举"。言园景虚胜实,论文学亦极尽空灵。中国园林能于有形之景兴无限之情,反过来又产生不尽之景,觥筹交错、迷离难分、情景交融的中国造园手法。《文心雕龙》所谓"为情而造文",我说为情而造景。情能生文,亦能生景,其源一也。

诗文兴情以造园,园成则必有书斋、吟馆,名为园林,实作读书吟赏挥毫之所。故苏州网师园有看松读画轩,留园有汲古得修绠处,绍兴有青藤书屋等,此有名可征者,还有额虽未名,但实际功能与有额者相同,所以园林雅集文酒之会，成为中国游园的一种特殊方式。历史上的清代北京怡园与南京随园的雅集盛况，后人传为佳话，留下了不少名篇。至于游者漫兴之作，那真太多了。随园以投赠之诗，张贴而成诗廊。

读晚明文学小品，宛如游园，而且有许多文字真不啻造园法也。这些文人往往家有名园，或参与园事，所以从明中叶后期直到清初，在这段时间中，文人园可说是最发达，水平也高，名家辈出，计成《园冶》，总结反映了这时期的造园思想与造园法，而文则以典雅骈俪出

[明]唐寅《西园雅集图》

之，我怀疑其书必经文人润色过，所以非仅仅匠家之书。继起者李渔《一家言·居室器玩部》，亦典雅行文，李本文学戏曲家也。文震亨《长物志》更不用说了，文家是以书画诗文传世的，且家有名园，苏州艺圃至今犹存。至于园林记必出文人之手，抒景绘情，增色泉石。而园中匾额起点景作用，几尽人皆知的了。

中国园林必置顾曲之处，临水池馆则为其地，苏州拙政园卅六鸳鸯馆、网师园濯缨水阁尽人皆知者，当时俞振飞先生与其尊人粟庐老人客张氏补园（补园为今拙政园西部），与吴中曲友，顾曲于此、小演于此，曲与园境合而情契，故俞先生之戏具书卷气，其功力实得之文学与园林深也，其尊人墨迹属题于我，知我解意也。

造园言"得体"，此二字得假借于文学，文贵有体，园亦如是。"得体"二字，行文与构园消息相通，因此我曾以宋词喻苏州诸园：网师园如晏小山词，清新不落套；留园如吴梦窗词，七宝楼台，拆下不成片段；而拙政园中部，空灵处如闲云野鹤去来无踪，则姜白石之流了。沧浪亭有若宋诗，怡园仿佛清词，皆能从其境界中揣摩得之。设造园者无诗文基础，则人之灵感又自何来？文体不能混杂，诗词歌赋各据不同情感而成之，绝不能以小令引慢为长歌。何种感情，何种内容，成何种文体，皆有其独立性。故郊园、市园、平地园、小麓园,各有其体,亭台楼阁,安排布局,皆须恰如其分,能做到这一点,起码如做文章一样,不讥为"不成体统"了。

总之,中国园林与中国文学,盘根错节,难分难离。我认为研究中国园林,似应先从中国诗文入手,则必求其本,先究其源,然后有许多问题可迎刃而解,如果就园论园,则所解不深。姑提这样肤浅的看法,希望海内外专家将有所指正与教我也。

# 明清园林的社会背景与市民生活

中国园林发展到明清,可说已经是成熟时期。在封建社会历史阶段,也到顶点了。园林之盛,既超越前人,事出必非无因。当然与社会背景、市民生活,不可分割,此二者促使园林艺术得到新的成就。

明代从嘉靖、隆庆时代的稍安局面,至万历初年,施行"一条鞭法"①,人民生活安定,社会经济较为繁荣,出现"四海承平"的现象,到中期兼以采矿业工商业的发展,形成富强的局面,而徽州、苏州和山陕商人应运而生,资本主义的萌芽出现产生了新兴的市民阶层。嘉靖万历以后,土地兼并加深。地主与官僚,其财富日益增加,生活日趋豪华,从今日所存的明代大住宅来看,以此时期与其后者为最多。虽然明初对建宅第规格极严,未敢逾越,迨至中叶后法律松弛,大宅遂多,但物质基础还是处于主要地位。建筑质量高,技术精致,具有"工整""雅秀"的风格。而园林之存者亦以此时为多,艺术

---

① 即明代嘉靖时期确立的赋役制度。——编者注

水平亦高，如上海豫园、嘉定秋霞圃、苏州艺圃、泰州乔园等，当时市园之筑则较郊园为多，多数为宅园，便于朝夕可临，且视郊园为安隘，又减舟车之劳。

明清官僚到了晚年，告老还乡，必置田宅，优游岁月，尽声色泉石之乐，故戏曲盛行，园林兴建。而此两者未能孤立言之，同时文学书画又为造园之立意渊源。造园家精通诗画雅擅剧曲，张涟、张南阳、计成、李渔等人才辈出。苏州、松江、吴兴、扬州、北京等地，名园林立，亦即官僚地主、富商集中之地，文人会集，手工业发达，形成著名消费城市。造园在经济物质基础、自然环境、气候条件等方面，复皆具备。主人好客，文人画家策划，在造园中体现了闲情逸致的士大夫思想意识。名工巧匠为之经营建造，于是城市山林，宛自天开。文酒之会，几无虚日，借啸傲林泉之资，用以培养声誉。家乐①与园林，成为士大夫自命风雅的工具！钱谦益常熟拂水山庄，冒襄如皋水绘园，名士美人、林亭诗文，为人艳称，《陈圆圆传》所云："圆圆陈姓，玉峰（昆山）歌妓也。声甲天下之声，色甲天下之色。"昆山固多园林，半茧园名满江南。魏良辅创"水磨调"，即当时盛行之昆

---

① 指富豪或贵族家中所蓄养的歌伎或乐舞班子。——编者注

曲。他如江西弋阳腔、浙江海盐腔，亦风行至盛。海盐多名园，有张氏涉园、冯氏绮园等，绮园今日在浙中应推第一。

地主官僚集于城市，造园匠师则来自农村，以廉价的工资为他们建造园林。吴县（今苏州市吴中区和相城区）香山之木工，吴县胥口之假山工，苏州虎丘之泥塑花工，尤为人们称道。城市之手工业者，在造园中占一席位置，苏州扬州之家具、砖木雕、书画装裱、文玩等，皆为园林重要组成部分，家具吴人称为"屋肚肠"。

园主粗解园事，文人画家立意绘图，匠师为之建造。故计成在《园冶》中有"独不闻三分匠，七分主人之谚乎"？七分主人实则包括园主与谋士在一起。当然有些园主如苏州艺圃文氏、太仓乐郊园王氏，本身便是文人画家，则条件更佳了。但是明清园林，虽风气所趋，而集腋成裘，增添城市绿化面积，未始非良举。市民之喜爱树石，盆栽花木，成为生活中不可缺少的乐事。至今尚存之名木古树，基本上为明清两代所遗者。因为经济财力的高下，园自有大小之分，及至普通市民，院中阶前亦必植树，安排小景，所以苏州在宋代已有"虽闾阎下户，亦饰小山盆岛为玩"。此风沿及明清，踵事增华，"爱好是天然"（《牡丹亭》曲词），人们对园林的钟情，实是主要的造园社会因素。

明清时代市民的生活,是与其所处经济地位、职业、文化水平等分不开的。城市市民除地主、官僚、富商外,还有小商人、手工业者,以及数量极少的小吏与寒士。他们的生活在住的方面,一般皆为沿街房屋,江南且多数为二层,俗称"楼房儿"。稍富者为一厅两厢或四合院,他们量入为出,财力亦不一律。但在取得温饱之余,春秋佳日乐事从容,也要作郊游,苏州人游天平灵岩、杭州人游西湖、扬州人游瘦西湖,这些地方有园林,借他人池馆,稍作淹留,此亦人之常情。南京随园、杭州西湖的一些私家园林(又称"庄子"),可自由往游。庙台戏演出,市民空巷往观。平时早晨上茶馆,向晚小饮酒肆,薄醉而归,消失一天工作疲劳;有些人也喜欢养笼鸟及金鱼,玩玩小摆设,小名头书画,种点盆景,都是正常的业余爱好,可作为生活一部分来看。至于乐生送死、婚丧之事,则十分重视,在一生中是首要大事。俞振飞先生告诉我,他小时候在浙江南浔有唱昆曲的木偶戏,南浔在清代是名园集中地,今存者刘氏小莲庄,饶泉石之胜。书场则几遍城镇,跑江湖、打拳头、卖膏药,演"梨花落"小唱者等,这些也为市民生活添上趣味。

明代嘉靖年间(1522—1566年),黄金每两折合白银五两，白银一两值钱一千文，当时二层楼居屋，上下四间值银十数两。猪一头、羊一只、金华酒五六坛，又香烛纸扎鸡鸭黄酒之物，共计银四两，日用品物价如此。至清乾隆年间（1736—1796年），黄金一两值银近二十两，白银一两可换大钱七百文，当时米价每升十四五文。清代画家费丹旭（晓楼），碛石蒋氏门客，年薪白银八十两。其时市民经济情况可窥一斑了。

我说过中国园林是综合性的一门学问，且包含哲理。明清园林的卓越成就，也反映了封建社会后期的文化水平，这门能在世界造园学中放出异彩的边缘科学，确为中华民族增添了光彩。而全民对园林风景的爱好，多方面的文化熏陶，产生了有时代风格的各种艺术。园林的成就，并不是单独的东西，很值得我们进一步地从多方面进行分析研究。这篇小文限于篇幅，也只能粗勾几笔，存其大略而已。

（以上三文是香港中文大学属稿所为）

# 郭庄桥畔立斜阳

杭州西湖过去有许多庄子,说得文雅一点,就是私人的别墅或园林,傍山依水,互斗其巧,各逞其胜。风景园林学上称之为"大园包小园",皇家园林如北京颐和园万寿山间建了谐趣园,这就是仿江南园林特色的。讲得通俗一点,风景区的中小园林,各自成景,正如大宴会的小笼包,拿去了小笼,把包子放在碟子里,吃起来就少了风味与情趣,可惜得很,湖上许多庄子,早已如小笼包扔掉了笼子,敞开供应了,有些也变了样,未免考虑不周吧!

湖上小住,信步游了汾阳别墅,俗称"郭庄",郭在百家姓上属汾阳郡,因此有这样的称法。郭庄原名"宋庄",又称"端友别墅",清宋端甫建,可能是杭州大绸商宋春源绸庄所造。另有一别墅,在里湖,名"春润庐",是宋春舫的别业,徐志摩文章中所谈到(额为林长民所书),已是新构。

郭庄在卧龙桥北,离刘庄不远,滨湖之西岸,选址极好。我那天去已是夕阳西下向晚的时分了,虽然小颓风范，而水池宛然。其最令人叫绝者，应该说是跨溪一桥，桥以湖石垒成，上建一阁，桥外西湖如镜，桥内小溪如环，引入园境，此海内孤例也。如果以舟游，从湖上望，景色尤美。以此一桥一溪，园与湖贯气了，而登阁舒啸，湖上风光、园中幽色，皆收眼底，构思在"巧"。园固为大池，中隔以一亭，分左右两部，亭廊皆面水，以桥洞通湖。水汪洋矣，建筑安排紧凑，可与苏州网师园媲美。但网师园园外无景可借，还稍逊一筹呢。

如今郭庄断垣残壁、鹅鸭成群，真有些不忍看，西子蒙尘太可惜了。郭庄的假山叠得好，在浙中应称上品，可惜有许多好石与立峰，大约被人搬到其他新建公园去了。方池这部分如今已荒芜，只余驳岸桥基，但有此规模，恢复是不难的。

西湖近年来建设是有成绩的，尤其在封山育山方面做出了全国风景区的典范。但"不薄今人爱古人"，像郭庄这样的遭遇，我为它鸣冤叫屈，几时落实政策呢？其他如钱塘门的南阳小庐、岳坟的竹素园、西泠桥附近的杨庄，它们命运又不知如何？

# 历史文化名城

这些是老生常谈了,不知在大小城市规划会议上说过多少,但是又起了些什么作用呢?总算现在开始认识到这问题的严重性,可是悔之晚矣,另一方面却又掀起了一股造假古董的歪风。

历史文化名城现在很多城市都在争取,靠什么呢?大家在动脑筋,希望榜上有名。这是好事,已经看到"文化"两字了。我如今就三十多年所遇到的,来谈谈我的一些甘苦。

我早说过,中国城市规划与园林设计,是遵循"正中求变"这一个原则,主是正,是有规则;变是辅,有自由。我在《春苔集》中已经谈过了。而城垣呢?又是用以范为整体,而不流于散的一种规划手法。如今一些有历史与有历史价值但被毁的如北京、南京、山东益都、江苏淮安、苏州等地的城墙,皆早有保存必要。回忆当年拆苏州城墙,我苦苦哀求苏州市长,希望不要拆,可是我却因此受到批判,与梁思成先生保护北京城墙一样,眼看它化为乌有。最近苏州建城两千五百周年,要我题诗，我写了："谁云恩怨渐成尘，老去难忘旧日情。悔煞吴城随逝水，当年苦谏等虚声。"二千多年的城墙已不见了，又来大搞纪念活动，实在感到别有一番滋味，更看到盲目拆万里长城，又大搞捐砖来修万里长城，这真是今古奇观，我想不通。

河流呢？尤其江南，口口声声在标榜水乡城市、城镇，水乡的水填得太多了。本来交通是依靠水运，水的畅通亦全仗河流，如今城镇很多河流不通，有的也污染过甚，无以名之，曰"心肌梗塞"，还可以加上"病毒性"三字，看来不会太过其词吧！而桥呢？又是点缀水乡景物最主要的建筑物。水不存，桥将焉附？有些城市已看到这已往的过失，在可能条件下重挖了旧河道，也算是好现象。

老城的新旧建筑物当然是矛盾的，关键是在是否要保存老城。要保存如不另辟新区，是困难重重的。古代的城市早做出先例，如北京城的外城就是最好典范。前几年扬州市开辟了一条三元路，马路是宽了，可是拆了几千户大小民居，包括很有建筑价值的大住宅，这样加剧了城市现存的拥挤，而城市风貌顿变，两旁尽是假古董的建筑，真正的木构建筑却不存了。其他如苏州绍兴等处亦如是而作，不过比全盘"西化"略胜一筹。旧城改建不是改样，重在保字。我早说过，历史名城的有价值与否，就是要看木构建筑保存了多少，将来木构建筑要当作宝，如今世界的趋势就是这样。

我是研究古建筑的，对古建筑有深厚的感情，拆毁一座古建筑真比割我的肉更痛。如今呢？有谁肯刀下留情呢？人家叫我"消防队"，处处救火，然而这个老兵还有多少精力！前几年去山东益都，清初的隅园正要动手拆，幸运的我赶到，居然保留下一座山东最古的名园。北京恭王府及花园，相传为"大观园"，可是到今天还不曾修好，占领单位也未全搬出，"任其自流"，而上海北京正定等处，新出现了多处大观园，统统是假古董，连上海西藏路浴室也名"大观园"，何大观园之大观也？我们古建筑工作者的最大责任，是保护古建筑、修理古建筑。而今呢？改行去搞假古董，我真有些不理解。

历史文化名城，既要有文字的历史，又要有实物的见证。实物毁坏殆尽，单凭假古董是没有说服力的。我秋间曾去日本，看了他们的城市中涓涓清流，与保存整的古建园林与民居、旧街，我深为感触。在奈良，有一条街要改建，居民贴小字报，反对改动他们的住房，政府也就做了措施，不能不说人家文化水平高。我们今天政策开放了,要吸引外来的好东西、先进经验,也应该着眼人家怎样保护自己的文化、自己的历史,爱家、爱乡、爱国,我们不能忘记自己啊!"东西南北中华土,都是炎黄万代孙。"

1986 年 12 月

# 说"屏"

"屏",我们一般都称为"屏风",这是太富有诗意的名词了。记得童年与家人纳凉庭院,母亲总要背诵那句"银烛秋光冷画屏,轻罗小扇扑流萤"的唐人诗句,够销魂了。后来每次读到诗词中的咏"屏"佳句,见到古画中的"屏",更令人向往。因为研究古代建筑,更接触到这"似隔非隔"、在空间中起着神秘作用的东西,实在微妙。我们的先人,能在"屏"上做这种功能与美相结合的文章,怪不得今日世界上,外国人还齐声称道着,关键是在一个"巧"字上。

"屏"有室内室外之分,过去的院子或天井中,为避免从门外直望见厅室,必置一屏,上面有书有画,既起分隔作用,又有艺术处理,而空间实际还是流通,如今称为"流动空间",并且还具挡风的作用。小时候厅上来了客人,就先在屏后去望一下。尤其旧社会有男女之嫌的,对方不能露面,必得借助屏风了。古代的画中常见到室内置屏,它与帷幕起着同一作用。在古时皇家的宫廷中,屏就用得更普遍了。"屏山几曲篆香微,闲亭柳絮飞""曲曲屏山,夜凉独自甚情绪""画屏闲展吴山翠",这些皆在屏上做文

[清]钱慧安《人物十二屏风图》(部分)

章,描绘出了建筑美。

从前女子的房中,一般都要有"屏"。屏者障也,可以缓冲一下通道与视线。《牡丹亭》"游园"中有"锦屏人忒看的这韶光贱",用锦屏人来代表闺女。当然,由于屏的建造材料与其装饰华丽程度,有金屏、银屏、锦屏、画屏、石屏、木屏、竹屏等名称,在艺术上因而有了雅俗之分,同时也显露了使用人的经济与文化水平。

［北宋］苏汉臣《靓妆仕女图》中的屏风

屏也有大小之分，从宫殿厅堂、院子、天井，直到书斋、闺房，皆可置之，因为所处地点不同，自然因地制宜、大小由人了。近来我也很注意屏的应用，在许多餐厅、宾馆中也用得很普遍，可是总勾引不起我的诗意，原因似乎是造型不够轻巧，色彩又觉伧俗，绘画尚少诗意。这是因为没有认识到屏在建筑美中应起的作用，仅仅把它当作活动门板来用的缘故。其实，屏的设置，在

［明］佚名《明孝宗坐像轴》中的屏风

与整体的相称、安放的地位与作用、曲屏的折度、视线的远近，等等，均要做到"得体"才是。

那么，屏是够吸引人了，"闲倚画屏"，"抱膝看屏山"，也够得一些闲滋味，对恢复紧张的工作疲劳，未始不能起一点文化休憩的作用。聪敏的建筑师、家具师们，以你们的智慧，必能有超越前人的创作，则我的小文，岂徒然哉！

# 说"帘"

初夏天气,窗前挂上了竹帘,小斋的境界,分外地感到幽绝,瓶花妥帖,十分宜人。这小天地起了变化,还不是这帘在起左右吗!

说起帘,这在中国建筑中是起着神秘作用的东西,与其说得率直点,所谓诗情画意,而诗情画意又非千篇一律,真是变化无端。上个月老妻去世了,"碧楼帘影不

[明]仇英《东林图》(局部)

透愁,还似去年今日意"。去年的今日,她卧病家中,而今日已是人去楼空。我踏入她的卧室,见了帘影依然,就吟出了古人这句词来。与那句"重帘不卷留香久"的少年情怀,真是伤心人唯有自家知了。

帘在建筑中起"隔"的作用,且是隔中有透,实中有虚,静中有动。因此帘后美人,帘底纤月,帘掩佳人,帘卷西风,隔帘双燕,掀帘出台,等等,没有一件不教人遐思,引人入画。

记得在"文革"中失去的数十封女作家凌叔华写给诗人徐志摩的信,是用荣宝斋特制的花笺,画的是帘影双燕,毛笔小楷出之,文情令人魂销。当年的作家们是如此高雅绝俗,而今事隔几十年,她远客英伦。八十多岁的老人提起此事,还分明记得呢!

"垂帘无个事,抱膝看屏山。"古人在建筑中,帘与屏两者常放在一起,都是起不同的"隔"的妙用。帘呢?更是灵活了,廊子里、窗上、门上、室内,有了它,就不一样,慈禧太后垂帘听政,也要装上帘;外国妇女的面纱,也仿佛是帘。因帘而产生了许多故事:"珠帘寨""水帘洞",以及一些因帘而产生的许多韵事,真是洋洋大观。我说,帘与"恋"音同,帘者恋也,因物生情,也可说是帘的妙解了。

［清］顾见龙《贵妃出浴图》中的屏风

《隔帘双燕飞》是我在儿时最爱欣赏的画本。如今城市空气污染，燕子绝迹了；闷人的塑料窗帘，清风畏至。而帘呢？珠帘太豪华。徐森玉老先生告我，清代的山西老财家，还是用它。水晶帘没有见到过，那最细的要算虾须帘，如今已入著名博物馆。单就湘帘、竹帘来说，通风好、隔景好、帘影好、遮阳好、留香好、隔音妙，而且分外雅洁……几乎好说有帘如无帘，可说是有景与无景。静止的环境，产生了动态，而动态又因声、光、影、风、香……起了千变万化的幻境，叹为妙用啊！

帘的美，还要配合着帘钩、帘架，以你们的智慧，必能有超越前人的创作，则我的小文，岂徒然哉！"百尺虾须在玉钩"，虽未说出什么帘架，想来也不会太寒酸的。至于"草色入帘青"，疏帘听雨，那也必然是很雅洁的竹帘了。"珠帘暮卷西山雨"，只能在滕王阁上方得体。帘上绣花的绣帘，缺少空透；棉帘、布帘，只求实用。而帘上画画称"画帘"，但我总不太欣赏它，似乎多此一举，用假景来扰乱真情了。素帘起的变化，那真是移步换影了。

贝聿铭香山饭店设计建成，邀我小住，窗上装有竹帘。这迷人的山居，添上这迷人的帘影，不愧为出于大师手笔。他对中国文化是有深厚的感情，小至一帘，也不肯轻易放过。我在录音机中放出了昆曲《玉簪记·琴挑》，华文漪的那句"帘卷残荷水殿风"唱词，正仿佛帘动风来，客中寻趣，我则得之了。

今日的建筑师、园林师们，似乎将帘已抛出九霄云外了。我总感到中国人的用帘，不仅仅是一个功能问题，它是蕴藏着深厚的文化在内。

# 说"影"

老妻离开了人世已两个月,上周我将她的灵藏送去了葬地,默默地作别,口成:"花落鸟啼春寂寂,树如人立影亭亭。"墓地上有一棵枫树,我悄立在树影下,偶尔传来一二声鸟叫,环境凄恻得令人泪下,这联便是深刻印象的写实。

影这个神秘的东西,虚得令人可爱、可歌、可泣,它在不同的环境中幻成不同的感触,如果文学中没有一个影字的话,那不知多少名作不存在了。宋代词人张子野,人称他为"张三影",就是巧妙地在三个不同场合中,灵活运用了三个"影"字,遂成千古绝唱。

在中国园林中,构景有虚有实,而影呢?又是虚景中的主要角色。文学中描绘的影,用到造园上去,而园林中的影又产生文学作品。虚的美往往比实的美来得更动人。精神的高尚情操则又比"实惠"来得有意义。我这个人似乎太不近人情了,爱赏云、听风、看影、幻想、沉思,而影呢?则又是其中最使人流连的。

"花影压重门""云破月来花弄影",当然是名句了,如果有心的话，多看一些文学作品，以影而成名的，真不乏其人。朱自清先生的《背影》不是在近代文学创作上的不朽之作吗！从花影、树影、云影、水影，以及美人的倩影，等等，能引入遐思，教人去想。能够想的东西，至少值得难舍难抛的。"五七干校"的生活，回忆起来还是心有余悸，但是歙县山居的斜日梨影、初月云影、练江波影、黄山山影，以及村上的人影……我常常独坐中对这些景物在神往中，大自然中的变幻是世上最美丽，而难以描绘的图画。

聪敏的建筑师，是最懂得影的，檐下的阴影、墙面凹凸的块影、壁面的竹影、花影，等等，绝对不肯轻易放弃而使建筑物趋于平直。因此国外的建筑物摄影，总是用黑白片来拍摄，它的效果要比彩色片来得清，真正地能够表达建筑美。

爱打扮的女人们，如今在眉间眼上，要抹深色的化妆品，使阴影加深，眉眼的变化更妩媚动人，尤其在灯幻下，更显出那秋波一转的风神。

摄影家爱利用侧光、阴影，画家喜用水墨、素描，充分发挥光影效果。我从前拍摄过一张拙政园照，集宋词题了"庭户无人月上阶，满地栏杆影"。这样一点园林的诗情画意出来了，这两句宋词不也是由影所联想起来的吗？

我爱疏影、浅影，最怕黑影。小城春色，深巷斜影，那半截粉墙，点缀着几叶爬山虎，或是从墙内挂下来的几朵小花，披着一些碎影，独行其间，那恬静的境界，是百尺大道上梦想不到的。我曾徘徊在纽约香港大楼下，享受过黑影的忧郁、冷酷、沉闷，触动了我乍起的乡愁。如今我们新村也高楼林立了，那一片片的黑影，拒绝了我信步的雅兴，神秘而富有诗意的影，如今渐渐地趋向不讨人欢喜了。

夜凉如水，孤灯茕茕，随笔写了这些"影"话。"影"是美的不可缺少的组成部分，是虚的美，可是我们往往是注意得不够。相反电光、霓虹灯，人为造成了许多近乎庸俗的景观，使人感到刺激太过，不能不引以为戒，这其中可能有值得很多深思的地方，恕我不多赘了。

# 水边思语

初夏向晚的湖山,波光平静,水风凉爽,饭罢小坐刘庄水竹居枕流亭中,眼前杨柳依依,细鳞尾尾。凝望湖光山色,浮起了我湖上寻幽的故态。近处的苏堤,堤上垂柳,柳下桥洞,将水面围而不隔,空透有致,比园林的花墙更玲珑。水竹居有此一隔,景自成区,建筑学家谓之"收头",如文章之结尾。但是文章并不到此为止,堤外有山,山中有景,净慈寺隐现于南屏山下,其晚钟遥送入耳,因为穿过树林,掠过水波,声音朦胧神秘。这已是四五十年前的旧事。苏曼殊在白云庵写的"庵前潭影落疏钟"之名句,自有他的灵性。可惜如今白云庵已随月下老人远离人间,粉墙一角,无此倩影。前年我住西子宾馆,常在遗址徘徊,虽然断井颓垣,残山剩水,却给予我很多的诗思。这些诗思难以言表,到那里的人自可体会。白云庵在夕照山下,山上原有的雷峰塔已经不存。从水竹居的对景来说是层次减少了。从前那平缓的苏堤、高耸的雷峰、葱翠的南屏、金碧的净慈寺,组成一幅清秀中寓华丽、实景中有虚声,有静有动、有远有近的多层次画面。水竹居选址,实在高明,本来这里以低地为多,筑室非宜,然主人着眼在观景,懂得一个"观"字。我曾登上望湖楼的顶层,滋味别有一番。高楼观湖,大中见小,楼越高,湖越小。平湖秋月,妙在一个"平"字。水竹居与平湖秋月,是真正看湖之处。

数日的水竹居清游,给我静静地赏景,默默地议景。水竹居将来开放作为国宾馆,在对景中总有缺憾。那悄然不存的雷峰塔,无声无息已为人遗忘的白云庵,使人觉得在观与想上未能完篇。正如古人的名画已残,我们有责任进行补笔。如今净慈寺开始修复山门大殿,老眼为之一明,南山一隅渐渐活跃。天然景观以人文景观点出,确是中国造景手法的高妙之处。

旧说"天下名山僧占多",如今是"天下名景宾馆多"。杭州的法相寺、六通寺、凤林寺、花家山庄都是"人影衣香来异国",已成游人的禁区,也许我不懂得"发财"。如果好景点都如是,西湖教人游什么呢?

临别西湖水竹居题联于亭上:

景宜朝夕竹宜影;山自纵横水自流。

又写了两首诗:

无家返里等作客,水竹湖居迹再寻。
如镜明波惊白发,儿时残梦说零星。

旧巢倦燕觅残英,已淡乡情恋客身。
池馆他人留暂梦,无端清泪湿苔痕。

# 天工园

> 园小能留客，回廊处处通；
> 响泉清绝世，巧夺胜天工。

不久前去松江，看了第四机床厂的新构小园"天工园"，坐在蕉竹轩中吟了以上的小诗。

说来这小园，前几年在创建时曾有商于我，要我出点子。该厂蒋君孝勋循我构思，辛苦了两年，今日才具规模。蒋君能画，因此他亲自与工人叠山理水，曲有奥思。于此可证园之成与不成，关键在主持施工之人，所谓"三分匠、七分主"也。

这园子有水一泓，面水筑轩，轩之北有山，山空其腹，内置石室、流泉，上有瀑，迤逦东南山脉蜿蜒，有水自石中出，泻为泉，与山间之瀑相汇，作三叠状。于是水有层次，声有远近，变化遂多了，从高低中产生了趣味。以此法造泉，在目前所见古典园林中，可说是个创举。有廊循园，廊曲而景幽，实处藏山，虚处开窗，以蕉叶、疏竹构成不同画面，淡雅宜人，清静可留客。

我说如果俞振飞老人回乡（俞老松江人），带华文漪、岳美缇、梁谷音等去唱一次曲，那就实在太好了，使园景更能突出，别饶境界了。

这园建造价只花了人民币五万元，在今日来讲，实在太便宜了，他能做到价廉物美的缘故，是自己培养造园绿化人才，没有花设计费。因为有懂此道的人，所以群众参加劳动就不是盲目的。利用了一些废料，建造小建筑物，如今看虽然粗糙一点，但也感到朴素有致。至于花木，以蕉、竹、书带草等，还利用了原有的几棵大树，配上一些本地生长的植物，却是得之容易的，而生长又速，数载成荫了。此皆得之于"巧思"，关键在经营者有悟心也。

云间（松江）故多名园，今存者寥寥矣，而此天工小园，实后起之秀者。春秋佳日，宜上海人前往一观也。

# 先绿后园
## ——绿文化

虽然春天是短暂的,但绿色毕竟越来越浓。人们对于阶前庭除,也栽植起月季、美人蕉之类的东西,装点得楚楚有致,这是近几年来的新气象,是一种有文化的表现。我曾经在1983年秋全国风景会议上倡议过:"振兴中华,必先绿化,没有绿化,便无文化。"故名"绿文化"。如今事过几年,渐渐地使各方面认识到并在提倡了,没有绿文化的环境,宛同戈壁滩一样,枯寂得令人发慌。

绿化造园受到普遍重视,确令人兴奋,但在发展过程中,往往目的不太明确,流于形式与表面。绿化是净化空气的最好办法。造园是利用植物、建筑、山石等的综合艺术创造,总离不了绿化。可是近来对这些方面的关系却没有很好地来处理,有些工厂、单位,用亭、台、楼阁、喷泉、假山、塑像,作为造园的主要内容,绿化植物却跟不上去,有点像越剧舞台布景,造成不必要的浪费。

城市绿化是有关人民健康的重要措施,是城市进步的标志,所以在城市发展中,似应"先绿后园"。对我这个口号,上海园林局吴振千局长很赞同,先普遍实行绿化,再在有相当基础的绿化地带中,规划造园的布局。如在高树浓荫下,何者宜亭、何处宜榭,就能随意安排了。如今只有少量的植物,以大量建筑假山来代替绿化,是背其道而行之。甚至于在本市杨树浦与苏州人民路,某些厂在人行道上堆假山,则属于违章建筑,理应拆除了。

城市绿化首先是减少土面,增加绿化覆盖面,所以外国用草地、常春藤,我国用书带草。垂直绿化用爬山虎及其他攀藤植物。而屋上平顶,也以绿色植物来覆盖,这样多方面地增加绿化面积,达到净化城市空气的目的。因此主是绿,次才有园,园的内容也以绿为主,这样才符合保护人民健康的要求。苏东坡诗"贫家净扫地,贫女好梳头",我认为颇有深长意义。我主张"先绿后园",也是受了这诗的启发的。

# 与少年们谈园林

春秋佳日,鸟语花香,少年朋友们最爱上园子去玩。我这个上了年纪的人,每次见到你们诗一般、画一样的美丽生活,总是十分羡慕。此时,我也仿佛回到几十年前的青少年时代,忘却了我的晚境,同你们一起在和煦的阳光下,在柳岸曲径中,享受片刻的温存。

当然,我对园林知识的了解,自然比你们多一点。你们也知道园林美,但是"好处相逢无一言",就是说不出所以然来。好在感情是真实的,你们像玉璧一样没有丝毫的污染,你们是世界上最纯洁的种子、最有生命力的幼苗,希望寄托在你们身上。随着年龄的增长,你们对事物必定要进一步地理解,那我们老一辈就有责任同你们谈谈。

"园以景胜,景因园异。"每个园林都有景观,但是各个园林又都各具特色。你们从未看到过两个完全相同的园林,我们说它"游之不尽",因为各有自己的风格。

园林的组成部分,有建筑、山石、水池、树木、花卉和天上的飞鸟、水中的游鱼,以及云彩、幻影等等,由这许多有动有静，或动中有静，或静中有动的各个方面，组合成千变万化的园林景色，它如诗篇、如画本、如音乐。因此，一座精美的园林与其他艺术作品一样，有其生命力，可永远为人们所欣赏。

造园是综合的科学，也是综合的艺术。要成为一个园林家，必须具有较广泛的知识面，如工程、建筑、园艺、绘画、文学、美学、历史等，一句话，就是要有较高的文化修养。如今，全国兴起风景区及城乡园林建设的高潮，这是文明的象征，是祖国欣欣向荣的标志。在工科与林、农两科的高等学校中，都设置了园林专业，还有大量的中技学校也有园林专业，目的都是为了造就数以千计的技术人才。

造园首先要立意，就是要确立主题思想。是以水为主，还是以山为主，还有动与静的观赏线与观赏点等，这些都要应用造园的法则。古代造园要讲"因地制宜"，这四个字是充满了辩证法的，就是根据不同的地形，高者可以堆山、低者可以疏池，这样既可节约施工费用，又自然成趣。然后，须安排宜厅的地方建厅，宜亭的地方筑亭，布置得妥妥帖帖、停停当当，因此说，"虽由人作，宛自天开"。另外，再将园外景色，巧妙地组织到园内来，这就叫"借景"了。唐代的诗人白居易，在庐山下造了三间草堂,而整个庐山却仿佛如同在他的园中一样。北京的颐和园,那园外的西山与玉泉山不正如在园中一样吗?造园者运用了这"因""借"之法,构筑成景色多变的名园。

中国园林有厅、堂、亭、阁、廊子等形式丰富的建筑物,不论晦明风雨,四季四时,都可以游览。游人在园中观赏小桥流水、晴云雪山,听风听雨,而那粉墙花影,则宛如图画。有时,鸟啼花开,霞落雁飞,则诗情画意而感人至深。还有园中的匾对,无疑是风景的"说明书",这些文字写得十分动人,书法也各抒所长,有许多名句对人们颇有教育作用。所以说,中国园林还包含着内美,它有助于游人身心的修养,园林艺术是多么有魅力啊!

# 不到园林,怎知游客如许

人家常常问我:春来了,你为什么不去园林小游?老实说,我是"每到春来,惆怅还依旧",一入园林,见游人拥挤,就兴味索然了。因为历史条件的局限,全国留下了这有数的几个名园,远远不能容纳今天的广大游客了。尤其像拙政园、网师园、豫园等这些全国重点文物性园林,正如博物馆的古代名画,现在却像广告画一样地面向大众展览。我的老友童寯先生说得好:将来名园要罩上个玻璃罩,让大家在罩外看看,否则难免要在我们这一代中损坏。老先生是著名建筑家,语重心长。

园林在于观,就是欣赏。因此名园皆有厅堂、楼阁、亭榭这些观赏点,用以观赏风景面。明代袁中郎说苏州留园:"徐问卿园(今留园)在阊门外下塘,宏丽轩举,前楼后厅,皆可醉客。石屏为周生时臣所堆,高三丈,阔二十丈,玲珑峭削,如一幅山水横披画,了无断续痕迹,真妙手也。"描述得真确切。前楼后厅可以观赏假山,而假山却如一幅山水画,叫人看,细细地品题,却没有要人去爬。今天园林中的假山,游人不是在看,而是在爬。

山上的人成百成千,景物全障,宛如登山大队。不是观山,而是人看人,人与人互为"对景",还有什么清趣逸兴可言呢?日本园林学会代表团来与我们谈了这问题,流露了愧惜的情绪。我告诉他们,我们今后也打算不让游人上山,这样既净化了风景面,又减少假山的压力。去年上海的豫园不正是因为人多而倒下来了么?我提出了控制上假山的建议,后有所改善了。因此面积小的文物性名园,既要限制参观人数,又要规定游览路线,管理有方、井然有序,这样,才可说得上先进与文明。

凡属于文物性的园林,应该着眼于"文物"二字,重在保护。面向大众是应该的,但是与其他非文物性的园林要有所区别。我们国家公布了文物法令,而许多文物性园林,是由园林管理部门在管理的,可能对这方面注意不够。我希望管理者与游人应该共同遵守文物法令,从保护文物的角度办事,这样做我想大家会理解的,只要我们耐心做宣传工作,大家是会遵守的。

# 钟情山水　知己泉石
——漫谈风景名胜区建设管理

风景名胜区是祖宗遗留下来的瑰宝，是祖国的骄傲，是进行爱国主义教育的好地方。风景区的主人是谁呢？应该是山、水、竹、石等自然景观。我们考虑的首先应该是如何保护它，其次才是如何去利用它，不能去破坏它。自然风景区像一个人一样，如果它被破坏了，就像是一个五官不全的人；如果你把它打扮好，就会更好看。如果有人表现自己有钱，把自己的牙齿全打掉了镶上金牙，自以为好看，实际上难看得很。风景区如果把树砍掉了，林保不住，水也没有了，宾馆修得再高级也没有人去看了。一个人没有头发，脸上不管打多少粉，嘴上擦多少口红，再打扮也是一个丑八怪。现在我们国家实行对外开放，许多地方利用外资建设风景区，我是赞成的，但一定要以我为主，不能认为洋人的意见都是对的。目前，在杭州西湖四周建了许多高层建筑，山就显得矮了。有人说建了以后拆掉，这是很不容易兑现的，也近乎是谝人的。

搞风景区的人，要有自己的主张，建设风景区要有自己的特色，建设的东西要经得起时间的考验，要有长期打算，不要一阵风都建高楼大厦。庐山过去是住在山下、游在山上，现在倒过来了，已经有两条公路上山，又要修索道，使绝大多数人都住到上面去了，这就破坏了风景。我在泰山问泰安市市长：你们泰山以什么为中心？他回答说：以经济为中心。我说不对，应该以文化为中心。他的工作是管山管水的，怎能以经济为中心呢？风景区要抓住本地的特点，栽本地的树木。黄山栽上了法国梧桐，就失去了黄山的特色。应该调查一下，风景区的特色是什么，要在特色上下功夫、在特色上去建设。特色突出了，管风景区就到家了。有些和尚、文学家能够把风景区建设好，并能流传千古，是因为他们有广泛的知识，能够抓住本风景区的特色。管风景区的人，要研究历史，要讲究风土人情，要研究自己的风景特色。自己得了病不知道自己害的什么病，就吃进口药，这会死得更快。现在有些人想利用外资，把大宾馆、疗养院建在风景区内，实际上是挖你的心肝，他们对风景区的公用设施什么都不管，道路维修不管、自然保护不管、污水排除不管，钱是他们赚走了，而你们却要办上面那些事，这真叫大大吃亏了。所以，我们管风景区的人要做"吝啬鬼",不能慷慨大方,要寸土必争,不能让人家随便进来。

管风景区的人,要有"诗人的感情,宗教家的虔诚,游历家的毅力,学者的哲理"。苏东坡是个了不起的人,他到庐山、西湖,都留下了千古不朽的绝唱。把庐山总结了:"横看成岭侧成峰,远近高低各不同。不识庐山真面目,只缘身在此山中。"把西湖概括了:"水光潋滟晴方好,山色空蒙雨亦奇。欲把西湖比西子,淡妆浓抹总相宜。"因为他有文化。过去一些有名的风景区,差不多都是文人挖掘的,都保护了自然。现在我们有些管风景区的人,就只知道造大楼大厦,似乎显得很有"气魄",实际上是"喧宾夺主"、霸占山头,是建设风景区的大敌。现在,我们有些人办了许多没有文化的事,街上的垃圾箱做成狮子、熊猫,让它们吃垃圾,就显得没文化。风景区处处的小建筑,都反映是不是有文化。

我们管风景区的同志要有信仰,要有素质。当和尚是有条件的,出家不能结婚,还要吃素,还要有信仰。我们在风景区工作的人,不需要学和尚不讨老婆要吃素,但一定要有信仰。苏东坡要到杭州来当官,建设西湖,他感到这是一个美差事,责任重大,但是这个美差事不是每个人都能干得了的。管风景区的人,好像是幼儿园的老师，做幼儿园老师是很不容易的，我就不行。管风景区的人，要热爱风景区，不然的话，就会破坏风景区。我们要"钟情山水，知己泉石"。管风景区的人，要有修养，要有文化，有了这两条，就会对山水产生感情，会自愿地与山水结合。

搞风景区的人，一定要懂规划与建筑。风景区的建筑要起到好的作用，要配合自然。现在有些建筑师，要突出自己的建筑，把风景区当"配角"，而自己的建筑当"主角"，这是把本末颠倒了。国内外游客到风景区来，是要观赏风景，不是来看建筑。有些风景区搞坏了，我看多半是坏在建筑师手里。在风景区工作的人要懂得游人的心理，要有一种山重水复的感觉，这样，风景区就有味道，就能留住游客；一览无遗，游人就没有兴趣了。观赏风景就要步行，步行才能欣赏好风景。所以，风景区的道路建设要曲中有直，蛇行是曲中有直；城市道路要直中有曲，狗跑是直中有曲。它们是我们建设风景区道路的老师。风景区内道路的建设主要是曲，曲才能领略到"情趣"。旅游这两个字是两个概念：旅是要达到一个目的地；游是优哉游哉，观赏风景。所以，旅要快，游要慢。现在有些风景区把它颠倒了，在风景区内修了车道，甚至修上了缆车道，一掠而过，这怎能观赏风景呢？我看以后后人还是要把它拆掉的，这叫"还我自然"。

最近几年，我对有些风景区的建设是有意见的，每到一个地方都提出了许多批评，目的是想搞好。风景区的建设，是要经得起时间考验的。风景区的山、水、石头、树木、花草都是宝贝。风景区好不好，主要看绿化好不好，看封山育林好不好。要振兴中华，必须绿化，没有绿化就没有文化。有好的风景就有好的风水，有好风水，便有好风景。没有树，没有水，不能叫风景区，更不能叫好的风景区。有些地方搞盆景，在山上到处挖老根，这是对风景区最大的破坏，比农民砍树还厉害得多，因为砍树还留着老根。外国人到你这个风景区来，看到有很多古树，就认为是有文化。一个地区是否有文化，一看树木，二看木结构房屋的多少。如果古树多、木结构房屋多，就代表了文化，保护木结构的房屋是十分重要的。日本经济发展很快，但是古的都保存得很好。

管风景区的同志，要热爱山水、热爱林木。没有树就没有水，没有水，山就成了荒山、秃山，怎么能生动、秀丽呢？所谓"山因水而活"就是这个道理。

苏东坡有句名言："贫家净扫地，贫女好梳头。"看来，苏东坡是风景区的顾问。有些人把风景区与园林混淆了，在风景区里搞花园、造假山，真山面前堆假山，饭店门前摆粥摊，是错误的。

风景区内人工的东西太多了，就会走向反面。园林还要"虽由人作，宛自天开"。一个风景区的好坏，主要看自然保护得好不好，建筑主要看与自然配合得好不好，破坏自然的建筑要拿掉。

管风景区的同志要有鉴别能力，不要照抄照搬人家的东西。可以互相交流的是经验，但不要交流形式。如果是交流形式，那就坏了，很可能搞成像全国宾馆与招待所的早餐一样，从南到北都是馒头稀饭，千篇一律，那就糟了。

对开发风景区有不同意见时，我们要慎重对待，不要随便肯定或否定。所以风景区的有些建筑，最好先搞竹木结构的，经过一段时间考验，再建永久性的，不要匆匆忙忙建钢筋水泥的；修路也是一样，不要匆匆忙忙修柏油路，先搞点石子路，将来要改很容易，以后慢慢地去完善它。

风景区也要搞统战工作，要把热爱风景区的人统一起来，支持风景区的工作。

管风景区的人，是风景区的建设者，又是风景区的保卫者，一定要上对得起祖宗，下对得起群众。做到这一点，就能把风景区管理好，才能完成历史交给我们的任务。

> 1984年冬，在全国风景名胜区领导干部研习班讲演
> 据吴杨德记录节载

# 水竹宜人

我自上海来,到杭州参加讨论西湖刘庄的建筑设计事项。住在这以"水竹居"闻世的庄子中,小阁临流,山横浅黛,鱼现深湾,莺啭高枝。在这悄无游人的一角中,山与水皆移置槛前,我自感渺小又转觉雄伟。风景园林借景的手法,在此达到最大的广角度。刘庄负山面湖,苏堤如带,有此一隔,空灵极了。可惜庄前湖面不许荡舟,似乎觉得少了点什么。虽然初夏天气,湖光不是秋波,但夏水也好,秋波也好,无舟水不转。小池水静尚可,大湖如此便觉得美中不足了。

山色自朝至暮,不时地在变动。清晨晓雾迷蒙,看不见山。渐渐由浅到深,露出了轮廓,仿佛湿笔未干。远峰近山,层翠间出现沉浮的雾气,如轻纱、如白练,缥缈着如仙子舞衣,引我出世脱俗。偶然林间数声流莺,跃过水面传来,太清脆了。在上海听烦了邻居的流行歌曲,真使我感到大自然中"纯"的美。爱护花木、邀留鸣禽、净化空气,是相辅相成的。我常常在风景区与园林中观察,凡是鸟语悦耳的地方,必然空气好。动物比人敏感，它给人提供了卫生的信息。

　　杭州夏季较热，刘庄主人命名别墅为"水竹居"，并不是单纯地附庸风雅，实以水与竹来改善环境气候。生凉迎风，隔热蔽荫，而使众鸟有托，时鸣得意，自然令人产生凉适之感。刘庄之美，当年冠绝西湖，非出无因。可惜近年来建筑设计忽视环境，楼台虽好，花木荡然，正如美人无发。因此，我口口声声提倡凡从事土木建筑、城市建设者，对造园绿化一端，千万勿等闲视之，应该学习这门科学。人谁不重毛发？人谁不爱眼波？因此，建筑与规划忽视绿化的现象希望能有所改变！"水木清华""水竹之居"是大家向往的。这次湖上小住，体会尤多，竹影摇窗，濡笔记此。

# 轻风柔波

记得那一年我赴镇江，小女馨去吉林农村，依依相送。在火车中，她凝望着即将逝去的江南景色，问我江南美在哪里，为什么这样的恋恋不舍啊！我回答她"软风柔波"，她立刻被"软"与"柔"触动了。就在窗前景物中发现了这吴人所谓"糯"的境界，眼眶中有些潮润。我明白她的处境。一个从小生长江南的人，被大风浪卷到东北边境，每年年终短暂地回家，却又重返冰天雪地的北国去，举目无亲，前途茫茫，在弱小的心灵中是可理解的，在做父母的心情中更为沉重。是谁之过，这一切我想不必多说了。轰轰轰，催催催，是车轮还是光阴？车到镇江，她痴望着我的"背影"上月台去。我做了朱自清先生文章中的主角。

十年的边疆生活终于锻炼了她坚强的意志，在杏花春雨江南时考回了上海大学，从此她似乎对"软风柔波"的感触，随着环境的变异，也没有那么深了。可是过去的生硬态度，也变得软与柔了。我如今重提那次车中往事，她已经渐渐淡忘。而我呢，在这次北上车中又猛忆起来了。

我们造园对水景有刚柔之分，水曲因岸，水隔因堤，曲池水多柔，险滩水多刚，而软风扶梦又为诗人所向往，因此，欣赏江南景物，我希望能在"软"与"柔"上多下功夫，那才抓着其神态了。我在赏景评园上，在实景外，很注意虚景，尤其地方的物情、物理、物态，实在使人景转神移。我赏观过昆明湖的水，享受过北国的微风。软与柔的消受还嫌不足。几天前在蒙蒙细雨霏微的惠山下，我周旋于杜鹃园中，这园是友人李正的杰构，他论园与我意同，可惜他这天不在，由刘国昭、李介虎两同志陪我，园中悄无游客，宁静唯闻风声、鸟声，我漫吟出了"年来谁识真中味，野趣难寻怨意浓。洗尽凡心消尽俗，风光何必强人同"的诗句来。因为园多野趣，一洗俗套，所以才产生这样的诗境。接着国昭坚要余作"醉红坡"岩题壁，题罢又答以一诗："看花雨里春如洗，廊引随人几曲工。塔影沉潭轻点笔，'醉红'题罢映山红。"盖写实也。然而在这小游间，我真正领会了江南软风柔波。我也看过海外的喷水池，也领略过异国的春风，却正是龚定庵诗所说："无双毕竟是家山。"明天长女胜吾去国，小斋寂坐，漫书举以示之。

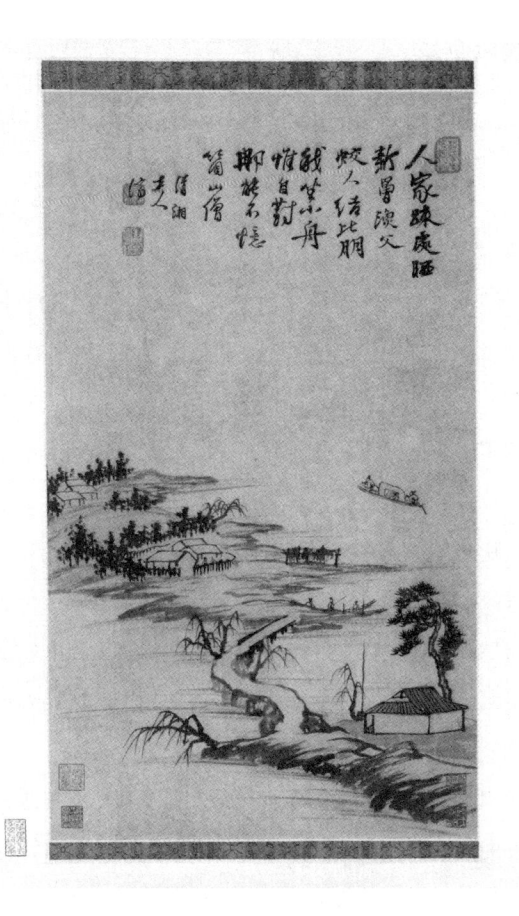

[清]石涛《忆个山僧图》

# 蕉叶钟情

"红了樱桃,绿了芭蕉。"文学家运用了红绿的对比,描绘了初夏景色,是够美丽的了,成为千古名句。但是"霜叶红于二月花",秋蕉还比春蕉更葱翠,秋来的景色,比春日还要明洁雅静。窗前的两棵芭蕉,这几天实在太诱人了,蕉叶绿得仿佛上过油彩,秋阳下照得有些透明感。片片舒卷得那么从容自在,因为无风无雨,每张叶子可说是与中秋月亮一样完整无缺。古代秋装仕女图名画家改七芗、费晓楼等就是用蕉叶衬托倩容的,用笔轻盈自然,敷色往往在叶绿上略施淡石绿,实在太娇艳欲滴,但色泽却没有一点脂粉气,清新极了。这几天我对秋蕉频频顾盼,沉醉在绿波中。

人们对艳丽富贵的色泽花朵,以及其他的东西,总是喜爱的人多;而对一种单纯的美,往往是曲高和寡。这也难怪,对美的欣赏总是由低级发展到高级,由绚烂归于平淡,由显露渐入含蓄,这几乎是一种规律。而且"淡是无涯色有涯",庭园中长期能给人受之不尽的还是绿色,它比较恒久,"养花一年,看花十日"。世界上没

[明]徐渭《梅花蕉叶图》

有不谢之花,唯此绿意,可作长伴了。我在树叶欣赏上,学到了做人的哲理。

芭蕉在南方几乎四季常青,栽植容易。山隈水际,阶前墙阴,处处皆宜;覆盖面积大,吸收热量大,叶子湿度大,因此蕉荫之下,是最美丽的小坐闲谈之处。古人在廊子或书房边种上芭蕉,称为"蕉廊""蕉房",饶有诗意,在它的旁边配上几竿竹,点上一块石,真像一幅元人的小景。小雨乍至,点滴醒人;斜阳初过,青翠照眼,在夏日是清凉世界,在秋天是分绿上窗,至于雨打芭蕉、雪压残叶,那更是诗人画家所向往的了。

我们园林工作者,对绿化一事,有近期与远期两项打算,是要相互结合的,只放眼远期,待大树成长,不知是何年何月。要解决目前绿带,那必须依靠那成长发育快的植物品种。在江南造园中成效最速的要推竹子、芭蕉与书带草了,这三种植物是雅品,非俗类,皆能入画、进诗,可说是快速造园的特效品。小园称意,大园亦宜,"见缝插绿",随意安排,自成清趣。从经济投资来讲,也是价廉物美的。我们的祖先,在净化空气、点缀景物上,总是从实际出发,而达到美的境界。我希望如今大力开展绿化与园林建设的时候,这种先例还是值得推广的。

不过还要指出，蕉宜墙阴，切莫当风，用以保护它的叶子不因风而吹裂。竹宜粉壁，横斜素影，宛如画幅。而书带草则起补白作用，无处不宜，这些绿的资源，实在太普遍了。

到中秋节了，月华如水，银色的光照着蕉叶，发出了神秘的幻觉。信步归来，时已三更，匆匆写了我的即景，来报答我对蕉叶的钟情。

# 造风景还是煞风景

造风景与煞风景,是矛盾的相对,如果处理得好,两者统一了,造风景便不会形成煞风景。近年来我国整理了很多的风景区,做出了不少出色成绩,但是在进展过程中,必然出现这样那样不够理想之事,甚至于好心肠办出了坏事。因此这个问题颇有商榷的必要。实际来说,这种现象本不局限于一处一地,这是在发展中必然产生的曲折过程,因此有必要同大家谈谈,为了今后将风景建造得更理想。

**重在立意**

造园也好,整名胜风景也好,重在立意,就是今天所讲的主导思想。园有今古之别,景有新旧之分,面对着这种问题,必然要有明确决定,主次分清。是古的、属文物性的,那就得整旧如旧。正如博物馆修文物一样,要有考据、有来历,修得符合标准,能起教育作用,增添欣赏价值,这就是古为今用。而不是将它弄得既不古又不今，一半中一半洋，强调说是古为今用，洋为中用，那就修即是破，走向反面了。这种古今中外的界限在主其事者的头脑中，一定要有所考虑与认识。文物法令，城市规划所规定布局，就是政策依据。因此对于历史风土的研究与法令依据，那是绝不可缺少和忽视的。面对着古东西，如果思想中新字作怪，那就成了问题。广东肇庆鼎湖山，佛殿之旁居然布置洋园，水池宛若游泳池，山林之气，顿觉全无，你说设计者没有花脑筋，他倒是苦思一番过的，事实呢？有谁不在议论？杭州烟霞洞，本由山径达洞，如今汽车直达洞下，不劳一步，并造了大停车场，了无丘壑可言。从这二例，说明了"现代化"新式交通，如果安排不当，都是造风景之大敌。

我们风景区搞交通线，有两个原则：第一，交通线上要能看到风景；第二，交通线不破坏风景，要藏而不露。今山东泰山、西湖北高峰、北京西山等处，缆车悬空、电杆掀天，既破坏名山神态，且游人无异货运，枉论入山清游，实不知其趣了。一时可能招揽俗客生意，从长远来看，恐将贻笑后世。因此在风景区以搞一般交通原则来建设风景交通，必然趋向煞风景。

**新旧矛盾**

新与旧是一对矛盾，社会在进步，不可能旧到底，但又应怎样对待它呢？从史实来理解还是从表面来理解？我主持修理上海松江的一座北宋方塔，是用新技术，将它整旧如旧，木构皆保持原来木材本色，上面加了防腐剂，不油漆，看上去古趣盎然，博得中外好评。相反地，有许多修理后的古建筑，建筑物加固防漏等都没有彻底解决，来一个大红大绿油漆一新，这些油漆不符合古建筑标准，不遵守传统做法，而且错误地认为外宾与侨胞皆喜欢五色夺目。人家讥讽为暴发户，我说是老摩登，钱是花了不少，还有许多是锦上添花，活像老太婆擦粉。明明是一处名人故居，他的身份是个穷秀才，如今一修却变成了地主庄园。这种现象甚为普遍，将来郑板桥、施耐庵、黄仲则等故居，如果不慎重的话，必然后果不堪设想。因为国家有钱了，有钱便要花，花就乱花。清贫雅洁之宅，一修而成恶俗之所，上海玉佛寺的玉佛楼一度也想装上空调，唯恐大佛中暑了。

我们在风景区规划中，有一条就是分区，分区明确，功能显著。如今有些人往往贪大求全，包罗万象，最好应有尽有。但是多不恰当，反变为少，景物了不足观矣。

目前电动娱乐器几乎是一种最好的生财之道，公园也好、风景区也好，放上几座，皆大欢喜，说是新式产品，外国都有，为了迎合外国人、讨好中国人，非此不行。试问人家不远千里到中国来看风景，这洋玩意儿，国外有的是，而且也不是到处乱装。它既不讨好于外宾，又干扰了环境的清静、破坏了景观的美丽。面对这种"大众乐园"，也应该分别对待、分区布置才是，如果处理不当，它是最煞风景的东西。

**谁是"主人"**

一个风景区，到底谁是主人？当然啰，山水、草木、云烟、古迹。就是有些必要的建筑也应仿佛是地上长出来，自然多姿，天配地设。现在不恰当的高层大宾馆、疗养院等，各霸山头。

我认为旅游部门与其他占山部门要是有水平的话，从全局与长远看问题，那必须服从规划部门。这是国法，我们不能刚愎自用，要服从整体，顾全大局。

另外，风景区的一大劲敌，就是利用风景区资源，焚琴煮鹤，吃了风景。最近我到山东博山，泉河头是个风景区，宛如一个山水盆景，但其泉源所在，正在建水力发电站，三年不见，面目全非。本来无建此厂必要，公社为了响应中央号召，也来应景一下，殊不知风景断送矣。幸新任的副市长是我们同济大学毕业生，我告诉了这事，他立即制止，也总算演了一场"劫法场"，言之唏嘘。

**古洋有别**

我曾经说过，风景区的建造，"古就古到底"，"洋也洋到家"，不古不今，不中不西，结果必定是不伦不类。外国人要来看中国山水、文化，这些要有民族风格特色。而我们呢，唯恐人家说我们"土"、不现代化，佛头着粪，狗尾续貂，弄巧成拙。过去曾有想将佛寺前的放生池改成喷水池，大殿的柱子改成罗马式。近来颐和园也栽上雪松、绿篱，大搞洋化了。如此怪状不一而足。而宾馆满插纸花，庸俗布置，设备管理不周，空调名符"空"调……在管理上应该洋到底的，却漠不关心。这是古今界限不清，古未到底、洋未到家的煞风景现象。

僧侣的世俗化，对风景区与寺庙修整，也带来了很多不利条件，他们想多争取善男信女与游客，以庸俗和所谓"现代化"的东西，强加于寺庙风景之上。庐山东林寺，简直五彩缤纷。而斋堂客厅，沙发、西菜桌富丽布置，有如宾馆，使人不识其为古寺名刹矣。僧侣世俗化，早在30年代已萌芽滋长，但那时有些寺庙还有着较高文化的住持方丈，尚不至泛滥到今日地步。尤其油漆与塑像，简直如越剧之布景，"五色令人目盲"，雅淡古朴，几已不为他们所理解，甚矣，花钱也不易。

若干主管不重视风景建筑，违文物政策，自尊心又强，立法观点欠缺，在处理问题不无主观之处。人家的话听不进，却自称好汉，反正错了，最多检讨，却不能有损自己威信一点。于是说干就干，一声令下，风景文物遭殃。陕西黄帝陵古柏被县政府砍伐给老干部做棺材，引起全国舆论。至于破坏泉源，开山售石，已非一端，西湖将台山、金华北山之水泥厂，真是惨不忍睹，风景贵赏而今在卖，此亦不知什么逻辑。

不尊重地方特色，好新猎奇，赶时髦。广东园林及时，从东北到海南岛，全国风行。苏州园林一上市，南北叠假山，于是破坏真山、乱造假山，东施效颦，劳民伤财。曾见开封园林，居然也仿造了南方的大玻璃窗白水泥茶室，其所时逢十月，游客裹足矣。经验交流，师其精神。盲目搬用，造成痛苦教训，是值得提出注意的。

**重利轻景**

城市山林，过去指城市中造园而言者，目前风景区都为适应旅游需要，不适当地将城市布局一套，强加于云山雾岭之上，既不知因地制宜，也不明宜隐宜藏。商场、市肆、餐厅、电影院，越大越好，非此无以言气魄，风景区顿成市观，此种矛盾，日益加深，而旅游部门宁愿重利而轻景，一往情深，永订白首，则景受损。若游人不至，财从何得矣？没有规划的风景区建设，是煞风景的形成之源。

我国建筑因时代不同、地区差异、材料有别，形成了丰富多彩的建筑风格。而风景名胜、梵宇池馆，为其重要组成部分，修理者往往忽略历史与地区之不同，照抄"法式"，全国划一。如金华元代天宁寺正殿，原为南方形式，而中央来的工程师将它局部改为北式。以一地之标准设计，乱套全国各样形式，毫无历史与辩证观点，更有修理以钢筋混凝土代木材，言木构耶，予欲无言，此正以塑料仿铜器，仍言此商代古物也。如果模仿得像一点，犹有可言，因为巨木缺乏，不得不勉求下策，然而细部装饰与油漆处理欠周，往往生硬未能表达木材特性，但是有时壳子板所费木材与纯用木材相差无几，但效果不可同日而语，得到是煞风景的后果。

**几点建议**

风景区的建设,是人人都能见到,亦是人人皆能品评的,因此亦最有利于改进提高。但是要提高风景区的建设的水平,还是应该先着眼于文化的提高。过去"造园见主人",就是说园林水平的高低,反映了主人学养的功夫。现在我们正有着多多少少的人、多多少少的部门在从事这项风景建设工作,那么我们诚恳地提出来大家谈。言者无罪,闻者足戒,要有点宽广的胸襟,平心静气,好好进行一些学习研究,使风景建设成为一门学问,再仔细着意,反复推敲,小心刻意来经营,因此我提出,要有"诗人的感情,宗教家的虔诚,游历家的毅力,学者的哲理"。这样来建设风景,虽不中亦不远矣。

# 园林清议

今天很高兴有机会来与大家谈园林问题和中国园林的特征。中国园林应该说是"文人园",其主导思想是文人思想,或者说士大夫思想,因为士大夫也属于文人。其表现特征就是诗情画意,所追求的是避去烦嚣、寄情山水,以城市山林化,造园就是山林再现的手法,而达明代造园家计成所说"虽由人作,宛自天开"的境界。

中国古代造园,当然离不了叠山,开始是模仿真山的大小来造,进而以真山缩小模型化,但皆不称意,看不出效果。最后,取山之局部,以小见大,抽象出之,叠山之技尚矣。明清两代的假山就是遵照这个立意而成的。今天遗下了很多的佳构,其构思也是一点一滴而来的。山石之外,建筑、水池、树木,组成巧妙的配合,体现了"诗情画意";而建筑在中国园林中又处主要地位,所谓亭台楼阁、曲廊画桥。因此谈到中国园林,便会出现这些东西。在这些如诗如画的园林里,便会触景生情,吟出好诗来,所以亭阁上面还有额联,文化水平高者,立即洞悉其奥妙;文化水平低者,借着文字点景便能明白。正如老残到了济南大明湖,看见"四面荷花三面柳,一城山色半城湖",老残豁然领会了这里的特色,暗暗称道:"真个不错。"

文学艺术往往是由简到繁,由繁到简,造园也是如此。李格非的《洛阳名园记》没有叠石假山的记载。明清时才多假山,假山有洞有平台,水池方面有临水之建筑,有不临水之建筑。佛祖讲经,迦叶豁然了释,而众人却不懂,造园亦具如此特点。明代园林,山石水池厅堂,品类不多,安排得当,无一处雷同。清乾隆时,产生了空腹假山,当时懂得用 Arch(拱),便用少量石头来堆大型假山。到晚清,作品趋于繁缛。然网师园能以简出之,遂成上品。而能臻乎上品者,关键在于悟,无悟便无巧。苏东坡亦是大园林家,他说:"贫家净扫地,贫女好梳头。"又云:"不识庐山真面目,只缘身在此山中。"或曰:"欲把西湖比西子,淡妆浓抹总相宜。"这景立即点出来了。造园不在花钱多,而要花思想多。二月间我到过香港,那里城门郊野公园的针峰一带,正是"横看成岭侧成峰,远近高低各不同",造园家要指出与众不同的地方,那么景观便有特色了。

清乾隆以前,假山有实砌,有土包石;到乾隆时,建筑粗硕,雕刻纤细,装修栏杆亦华丽了;在嘉庆、道光间，戈裕良总结当时新兴叠山做法，推广了空腹假山。是利用少量山石来叠山，中空藏石室，气势雄健，而洞则以钩带法出之，不必加条石承重，发挥券拱的作用，再配以华丽高敞的建筑物，形成了乾隆时代园林的特色，这种手法，可谓深得巧的三昧。宋代李格非《洛阳名园记》未言叠山，亦是"巧"的构思，它是利用洛阳黄土地带的特殊性，用土洞、黄土高低所成的丘壑土壁来布置，因此说"因地制宜"是造园的基本要素。太平天国后，社会出现了虚假性的繁荣，假山以石作台，多花坛，叠山的艺术性衰退了；建筑物用材瘦弱，做工华而不实，是一个时期经济水平的反映。过去造园，园主喜购入旧园重整，这是聪敏办法，因为有基础，略事增饰即成名园。太平天国后，有些园林中原演昆曲，亭榭厅中皆可利用演出。自京剧盛行后，很多园林就有戏厅戏台的产生。园林中有读书、作画、吟咏、养性、会客等功能外，再掺入了社交性的娱乐。然而娱乐还不过逢场作戏，士大夫资本家炫富而已的设施。

建设大山、水池、树木本是慢的，苏州留园，在太平天国后修建时，加了大量建筑，很快便修复了。

造园未能离开功能而立意构思的，因为人要去居、游，而要社会经济基础、生活方式、意识形态、文化修养等多方面来决定，其水平高下要视文化。造园看主人，就是看文化，是十分精确的一句话。

计成在《园冶》中说过："雕栋飞楹构易，荫槐挺玉成难。"中国园林，越到后期，建筑物越增多。最突出的是太平天国以后，"中兴"将领、皇家都是求速成园，有许多园林，山石花木在园中几乎仅起点缀作用。上海豫园原为明代潘氏园，是士大夫的园林，清代改为会馆，大兴土木，厅堂增多，形成会馆园。园性质改，景观也起变化，而意境更不用说了。文章、书画、演戏讲气质，园林亦复如是，中国人求书卷气，这一条是中国传统艺术的命脉，色彩方面，要雅洁存质感。假山用混凝土来造，素菜以荤而名，不真了。

真善美，三者在美学理论中讲得多了，造园也要讲真，真才能美。我说过"质感存真"，虚假性的，终是伪品。过去园林中的楠木厅、柏木亭，都不髹漆，看上去雅洁悦目，真假山石终比水泥假山来得有天趣，清泉飞瀑终比喷水池自然，园林佳作必体现这真的精神。山光水色，鸟语花香，迎来几分春色，招得一轮明月，能居、能游、能观、能吟、能想、能留客，有此多端，谁不爱此山林一角呢？

能留客的园林是令人左右顾盼，令人想入非非，园林该留有余地，该令人遐想。有时假的比真的好，所以要假中有真，真中有假，假假真真，方入妙境。

园林是捉弄人的，有真景、有虚景，真中有假，假中有真。因此，我题《红楼梦》的大观园有"红楼一梦真中假，大观园虚假幻真"之句。这样的园林含蓄不尽，能引人遐思。择境殊择交，厌直不厌曲；造园须曲，交友贵直，园能寓德，子孙多贤。故造园既为修身养性，而首重教育后代，用园林的意境感染人们读书、吟咏、书画、拍曲，以清雅的文化生活，培养成正直品高的人。因此造园者必先究理论研究与分析，无目的以园林建筑小品妄凑一起，此谓园林杂拼。

中国造园有许多可继承的，继承的并非形式，是理论，"因借"手法。因就是因地制宜，借即借景。其他对景、对比、虚实、深浅、幽远、隔曲、藏露……以及动观、静观相对的处理规律，这是有其法而无式，灵活运用，以清新空灵出之，全在于悟。

过去造园，各园皆具特色，亦就是说如做文章，文如其人，面貌各异。现在造园，各地皆有园林管理机构、专职工程师、工程队，所以在风格上渐趋一律，至于若干旧园，不修则已，一修又顿异旧观，纳入相似规格，因此古人说"改园更比改诗难"。我很为若干历史上遗留下来的名园担心，再这样下去的话，共性日益增多，个性日渐减少。这个问题目前日见突出了，我们造园工作者，更应引起警惕。所以说不究园史，难以修园，休言造园。而"意境"二字，得之于学养，中国园林之所以称为文人园，实基于"文"，文人作品，又包括诗文、词曲、书画、金石、戏曲、文玩……甚矣，学养之功难言哉。

此文就我浅见所及，提出来向大家求正，还望有所教我。

（此文 1986 年 2 月在香港中文大学报告，1986 年 9 月修改后在日本建筑学会 100 周年年会报告）

## 曲水青溪　夕阳红半

淀山湖与虹桥之间，有青溪一曲（青浦又名"青溪"），沿溪筑园，名"曲水园"，园中有楼，名"夕阳红半"，此青浦能使我驻车重游的原因。尤其在这深秋已过的初冬季节，强劲的西北风，袭人以薄寒。然而黄花盛开，霜叶如醉，倒有几分三春意了。

不到青浦近廿年了，上次去也为了游曲水园，但是我对在园中假山上耸立的那座过去一度作为眺望台的洋楼，总觉得佛头着粪，武大郎演周瑜，雉毛太长了，破坏了名园景观，没有好感，想起来也索然扫兴。这次并不是为游园而去，但反引起了我极深刻、极美丽的留恋与回忆。当然那座不伦不类的高楼还在，我无拔楼之力，只好由它，但不仰观。夕阳红半楼正在修葺，倚园之西偏，有曲水环之，便清雅了一层。这楼名取得太好了，"青溪""红半"点出了这名园的境界，我说中国园林是"文人园"，园实诗文也。归途经过新辟西郊宾馆，这里我曾去过，有湖若"眉"，我曾建议命名为"眉湖宾馆"。如今仍然大众化，如"大众食堂"一样，北京有，上海也有，到处都有，我望了一眼，有些默然了。秀才毕竟太穷酸，生意眼不够"大众化"。

曲水园是青浦的门户，在大门前有这样一个依水而筑的园子，可惜竹子种得太少了一点，用了不少西洋园子的手法，风格与名园不相称，不然对照杜甫的那两句"名园依绿水，野竹上青霄"，太亲切了，我当时不禁触景生情。这个道理很清楚了，造园本有诗意，改园竟忘其情，我希望园林工作者，能够多体会一下此中的意境。

听说园之西，拟造大楼，作为迎宾之所。老实说，园外之建筑与园景互为"借景"，两者必相互成景，园外之景实与园内之景一也。楼高园小，楼成后俯视则大中见小，辜负名园矣。无锡太湖饭店的大厦与蠡园之关系，正是如此，我不必多说了，观者自知。

淀山湖之游，可先看曲水园，餐于青浦，鱼虾鲜美，从容小饮，午后去大观园，夕阳红半，乘车而归，一天乐事，眼腹俱饱矣。

## 鸟语花香

记得童年依母之时，最难忘怀的是她用的那只茶杯，杯子的一面画了花鸟，一面写着"鸟语花香"四个字，六十年来，这杯子的形象还时常出现在我眼前，因为它无形中熏陶着我爱好自然与园林的心灵。我时时在想，这样一只在常人认为普通的用具，而上面的图画与文字，对我来说，影响是何等深刻啊！我家有个小园，有花有鸟，经常是花影习习，鸟语啾啾。尤其是父亲他喜听鸟语，在树上、墙上做了一些人工鸟居，这种与鸟为善的措施，使我家的庭园中，自晨至暮无时不有好音乐送来，类此的闲逸高雅环境，在今日确是十分向往的。如今我仍保持此种习惯。我在窗外高树旁施点食饵，小鸟就整天来陪伴我，那清脆的鸣声，我觉得比有些不入耳的音乐好得多了。"众鸟欣有托，吾亦爱吾庐。""苔痕上阶绿，草色入帘青。"就是我这老书生家的写照。

我们知道，园林之景，有实有虚。山水池馆、亭台楼阁，实景也；声、光、影，虚景也。风景如无虚景，则景应该算是不全面。在虚景中，还有一件是香，所以鸟语与花香是结合在一起的，足证古人对安排园境、风景，用心之妙了。

世界上的事，往往是奇妙的，虚的有时比实的好，看鸟没有听鸟语来得动人，闻花香比看花更怡神。因此，在传统中对花重香。那兰香、桂香，就能高远引人。而有色无香的花，往往不能算为上品。鸟如果徒有其色，而丧其音者，亦非名鸟也。到此，我益赏"鸟语花香"四字之用意深也。

目前我们在建设风景区与造园方面，对"鸟语花香"四字理解不深，也就是说，有情致的、能耐人寻味的构思少了一点。对鸟语这个问题，几乎极少人论及，甚至有些地方以出售野味为广告。野味上街，则好鸟何来？此可谓煞风景事，主其事者无文化的表现，可见一斑。在国外的公园，真是游人与禽鸟同乐，其亲切逗人的景象，给人留下美好的回忆。对于花，似乎色重于香，当然，花团锦簇，万紫千红，未尝不是好事，但如果不在香字上再多着眼，那吸引力就差了。我爱兰圃，其苍翠之色与清雅之气，是世界上最高的享受，上了年纪的人都有这种感觉。我希望年轻的同志们，能对"鸟语花香"四字深入理解一下，那么你对自然美的领会，必然更深一层了。

《鸟语花香》杂志创刊了，我相信能起鸟语花香的作用。同时它虽然是一本比较柔性的读物，然而其所起的作用，不会亚于刚性的或刺激性强的文章。虚与实是相对的，空灵与蕴藉的作品，其所起影响，或许较深远一些。而这种刊物，其留存人间亦是久远的，看来无用，实为有用。它能陶冶人的性情，增加美化生活，促进精神文明，意义是深远的。值此首期与大家见面时，我拉杂写了这些，以为颂。

# 园林分南北　景物各千秋

"春雨江南，秋风蓟北。"这短短两句分明道出了江南与北国景色的不同。当然喽，谈园林南北的不同，不可能离开自然的差异。我曾经说过，从人类开始有居室，北方是属于窝的系统，原始于穴居，发展到后来的民居，是单面开窗为主，而园林建筑物亦少空透。南方是巢居，其原始建筑为棚，故多敞口，园林建筑物亦然。产生这些有别的情况，还是先就自然环境言之，华丽的北方园林，雅秀的江南园林，有其果，必有其因。园林与其他文化一样，都有地方特性，这种特性形成还是多方面的。

"小桥流水人家"，"平林落日归鸦"，分明两种不同境界。当然北方的高亢，与南中的婉约，使园林在总的性格上不同了。北方园林我们从《洛阳名园记》中所见的唐宋园林，用土穴、大树，景物雄健，而少叠石小泉之景。明清以后，以北京为中心的园林，受南方园林影响，有了很大变化。但是自然条件却有所制约，当然也有所创新。首先是对水的利用。北方艰于有水，有水方成名园，故北京西郊造园得天独厚。而市园，除引城外水外，则聚水为池，赖人力为之了。水如此，石——南方用太湖石，是石灰岩，多湿润，故"水随山转，山因水活"，多姿态，有秀韵。北方用云片石，厚重有余，委婉不足，自然之态，终逊南方。且每年花木落叶，时间较长，因此多用长绿树为主，大量松柏遂为园林主要植物。其浓绿色衬在蓝天白云之下，与黄瓦红柱、牡丹、海棠起极鲜明的对比，绚烂夺目，华丽炫人。而在江南的气候条件下，粉墙黛瓦，竹影兰香，小阁临流，曲廊分院，咫尺之地，容我周旋，所谓"小中见大"，淡雅宜人，多不尽之意。落叶树的栽植，又使人们有四季的感觉。草木华滋，是它得天独厚处。北方非无小园、小景，南方亦存大园、大景。亦正与北宋山水多金碧重彩，南宋多水墨浅绛的情形相同，因为园林所表现的诗情画意，正与诗画相同，诗画言境界，园林同样言境界。北方皇家园林（官僚地主园林，风格亦近似），我名之为"宫廷园林"，其富贵气固存，而庸俗之处亦在所难免。南方的清雅平淡，多书卷气，自然亦有寒酸简陋的地方。因此北方的好园林，能有书卷气，所谓北园南调，自然是高品。因此成功的北方园林，都能注意水的应用，正如一个美女一样，那一双秋波是最迷人的地方。

我喜欢用昆曲来比南方园林，用京剧来比北方园林

（是指同治、光绪后所造园）。京剧受昆曲影响很大，多少也可以说从昆曲中演变出来，但是有些差异，使人的感觉也有些不同。然而最著名的京剧演员，没有一个不在昆曲上下过功夫。而北方的著名园林，亦应有南匠参加。文化不断交流，又产生了新的事物。在造园中又有南北园林的介体——扬州园林，它既不同于江南园林，又有别于北方园林，而园的风格则两者兼有之。从造园的特点上，可以证明其所处地理条件与文化交流诸方面的复杂性了。

现在，我们提倡旅游，旅游不是"白相"（上海方言，玩），是高尚的文化生活。我们赏景观园，要善于分析、思索、比较，在游的中间可以得到很多学问，增长我们的智慧，那才是有意义的。

## 谈谈色彩

人们都有一双眼睛，除掉色盲者外，没有一个不能辨五色的。但是这五色是太奇妙了，它能变幻成千姿百态，迷惑住世界上的每一个人，这色可能是世界上最美的东西吧！但是色在各种事物上的反映，是那么的多样，有美有丑，人们在选择时，又是各尽所需，各有各的爱好，大有"萝卜青菜，各人各爱"。我是喜欢阅人的，尤其这几年来，人们的时装是多样化了，而色彩亦品类繁多，有许多服式与色彩看去很顺眼，但是有些却令人作呕，这又为什么呢？我们现在不妨来谈谈。

从动物来谈起吧，动物不论走兽、飞禽，它的皮色与羽毛，其色彩不是凭空而出来的，是由所生长的环境与保卫自己生命的需要而产生的，因此北方的动物的色彩便不及南方动物来得丰富多变，感到单调多了，你看鹦鹉生长在植物茂盛的地方，其羽毛颜色够娇鲜动人。这个极普通的原理，我们用以来衡量服装色彩，某些地方亦有参考价值。香港这地方，在一部分人看来是够向往的地方，因此他们的"先进"东西便是"学习"的榜样了。可是香港地处我国华南，气候属亚热带，当然在各方面，色彩都反映了地方的特征，一望而知是南国产物，而有些人却不加分析地来模仿了，于是大红大绿代替了雅淡的吴中服式。就是连冰天雪地的东北也出现了香港式姑娘，这不顺眼的色彩出现，就是对色彩的地方性疏忽了，盲目地搬用并不符合色彩的科学性的。

服色是如此，建筑色彩又何尝不如此呢？江南的粉墙黛瓦就是适应软风柔波垂柳的小桥流水，而用北方宫殿建筑的红墙黄瓦，也就与环境格格不相入了。江南民居、园林的那种雅洁的外观予人以明快的感觉，该是大家所留恋的吧！如今许多江南中小城市都用上了红砖，我有次在常熟城市规划会议上，大呼"火烧常熟城"，引得大家发笑，这炎热的江南夏天，居民怎受得了？可是建筑材料部门就是不肯烧青砖，那又有什么办法呢？群众不喜欢的色彩，又何必强加于人呢？可见，重视色彩学并不是那么可忽视的。

园林呢？色彩是最丰富了，有建筑的色彩、树木的色彩……北方皇家园林的金碧辉煌之气，江南园林清逸素淡之景，它在建筑上的色彩区分有别，而树木亦是不同样地应用。北方寒冷落叶早，为了不使园林景色感到枯寂，多用松柏长绿树，这与蓝天白云、红墙黄瓦，在色彩的对比与调和上下了功夫。而江南园林，则栽上大量落叶树，因为落叶树能见四季，夏蔽阴而冬受阳。从芽叶直到枯枝，予人以不同的美的享受。正如北方的服装，从种类到颜色比较简单一些，江南便要从单衣到夹衣、棉衣等等，品种是多了。色泽呢，也由浅入深，多样化了，这些是与环境气候有关的，我们如果违背这些原则，就会使人不顺眼。顺眼是我们习见的东西，来适应我们的感觉，并非没有一些根据的。

　　色彩学并不是一门太专门而人不可习的东西，也不是美学家与美术家的专利，我们应该将美学上的一些普遍原理与我们的日常生活联系起来，那我们的文化水平便高了，有了文化便产生得出高尚的情操，脱离了低级趣味，我们能有所选择，能正确采用，那事便好办了。什么是美？真便是美。实事求是，老老实实能反映出地方特性，适应环境，符合我们切身的需要。希望大家对色彩多做点具体分析，那我们是能够享受到美的生活的。

# "三好坞"谈往

校报的副刊名《三好坞》，在同济大学校园内还有实景"三好坞"，每个同济人都是很熟悉的。然而"此歌能有几人知"，说得上它历史的人恐怕不多了。我曾经有过两句诗："三好坞中千尺柳，几人知是薛公栽。"你道薛公是谁，他就是50年代同济大学党委书记兼校长薛尚实同志。他为同济大学尽了极大的努力，打下了各方面的基础，《同济学报》也是他创办的。

50年代初，同济大学在院系调整后，校舍开始兴建。我那时只三十出头，劲头大，正开"造园学"课程，面对着荒凉的同济园，一心想将它建成花园，自信晚年能优游于万绿丛中。薛校长1953年秋刚从风景城市青岛市委书记任上，调到同济来，他十分重视绿化工作。却又凑巧，我在之江大学建筑系教过的学生刘秋霞，他父亲在大场有一个芸园，经我做工作，并得到薛校长的支持，他父亲愿意将这园内所有的花木及园工移赠、调动给同济。这些花木就是同济绿化的基础。我们在大雪天气，自朝至晚，移植了大批花木。很短时间内，校园就开始变样了。

次年，文远楼竣工，楼后留有一片洼地，大家倒垃圾，臭气熏天。我对薛校长和总务长刘准同志提议：不如"因地制宜"，发动群众来造园吧，将低地凿池，挖土堆山，改变这个又臭又脏的局面。薛、刘两位欣然同意。我记得当时薛校长、刘准、马登宝、薛水生、潘顺福等同志及花工陈师傅、张林林，还有参加劳动的同学，大家半身浸在水中，把泥土翻到土墩上。地形初具规模，然后栽花移树。当时从芸园移植来的大紫薇桩，真是名贵东西，可惜"浩劫"中不知何处去了。"三好坞"这名称，是薛校长取的，命意深远，他在三好亭中手写过一额，笔力雄健。三好桥的形式也是他决定的，用的竹结构，很雅致。园内小山错落，曲水湾环，几年不到，树荫遮蔽，遂为同济一景。经过"文化大革命"，亭、桥等皆不存了，薛、刘二公早已含冤"下台"，这"三好坞"竟也成了"罪证"之一。我亦因参加了这项造园工作，受到了批斗。因为有人在那里自杀过，也有学生在那里谈过恋爱，我的罪名是不小了。"四人帮"打倒了，"三好坞"也进入小康时期。可是修缮主其事者，似乎对造园看得太容易一些，新修的假山，"排排坐，个个站，竖蜻蜓，叠罗汉，有洞必补，有缝必嵌"。真个是"假山"，对闻名全国的土建大学来说,是不能算什么满意的成绩了。

薛尚实同志,前几年离开了人世,他的冤屈已得到了澄清昭雪。逝者如斯,我每过"三好坞"总还要想起他,我那两句俚诗,并非无为而写的。事隔三十多年了,垂老之年,写上了这段同济小掌故。

# 秋水

"欲改清真春思调,一秋最是忆人时。"秋天真可说是怀人天气。清晨在校园中闲步,见小溪中涓涓清流,明洁、澄莹,勾引起我对往事的无边遐想。树旁有一位同学在写生,他的自在神态,却引出了我对似水年华感叹的泪痕。分明记得十几岁的我,在杭州梅登高桥的一所学校念书,附近有一白荡地,广阔的水面,倒映着三层的水星阁。这里是南宋时的名迹,如今人们恐怕早淡忘了。我们当时虽然是中学生,但对地方历史还是十分注意的,这是爱国主义的基本教材。水星阁白墙黑瓦,映在秋水中,虚虚实实,偶然吹来微风,涟漪皱水面,正在学水彩画的学生们,便要踌躇一番如何下笔才是。老师笑了,说大处着眼即可,我们才敢下笔……然而,这一碧的秋水,却教人永远难忘,也许它便代表着我逝去的纯洁无瑕的童心吧!

秋水静,属于止水。杭州里西湖有座别墅,名"秋水山庄",城内马市街有处园林叫"鉴止水斋",看来都着眼在秋水上。"秋水伊人"为古来名句,因水而及人,这是很自然的常情。秋水静而生空，空而生慧。秋水前的人，真是心明如镜，太超脱了，往往有时会产生复杂的情绪，一会儿却又"秋水共长天一色"，空明得静如止水。西湖一年最好的季节，应该说是秋季，尤其是南湖，人少境幽，秋水白云，我如今还留恋着白云庵前的一角湖面。

水到秋天太奇妙了，静极生动。八月惊涛，浙江潮名闻天下，可说是水动的顶点。人们爱观，我也欣赏它。然而我总觉得潮退后潺潺浅流，与将静未静的波尾，在沙滩上缓慢地流着，是动中寓静，绚烂渐趋平淡。我爱这境界，也许这与我的年岁有关。但是我总觉得东方人在审美观点上，有许多比一般的西方人高妙一点，懂得什么叫雅、淡、秀、洁、含蓄、蕴藉、不尽之意。前天有个朋友说，中国京昆戏唱做太慢，不符合时代节奏。我说："朋友，你是迪斯科的知音者。"慢与快是相对的，不是绝对的，牛奶咖啡与清茶也各人各爱。这其中包含着文化修养深浅的问题。十年浩劫，我们的文化中断了，如今对外来的东西又不择好坏。为什么听贝多芬曲子的人，仍如听京昆剧的人那么一天少一天，仿佛到了初冬天气一样？而外国人却誉昆剧是中国戏剧的祖宗，如痴如狂地爱好呢？

秋水宜亲、宜依。亲与依就是要接近它,接近了便可增加感情,无情之游,不会产生文学艺术作品,亦得不到一点灵感,"白相"而已。有许多朋友歌颂高建筑,在高层上望西湖,我说这是"近视眼望钱塘江——白茫茫"而已。一位朋友说,现在关键要扫"园盲"。确实,应该扫盲,何况有许多"不识庐山真面目,只缘身在此山中"的建筑与园林工作者,也应该提高点文化修养,多少脱离一些低级趣味!

秋水是明镜,我们的心地、情操与眼睛也应如秋水一样纯洁、高尚,以期更聪明敏锐些。

# 淡妆西子
## ——海盐南北湖

一个人常常有不少的回忆,风景区亦是如此,你说这是怀古之幽情吧,倒也不是,大概好的、美的、真的,总给人以留恋。我爱西湖,更爱它的南湖里湖一角,因为它有这三个优点,随着时代与人意的左右,不免要起变化,但是从哪个方向变,去芜存菁、精益求精,还是趋俗从洋,那要看文化水平的高低了。

去年我参加浙江海盐张元济先生图书馆奠基典礼,重游了南北湖,发出了"淡妆西子今犹似"的颂词,我自觉没有说得太过,它勾引了我童年游西湖的美梦,这"淡妆"的倩影,我永远忘不了,垂老还要赞赏它。

南北湖是浙西山水的一颗明珠,有山、有湖、有海,景观能具此三者之美者,我一时还想不出一个能与它媲美的,这村姑还很少与世人见面,实在太委屈了。

清晨出了海盐城,沿海而行,峰峦蜿蜒,湖隐其中,有亭翼然,景区开始了,亭名"明星亭",当年胡蝶在此拍《盐潮》影片,里人筑亭纪念此事,主其事者吴侠虎老人，已鹄候于此。我们荡舟缓行，晨雾初散，晓山凝翠，湖上的春风吹得我心魂欲醉，此地没有一点脂粉气、洋气、污染气，唯有风声、桨声、鸟声，涟漪下的水草，澄碧可数，几条细鳞，是那么天真地在玩啊！世界之大，居然容我小休于此，实在太幸运了。

山麓粉墙低亚，鲍君翔麟（南北湖风景区经营人）引人登岸，他说请我们参观一下这里新修葺好的蒋氏西涧草堂藏书楼。我徘徊楼前，旧游如梦，这正如当年西湖的庄子啊！太亲切了，有楼五间，管理人在此以山间新茗待客，额出俞平伯先生笔，因楼主藏书家蒋寅昉（光焴）先生与平伯先生曾祖曲园老人交深也，故为补书。壁间悬梁启超西涧草堂《潋山检书图》记，王国维题诗，太雅洁了。登楼一湖如镜，苍山四合，竹篱茅舍，浅淡村居，南宗山水的神髓，于此得之。近来画家喜画高山峻岭，对这种平泉远山，缥缈之境，为什么不太钟情呢？我又想到华文漪、梁谷音与岳美缇。我悔煞没有邀她们同来，这湖上的一曲是能够体现昆曲之美与江南山水之美的关系，美缇籍嘉兴，正是邻县。海盐早有海盐腔，实毓秀于山川，非无源之水啊！

山巅有云岫庵，可望海，山间竹林，青翠沁人，竹笋鲜美，而鱼虾盈篓，柑橘满林，随处得之，将来旅游事业开发后,恐无此清福了,而我们要保持一个美好的风景区,对这些"弦外之音"如何处理?看来那是要费些踌躇的。

从前一个著名的风景区,必有副区佐之,西湖之与西溪、泰山之与灵清、普陀之与岱山,既有主次,更具游人聚散之便,实是良策,用心至佳。如今西溪早成工业区,曲水芦花已不复得,而西湖游人日增,则距杭州极近,地处沪杭公路的南北湖,其开发势在必行吧!

## 春帆得意上高邮

"四人帮"打倒后,我总爱用"晓色云开,春随人意"这两句秦观的词来抒写心情,也因此为若干风景园林题过字,看来还是妥帖的。少时爱读秦词:"自在飞花轻似梦,无边丝雨细如愁。""斜阳外,寒鸦数点,流水绕孤村。"很想到他故乡江苏高邮去看看,欣赏一下当地风光对大词人创作的影响。并且高邮二王——王念孙、王引之的学术,也一向使我景仰不已。事也凑巧,秦观的文游台,与王氏纪念馆要修缮,我有幸在前岁飞花细雨里、今年春帆得意中两次上了高邮,留下了"春风十里柔情"的回忆。

"垂杨夹道,杜若连汀。"这是使人神往的小城景色,但如今渐渐地随着不合理的小城建设消失了,只有在低回默诵中得之。城市引景实在太重要了,现在姑且不论城市,就是风景区也没趣了。我在全国风景会议中曾经说过"四周树木都破尽,一路天窗(开石)直到山"已成普遍规律,庐山、黄山、海盐南北湖……我不忍多提了,是谁之过呢?高邮城未到前的序幕,实在诱人,林荫道沿着大运河,有疏有密,所构成的画本,清灵、雅淡,林影河光,有些不信是在苏北。从前人说,人杰地灵,那么秦观成为一代大词家,必非无因,所以说钟灵毓秀,我们对城市规划与建设在景观上不可等闲视之。

"高邮邵伯水连天。"水是这里的特色,因水而成景,大运河中的镇国寺塔,亭亭出小屿之上,与池光倒影,虚实成趣。塔建于唐,修于明清,四角七层,凝重硕秀,很有地方的性格。老实说这塔是先入为主,它仿佛是高邮的代表建筑。水的变化太妙了,景的形成太多了,风帆、水鸟、芦丛、鸭群,历历若绘,平淡质朴的村居,映在朝晖与夕阳中,而空气的净洁,恬适极了。那里的宾馆,是单层平屋,梧桐深院,滴翠迎人,虽然没有空调,我却认为是最高的享受,正如冰箱中的食物,哪有市鲜味美呢?因为没有空调机声、流行歌曲声,我有了"超士"的境界。我并不因为没有现代化的设施,而感到招待水平不高。此地菜肴,有些像二十年前的扬州,味能存真。扬州近来有点"洋州"味了,高楼宾馆,无异住在外国,远望瘦西湖,近来太窈窕了,瘦了几分。湖宜平视,却忌俯观,可不慎乎?

北宋时苏东坡先生到高邮,与秦少游(观)先生等在一个土埠上作文酒之会,这里后来点缀了建筑,成为高邮一景，名之为文游台。这是一处重要人文景观，有花木台榭之胜，而石刻尤胜。可惜吟诗雅集之处，其近旁开了大公路，还有药厂，有些煞风景。朱副县长延庆同志是位文人，但秀才救不了它的命。我们在文游台，唏嘘一番而已。延庆同志从学校调到县里，颇以轻弃业务为累，我说你县先贤王氏身居显位，而成一代宗师，其故居平屋数间，而文章千古，不是典型犹在么？相与莞尔。

"落花水面皆文章。"清游何处不宜人。旅游要有点诗人的情趣，则其乐隽永有味，可以消除"凡俗"，这才是真正有文化修养的旅游生活。

## 香港侧影之一

从早春二月的香港,回到绵绵细雨的江南,在这一周中,思想终难平静下来,感到头绪多了,一时想写些港行点滴,也懒于下笔了。《牡丹亭》"游园"曲词中有道:"由它缱"吧,正有些仿佛。

人们到了香港,当然眼帘所接的,尽是高楼大厦,鬓影衣香、丰宴豪餐,多迷人的物质生活啊!然而我这清风而来、清风而归的游客,却带归一片南国的烟云。又从侧影中品赏了这个特殊的地方,特殊的人民,特殊的一切……引起了我的深思。

这次在香港受到各方面的隆重招待,享受到高情友谊,尤其在机场濒行相送,梁椿儿、霍丽娜、谢顺佳诸位,挥手握别之际,别有一番滋味,尤体会到这是有异于官场的送往迎来,我们并不是扮演角色,而是在人生舞台上真正地做戏,没有虚假,大家真诚地期望着后会有期。我这次到香港,椿儿是我的导演,学术活动、社会交际、电视、广播、风景参观,以及生活等多方面,全仗她的安排,她诚恳、热心、负责,一生中能得到这样一位无私的朋友，是港行中最大的收获。不论在什么社会中，总会有突出的为人，我就是在千万的人群中认识了她，清游两周，留下了难以磨灭的纯洁印象，谨此表示我微薄的谢忱。

香港在风雅一点的人来说，喜欢称它为"香岛"，这媚人的名字啊！几十年来勾引起我无限的相思，地名能冠以一个"香"字，实以虚出，用词太巧妙了。从香字出发，一切如入幻景了，因此我不能不歌颂它。这是一个美境，我有幸来到这个美的地方，自然会开始注意到：美从何来呢？人们到香港，可以说只向上看，而不肯低头，而我却甘居下流，为俯观的绿化逗住了。看惯了上海黄浦江、苏州河黑波的人，见到这绿得比翡翠还要明洁澄莹的迷茫沧波，我有些飘飘然了。然而看海的人，也许只有我这个初到香港的"乡下佬"。宋代词人辛稼轩有"是中无有利和名，因甚山前，未晓有人行"，悾惚的人们，各奔着前程，怀着不同的想法，有的埋怨这海湾太不方便，有的想把它填平造屋，有的……我不敢多想了。

香港的自然景观，天赋独厚，英国人亦非不高明，来看中这块华土，开始经营了这个地方，确也下过点功夫，但是随着岁月的流转、事物的不正常发展，如今"高楼塞天地,汽车如爬虫",自然景观逐渐破坏了。我面对着这位有些像维纳斯的南国佳人,只可幻想她昔日的憨笑丰肌与难以再来的逝水年华了。

我不能不钦佩中国香港特区政府与高明的建筑师、工程师、资本家们改天换地的精神。但是"好花须映好楼台",自然景观被损坏无遗,那风景学与城市规划学中的"借景"这个重要原则,忘得九霄云外。山平海填,树秃湾直,生态造成不平衡,必然自食其果。我在香港感到最怅然的,无过于有些风景区,以山林作城市化。愉景湾这样的好山,却高耸着两座如屏风的大楼,设计的这位建筑师,可能从未见过真山真水的基地吧,如果他做美容师,也不过是个剃光头的理发匠,风景只此一笔,画面全损了。"因地制宜"在香港人的心目中,看来是多余的事。真山是破坏了,而又拼命地在铲平的地面上堆假山;海湾填平了,到处迅速地造喷水池,大有"真山面前堆假山,饭店门前摆粥摊"之势。假山呢?那些石头,不是排排坐,就是个个站,有的竖蜻蜓,有的叠罗汉,武打出场,观众叫好。有着真山水的范本在眼前,反而视若无睹、闭门造车。香港人是聪敏的,在服装、饮食方面是做出了卓越的成绩,但我们的同行太谦虚老实了,在巧字上似乎逊色了。英国人的园林是世界上地位的，而风景区建筑物栏杆的高度却一定要标准化，一律高度。从这一点，我对英国人造园水平有些怀疑了。恕我所学不深。

丽娜陪我上山顶，浓荫夹道，杂花迎人，这些英国人的住宅区，确是恬静、舒适，顿时想起愉景湾中的那些烧了大片山头、填平整个海湾的监狱建筑，两者相比之下，我真难受。这是谁家的领土，我不敢想殖民地这三个字……我是中国人。

香港的光太炫人了，虚是大于实，我受着这种电光的恩赐，回上海后老花眼增了几度。我面对椿儿那明媚的秋波中泛起了细丝，十分难受。因为高楼林立，白天用电光过亮，太强烈刺人，而天然光与树木所见不多，无以养目所致。那些百货公司、饭店、餐馆，到处磨光地面，扰人的各色霓虹灯，以及大玻璃镜，连电梯中四壁的"哈哈镜"，这样面面有"情"，视力太疲劳了，尤其那么多的镜子，美容既现，丑态毕露，对人的精神来说，并不感到愉快。科学可以有助于人，亦可有害于人，关键是人们怎样正确对待它。

## 香港侧影之二

软风吹暖了初春的海面,王福义先生招游同去大屿山,醉人景色,在小轮中望去,极尽变幻的能事。绿的是水,浅黛的是山,雪白的船舷水波,平静舒服地度过了半小时的海上生活,愉快地登上了陆,蜿蜒地走上了山。俯视海湾,仿佛闪烁的明镜,点点飞鸥打破了宇宙间的清寂,人的遐思却随着鸥翼上下了,可以想入无际。

这里的环境太美了,我最爱那山坳间的小别墅,点缀得很雅致,听说有些将淘汰了,快要代之以高楼大厦。这也不算稀奇,本来香港的趋势,原是大吃小、高压低的,人从巢居而进化到陆居,今后大家又将恢复到原始巢居生活,不过没有如鸟那样有双翼而已。我们到了大水池,这应该称为水库吧。大家站在池坝上看景,群山环抱,一泓可鉴,是个观赏点,可惜缺少建筑物,未能留客,而坝下牢房,更是扫兴。福义对我说,面对的那座山,上面要建造一个大佛,尺度是亚洲第一,多大的气魄啊!这佛像的方案曾送来让我提意见,我因为没有看到地形图和环境照,也不敢妄加评议。这次到了现场,我有些怅然了。表面上，从巨大尺度来看，确是惊人，然而山那么高，那么大，佛像再高大也敌不过山，虽大亦小也，大小是相对的，而非绝对的。因此古代凿刻大佛，外必有龛，龛内藏佛，仰之弥高了。如今山顶建大佛，名之为吃力不讨好。从水面望去只见其背，根据我们造景原则来说，景有多面观、一面观等，佛像宜正面观，如今孤矗山顶，教人观景无所适从了。我们再车行到寺前，殿与佛像又那么近，所见仅佛脚而已，谚云："急来抱佛脚。"不啻为此讥也。殿与佛之前再加了牌坛一隔，景益分碎。回顾大殿，相比之下有若鸡笼，真是出钱不讨好。佛家在于悟，造园造景在于巧。消息可征，应该借鉴。雕刻家看来应该有几分建筑、规划、造园等的知识，不至于自称好汉了。

风景区的建筑物、雕刻品，要谦虚，要甘当配角，我们要锦上添花，花却不能压锦也。过去的名山古刹，都是藏而不露，深明此理。文学艺术讲蕴藉，我们偏偏要做暴发户，宛如乡下佬装上了金牙，唯恐人不看见，时时故作微笑，以显其金牙一样。古人入山寻寺，"只在此山中，云深不知处"，那才够得上诗意了。

那天中午我们在海滨一家小饭馆进餐，太宜人了，简单的几样菜，确是广东风味，没有见到唇红粉脸的招待员，为我们效劳的是一位仿佛村姑的少女，感到很是亲切。使我忘却了两周来饱享灯红酒绿的豪华大宴，留下了这淡如轻云的浅斟低酌，绵渺地永远出没于归思中。我懊悔没有与椿儿同去，她是能欣赏这般美的人，她叫我观看过她办公室窗外大楼间一角的青山，露出了太微妙的表情。"我见青山多妩媚，料青山见我应如是。"爱好是天然，我们宜乎多么地需要珍惜青山绿水啊！

## 香港侧影之三

霍丽娜陪我往游浅水湾,浅水湾风景之美,也不必我多费笔墨了,但今日的海湾倩影,却有些令人啼笑皆非。人家以为我研究古建筑与园林的,当然介绍我看那鲜艳夺目的濒海中国古典亭桥,相见之下不由"叫极",既不像布景,又不像"巧玲珑"(纸扎品)的建筑,不过如"宋城"一样的炫人眼目而已。正在叹惜中,回头看到了一块大玻璃窗,那暗褐色的镜面中映出了近树远山、海水片帆,是一幅活动的大壁画,这虚景是太吸引人了。丽娜高声叫好,迅速地拍上了几个镜头,笑着对我说:"我是只看实不着虚,只见海不见影。"

香港的榕树,应该说是香港之宝,可惜如今很多离休了,退出历史舞台,去见了上帝。那天在城门郊野公园,我们坐在草地上,浓荫密盖,太恬静安适了。是处有亭,我额为"半间亭",为题一联:"林壑春风闻鸟语;午阴嘉树看清园。"颇能道出当时境界。香港风景区的一些点景建筑,有亭有门,能以朴素雅洁出之,看不到红绿夺目,这是在国内很少见到的,深以为慰。

我这次在香港参观了许多住宅区的小公园，在植物配置上感到有些"品色繁多"，无花不栽；而建筑呢，不是小品，而是"小拼"，似觉太杂乱，没有深入思考与安排。要知多即是少，没有二种植物做基调，有花便种，有树便植，有如韩信将兵"多多益善"，事实却会走向反面，"万花筒"也不过勾引起孩子们的一时兴趣而已。万花倒也难得，问题是在杂得教人没有快感，显出不安定的思绪。南国本多名花奇卉，我们可以巧妙地用一种品种群植，或多种品种分植，花团锦簇，可见心裁别出，但"杂"字却不能从中作怪。

丽娜邀我去海边参观了她家的别墅，石屋参错正在兴建，选址太好了，凭栏沧海，俯视惊涛，那拍岸的浪花，宛若飞雪。老实说，别墅建造，首在选址，要有景可观，而不在本身的华丽，当年白居易的庐山草堂，虽陋屋数间，而庐山如在几前，霍英东先生能看中这个宝地，我是佩服他独具只眼，丽娜要我题额，为书"听涛山房"，恐未能尽景之万一也。

## 香港侧影之四

从飞机场出来,友人们送我上香港大学柏立基学院宿舍。进入大门,回廊曲折,楼台高下,树影扶疏,灯火依稀,多神秘安静的山居啊!钟兄华楠对我说:"这是司徒惠先生设计的!""真个不错!"华楠是香港著名建筑师,为我介绍了这些。我频频点头,有些像《老残游记》中的刘鹗到了大明湖一样。司徒先生是我过去执教过的上海圣约翰老校友,年长于我,我与他认识是贝聿铭先生介绍,以后我们通过很多信,作为忘年之交了。我有幸住在他所设计的宿舍中,感情有些像住在聿铭先生设计的香山饭店差不多,因此两周的时间,不但感到舒适,而且精神十分安慰。但遗憾的,在港期间,实在匆忙,连电话也没有通一个,我内心总觉得很不安,对这位前辈先生太失礼了,谨此表示我的歉意。

依山建筑群利用山坡的高低,安排了若干小院,我来时正早桃初放,悄无人处,频依东风,好禽鸣春,一声声催醒了恬静的山庄,清脆得教人神怡,甘心老于是乡矣!然而未失去思想活动的我,又发出了游子之思。

我的老妻不正呻吟在病院中啊！我黯然了，不自禁地吟出了唐人张泌的诗来："别梦依依到谢家，小廊回合曲阑斜。多情只有春庭月，犹为离人照落花。"景能兴情，确实太微妙了。中国建筑的廊院，最宜人居住。司徒先生运用这个手法，将高高低低、前前后后，一气呵成，缀成灵活紧凑的布局；而左右互借，上下仰借、俯借，形成变化无穷的空间。而隔院歌声，出墙花影，于朝晖暮霭中带来多少画意诗情，我虽没有享受到摩天大楼的豪华饭店，但这种有自然气息的宾舍，是予人以真的生活。我很希望香港能多出现几处。

人们来游香港，免不了来享受一下繁华的生活，而我却有空便要寻幽，我见了处处喷泉，就勾引起山间的清溪小涧、流瀑飞湍；即使在快速汽车道上，当横跨山谷时，也要俯身侧眼望望，下面有水没有。水有如美人的"秋波"，山涧无水，可说是美人失明了。那天在城门郊游公园，本来有一泓清泉，原想填去，经我的建议，总算保了下来，我私自安慰，算也留点功德于人间了。而香港有多少"秋波"已失明了。听说香港大学，不少大楼的下面原是极美丽泠泠有声的泉水啊！其他的地方当然更不一而足。山贵有脉，水贵有源，脉断源绝，生态破坏，景观顿失。而树木缺水，易成火灾，香港已是屡见不鲜的。也许科学家们，笑我落后，但天理、人情、国法，天理还是三者居其首的。

30年代的上海出现了许多文学家、艺术家、音乐家。清代乾隆年间，扬州出了扬州八怪之流与扬州园林。这二地是当时全国财富突出的地方，如今香港也算得经济繁荣了，但为什么追赶不上前人呢？没有"香港八怪"。我有点怀疑与惋惜。本来像香港这种地方，东西文化交流频繁，能够产生新的文化，可是如今只交流而自身尚姗姗来迟。扬州盐商能礼聘八怪之流，"养士"是一个关键问题，能"养士"说明尚具只眼。同时以南北文化之交流，能吸收二地之长，将人家好东西留下来加以融会提高，出现了南北园林的介体、具有地方风格的扬州园林，应该说是高明的。

"流芳百世"与"红极一时"本来是相对的，精神文明要影响物质文明，没有高度文化，产生不了高度的物质与经济。暴发户仅能"红极一时"，古人说"诗书可以传家"，城市繁荣脱离不了文化的繁荣，充裕的经济条件，可以培养出很多人才，扬州盐商的"善士"、造园等的举动是良有以也。旧调重弹，说了这许多废话，也许废话不废，愚者千虑，尚有一得耶？

## 香港侧影之五

香港真是个了不起的地方，东西南北，无奇不有。从大陆来的人，当然醉心于五光十色的百货公司，而我这穷酸，说也可怜，书生积习，未能为"十里洋场"所迷惑。我的至亲——香港大学社会科学院院长范叔钦博士，他最了解我的爱好，星期天上午他陪我去逛旧货店、古玩店、旧书店，我也得其所哉！小街信步，随意停留，可能因为专业关系，我特别钟情几家木器店，都是出售红木、紫檀、楠木、花梨等旧家具的。虽然黑黝黝的店堂，好坏杂陈，有些如蒙尘西子，未曾斗艳，实际都是一些明代与清初的老东西，太可爱了。我盘桓良久，留恋不忍去，而感慨横生了。这些历史文物，有些是1949年前早流入香港的，有些是近年来转辗到港的，有些是拆散运来的。甚至于有些在中国大陆亦罕有的了，真想不到在香港街头偶然见到了，"乐莫乐兮新相识"，当然是兴奋的，而其背面呢，却又是"悲莫悲兮生离别"，将来不知沦落何处了。我在香港一段时间，也到过许多豪家，但却未见一件好家具，总觉得有些失望。回忆若干年前，美国纽约大都会艺术博物馆，因为有一些明代家具，为了"金屋藏娇"，叫我为她安排了中国庭园"明轩"。如今与杂陈于坊间的一些来比，不期吟出了"旧巢合是呢喃燕，飞上枝头变凤凰；长向尊前悲老大，有人夫婿擅侯王"之句了。

香港收藏家大有，收藏古代家具一定不乏其人，但我还要呼吁，尤其像香港大学、香港中文大学，有博物馆、文物馆，但只见其他文物，而古代家具，则几乎付之阙如。我们称家具为"屋肚肠"，建筑再美，配不上好家具也是枉然。"古要古到底，洋要洋到家"，也许香港"洋"可说"洋"到家了，但"古"未必"古"到底，仿古有之，真古则很难讲。古旧家具是天天在少下去，重视还不够呢。

明清两代硬木家具，流传至今，要比书画数量少得多，国内除故宫博物院拥有一定数量的旧家具外，其他博物馆可说从未注意这个问题，有的博物馆几乎一件也没有。从抗战时期，日本兵烧红木家具取暖开始，又通过什么"破四旧"运动，再来个做秤杆、做算盘等古为今用的措施，以红木家具出名的苏州，老东西亦如鲁殿灵光。如果"浩劫"前我没有建议苏州园林处搜集一批旧家具的话，到今天，恐怕园林陈设也将空空如也了。

我于无意中尚能在港见到比大陆更多的硬木古代家具，太令人兴奋了，香港大有有识之士，必能放眼到这个冷僻的文物角落，如书画等其他文物一样重视起来。希望更寄托于两大学的博物馆、文物馆，要有文物的全局观点。愚者千虑，如是而已。

1986年2月20日至3月6日，应香港大学、香港中文大学、香港建筑师学会、香港景观学会之邀请，讲学其间。

# 说绍兴

一帘春雨隔余寒，犹有幽情写楚兰。
点出芳心谁得似，怜他和泪倚阑干。

十多年前在"困难"时期，我的几盆兰花早不知去向了，兰花也不画了，因为是用墨画，颜色是黑的，犯禁了，但积习未消，偷偷地还在舒叶点花，画毕自看还自惜。问花到底赠何人？朋友也不敢要，我更无胆送人，题了这么一首诗。如今我那本诗词集《山湖处处》，最近由浙江人民出版社出版了，午倦梦回，翻到了这几句，引起了我思兰的幽情。那最依恋的，要算我家乡的越兰了。叶圣陶老先生在我画兰上，题过两句"忽忆往事坊巷里，绍兴音唤卖兰花"。的确，叶老是苏州人，当时卖兰花的都是绍兴人，挑了担跑遍全国，甚至要到海外。以很廉的价格，予人以无限幽香，窗前案上有此一丛，雅香馨芬之气，是世界上其他花所不及的。兰为国香，并非无因。当年王羲之的那篇《兰亭集序》如果不在绍兴写，恐怕也不能成为千古佳作。淡是无涯色有涯，兰

[晋]王羲之《定武兰亭真本》(局部)

花无色，而色最艳。兰花香洁，而飘最远，仿佛一个高人，具有脱俗的气概。昆曲比作兰花，在雅与淡这个特性上，确是相宜的。

兰花有性格，叶韧而花香，有些像绍兴人。绍兴文风至盛，历史上出了那么多的文人、书画家，而脾气呢？却朴实坚强，不太好对付，如兰花的叶子，使劲拉也拉不断。也可说植物也能熏陶影响民性、民情了。宜乎人称绍兴为兰乡。

"柔橹一声舟自远，家家载得醉人归。""日午闻香桥下过，村人贻我酒颜红。"绍兴人家过去家家造酒，连生个女儿也要特制酒，准备出阁时用，称为"女儿红"，过去家藏陈酒不以为是一件事。建筑大师贝聿铭先生最近接受同济大学名誉教授，因为他后年七十大寿，我送他两瓶六十年陈酒，那种喜形于色的"痴"态，实在可入画了。他久居海外，但醉心绍兴酒，可知绍兴酒迷人之深也。杜牧《阿房宫赋》上写到的"五步一楼，十步一阁"，如果将其移用来描写绍兴酒家，那实在太妥帖了。绍兴人饮酒，可说是品酒：闲适、自在，五香豆、豆腐干，自由自在，谈笑风生，恢复一天疲劳；彼此交流信息，无边无际，乐在其中，宜乎阿Q虽穷，也不能离开它呢！绍兴酒店，设备很简单，几张板桌、板凳，甚至于立着也可饮，站在柜台旁称为吃柜台酒。但是烫（热）酒，却大有功夫，过热酒性走，过冷不能上口，一定要用串筒水烫，这才是老绍兴做法。过去花雕（坛外画花的），陈陈，竹叶青，女儿红，如今花雕这个名称改为"加饭"，似乎不够高雅了。因为花雕这个花字多少能使人联想到兰花，兰香酒香，交映成趣呢！

绍兴人似乎是有几分吝啬气的，但客来饮酒，从不计较，主客慢慢地品尝，很斯文，没有西洋人饮酒的那种海饮情调，正如中国人欣赏风景园林一样，有着悠然自乐的风度。而且向晚归家，多少已在小酒店中乐胃过一番，因此我上面写的几句小诗，正是为此情写照也。绍兴是水乡，以舟代车，每到斜阳在山，人影散乱，渔舟唱晚，船头小饮，各极其态，"此身从不梦长安"，毫无官瘾，沉醉在醉乡之中，此景唯越人得之。绍兴之有名酒，与越水难分，越水清而纯，泉香酒冽，古之明言也。

绍兴石桥，千姿百态，数量之多委实惊人。近年来我编著《绍兴石桥》一书，进行了较全面的调查，才知道在四千座以上。洋洋乎大观哉，怎样不可称为桥乡呢？"姿容留得千秋貌，未把河梁一样形。"桥形式固多，其点缀而成水乡景物者在乎此。水乡总是赖桥名，水乡如果没有桥，那什么好景也形成不了呢。桥洞正如画框，有圆有方，它与桥的高低横直起作巧妙的构图，远山近水烘托得那样调和。我曾说过，江南的特色是软风柔波。去过绍兴的人，在感情上，必留下这种难以磨灭的印象。因此绍兴风光，可说是桥的风光，平地、山区、市坊、名胜，以至前街后巷，无处不是桥。"粉墙风动竹，水巷小桥通。"水巷在绍兴很普遍，巷中行船，十分方便。绍兴人对于船的理解，真是无船不能行。那小船有如自行车，男女老少，个个能使用。"临流呼棹双双去，红柿盈筐入暮秋。"生活在城市中的人，谁能不羡慕这种水乡生活呢？

水离不了桥，桥又是因水而产生，两者相依为命，越水清，越山秀，水又离不了山。古人说山阴道上，亦就是山与水所构成的越中山水特色。越水弥漫，平静如镜，故有名镜湖，而小流萦回，自成村落，处处人家。柳下枕桥，晓露蒙蒙，莺啭林梢，无水不成景也。

绍兴因为多水，且多石山，历代因开山而形成了许多石景，而石景又必须有水方成，最著名的当然首推东湖了。东湖可称为石景水盆景，嶙峋峻峭，深渊平波，"虽由人作，宛自天开"。奇险处往往令人叫绝，深佩越人之能因地制宜、因石成景、因水成趣也。于今教人悟到风景之成，不能就山论山、就水论水，要留心主题外的周遭任何东西。我最爱水边桥下的酒坛坛影,斑驳分明,整然有序,是最空灵的图案画。绍兴水乡之成,其与兰香、醉乡、桥乡,不可分割。故可谓四美具了。我曾经说过:"水本无形,因岸成之。"那么如今从绍兴水乡景物的启发下,水真是千变万化。它的千变万化,不在本身,而在环境。爱护水乡,亦就是说爱护形成水乡景物的一切,那才是使人会变得聪敏一些了。

一地有一地的"味",这个"味",都是极微妙而最逗人留恋难忘的感受。当然绍兴有绍兴味,而形成绍兴味,我看这与兰、醉、桥、水是分不开的。有形无形,虚实互生,恍惚迷离,且不说是仙境,但也是人间称得上美的地方,"应接不暇"。古人已先言之,兹文之作,聊抒兴会而已。

# 厦门第一泉
## ——游上李水库

人们对往事总是留恋的。虽然这次别厦门才三个月,游履所及,如今也算往事了。这如画的海湾、森严的岩石,以及平直的骑楼,在在都逗人寻趣,久久难忘。上李水库风景区,是我这次新识的泉石知己,它不但有山有水,还有好茶。我在闽南所品之茗,至今余香未散的,是推泉州草庵与这里了。这两处是还没有与旅游者见面的清静地,景物深幽朴茂,能留人不忍遽去。我在上李一面啜茶,四顾看山,吟下了"满眼群峰浪接天,清风两袖若神仙;暂抛午倦登高顶,来品厦门第一泉"。那时日已高悬,陪同人催我下山,我还把杯迟迟,唯恐着眼未分明吧。

上李水库是厦门最早的自来水公司,水质极佳,甘洌沁人心脾。它处于群山合抱之间,用大石块砌成水坝,其形制之美令人叫绝。我们今天所见水坝皆为直线,而这座坝却因地制宜,有曲折变化。石壁之整齐,可说天衣无缝,它的形制非平直,有凹凸,还有雕刻,洁白色的表面有隐影幻觉，我们建筑术称之为"建筑美"，这工程虽出自德国人设计，但是施工的是我国劳动人民，前辈工人用他们的聪明才智，凭双手建起这样工整结实而富有艺术性的作品，为今天厦门市留下一处胜迹。

水库旁有座小洋楼，是原来水库管理房，如今住着一户农家，老少皆爱花，门前杂花楚楚，款待客人，山茗是手植的，清香味纯。在露台上，平视正对海湾，两旁的峰峦，随着山路蜿蜒曲折，奇石隐于高林丛树之中，安排得有若山水小品，可惜人家以为这里僻处，已开始在此窃石了。伤痕累累，不忍细观。似乎厦门园林部门应该开始注意这块瑾瑜之玉，留待今后细细琢磨吧。楼旁上的水坝，那修整的坝顶，几如坦途，前为山坞，万木森森，后为平湖，积水溶溶，其色如油，层峦叠翠，倒影胜真，有一叶扁舟，荡漾在这绿色的天幕下，轻快如翼，可惜我无此福分，在舟上享受一刻的温存。从坝顶俯视石壁，忽前忽后，时高时低，既惊又喜。人工的建筑与天然山石的配合，的确太迷人了。至此我深悟建筑选地固重要，而能组合四周天然环境，因地制宜，便皆为我所用，确实太难了。我又要咒骂推土机，它毁灭了厦门多少可利用的地形，而使皆归之于"平"。然而机器是人所使用的，人应该聪敏一点吧！不要做机器的奴隶。

我爱此隐秀的山林,我敬佩前代劳动人民的智慧。这一区既具有近代文物价值,又是一处有无限美景的旅游胜地,切莫等闲视之。

1983 年 9 月

# 东游鸿爪

"脱我战时袍，著我旧时裳。"这是我这次从日本归来，"鉴真号"轮船入吴淞口的心境。二十日的东游，我又回到祖国了。脱下暂时性的西装革履，又穿上我的布衣布鞋了，我感到温暖亲切。日本的物质享受，并没有动摇我"清贫"的生活。而我在这不长不短的异国漫游中，是有所感触的。我这次去日本是参加日本建筑学会创立一百周年纪念会，以及应村松贞次郎、浅野清、佐藤昌教授、今里英三先生之邀做学术访问交流。因此与建筑、园林、文物三部分人都往还了。大家都是文化人，不仅在奈良、京都、东京等各地参观建筑、园林时尽情畅谈，就是我在建筑学会的学术报告，谈的造园方面也并不严肃。愉快而自由地会见了中国台湾、中国香港、南朝鲜（今韩国）等地的同行们。在学术讨论中大家没有丝毫的隔阂，在情分中是融洽的。尤其是台湾的学者，他们对我并不陌生，因为我的书在台湾也翻印了，也有从香港流入台湾的。文章交有道，天涯若比邻，倒也十分有知己之感。临行不尽依依之感，欢迎他们来大陆看看，表示深切的希望与憧憬。

日本的清洁，那早是世界闻名的，我真佩服他们的勤劳，家家的主妇们，真是弄到室内一尘不染，我怀疑这与岛国的船居有关系吧！我国的水上人家，在船上不也是席地而坐，舱内洁净宜人吗？当然日本的席地而坐是与我国古代一样，但古代的中国我没有见到，清洁与否不知道，但船民在船上却虽贫家，也净扫舱内的。日本房舍不大，但整理得井然有序，予人以明洁可居之感，虽然礼节上不免过繁一些，但彬彬有礼，比起我们自有愧色，也许同文化有密切的关系吧！

看古建筑、游名园，是我东行最大的目的，对日本的古建筑，日本介绍得很多，我们似欠不够。但我终觉得研究中国古建筑，不看日本古建筑，是了解不透彻的，他们保存的相当于我国唐、宋、元、明的建筑，完整、修缮得不失原状、保管得周到，令人钦佩。古建筑没有打扮得如村姑一样，犹记得我修理松江北宋兴圣教寺塔，未髹漆，存木材本色，做得尚未失体。反顾我们拆真古董、造假古董劲头倒特大，在日本的古建前我有些黯然、难受。我曾经说过日本有今天，他是"古是古到底，洋是洋到家"，对古东西考证严谨，对新科学一丝不苟，而不是"基本完成"的"差不多先生"。

〔日〕葛饰北斋《富岳三十六景·东都浅草本愿寺》

　　日本园林是举世闻名的，今天还保存着许多，但是明治维新初，却毁了一些。东京的历史名园后乐园，就是为了做兵工厂，损失了一部分，而一些皇家园林四周，本为官邸，却拆除了做公园，这些都引为沉痛的教训。我这次从皇家桂离宫开始，游了府邸园、僧园等，总算走马看花，统见了面。在日本造园学会座谈会上，日本学者问我中日园林不同点，我答以"日本园林自然中见人工；中国园林人工中见自然"。计成所说"虽由人作，宛自天开"，不正是我的后一句话的注脚吗？日本园林茂

日本唐招提寺

林广水，灌木园丛，点石缀屋其间，稍现人工。与中土构园有别，而源则一也。未闻有异议，而诸学者频频点头，似能称意。谈到中日两国文化交流，在日本建筑学会招待会上，看了"雅乐"演出。而在游京都平等院途中，居然有人在放"昆剧"电视，异国见到，分外亲切，小坐观之，为日本友人介绍了，他们很是欣赏，打算邀上海昆剧团去演出，亦是意外收获。

鉴真东渡，乘风破浪，壮志终成。所以我这次在日本访唐招提寺时，承以参拜鉴真像为殊荣，老实说我与鉴真大师是有因缘的。当年扬州筹建鉴真纪念堂，我是参加的，鉴真像回扬州，我是到机场恭迎的。这次居然在日本又能见到，那是太不容易了。而园觉寺开山祖师祖元雕像，一般也是不能见到的，居然容我一谒。这两件事在日本人来说是特殊的宗教待遇了。因为这两位高僧都是从中国去的，所以我归国，一定放弃飞机改乘舟行。海上风光确令人赞叹，从日本到上海经过太平洋边缘、东海，路线不长，而观海却最实惠。记得在飞机中俯视下来，仅见白云，白云下隐隐蓝色的一片，太单调寂寞了。我们从神户港上船，慢慢地离开陆地，船舷上的离别者结满了彩纸条，慢慢地由松到紧，终于纸断船离，岸上的人，船上的人显露了各种不同的表情，一直到舟远人离，游子都悄悄回入舱中。舟行仅四十八小时，"鉴真号"设备好，服务周到，海上这会没有风浪，一路海水的变幻从蓝色到澄青，又回到蓝色，近中国了又显出了黄色。而船尾所起的白浪，飞扬如雪，园林中所谓飞雪泉、飞雪瀑，恐无此壮观吧！傍晚的落日，清晨的初阳，在这沧波浩渺的洋面海上，方能得到奇观。而人在这环境中，感到渺小、无能，所起的幻想有时近于哲理，有时类似诗人，有时又归于平淡而成为庸者，太复杂了。人家认为乘海船单调，而我是感到一种城市人民所应该调剂的生活。如今飞机渐渐地普通了,人们求速,当然时间是宝贵的,然而能少花钱(船价廉于飞机),享受多样性的生活趣味,我想如果不以我言为废话,不妨一试。

1986年9月5日至9月25日东游归写

# 定亭记

浙江海盐南北湖,世人誉为小西湖,景色得淡逸之趣。外家蒋氏西涧草堂藏书楼在焉。海盐县府以是楼为浙中今存著名藏书楼之一,拨款重葺一新。今夏葬吾妻蒋定于鸡笼山麓,遵遗志以私蓄建亭于此,为南北湖平添一景,以成余造景构园之旨,至足感也。乞苏步青教授颜其额名定亭。设计者门人路生秉杰,主其事者鲍君翔麟,爰为记,命内侄蒋启霆书之。时1986年丙寅夏吉日。

余并题联于亭以志我哀思:

花落鸟啼春寂寂,
树如人立影亭亭。

# 重建阳谷狮子楼记

《水浒》一书流传人间，狮子楼故事，远播中外，故不辞千里，来访其迹，亦世之常情也。盖武松义举，振人伦纲，大有利于名教，虽然事隔千年，而盛名与景阳冈同存宇宙间，怀古凭吊，发人幽思，实阳谷一胜迹。其影响与《水浒》无二也。余昔游其地，徘徊旧址者竟日。以晚近所建之楼将圮，地方诸公谋于余，相商重建，以图久远留存之计，良有以也。余谓历史文化名城，必赖史迹以彰之，阳谷之著于世者，其唯斯乎？且地位于城市中心，主景突出所在，四方咸集之处，有此一楼，足为阳谷生色，其重要岂仅史迹一端而已？聊城之有光岳楼，泰安之有岱庙，皆占一地之胜，狮子楼固相若也。楼设座可畅舒盘桓，凭栏可俯视市容，闾阎扑地，车马过衢，察人情之纯朴，欣新政之昌盛，洵得地得时之厚哉。兹值楼成之日，爰为之记。

1985年乙丑秋陈从周撰

# 铭语小记

"欲改清真春思调，一秋最是忆人时。"贝聿铭先生长久不回国了，作为老朋友的我，时刻想念他。记得一个月前，我与他通信写上了这两句，居然这次翩然而来了，可见情能移人。1985年10月19日晚他到上海，从机场一同到锦江饭店，他招待了在沪亲属聚餐，我亦在应邀之列。这天原是可畅谈一番的，不料他的随员下机时失去了一个包，为了寻找，弄得大家心绪不定，总算到夜间物归原主，不然这晚恐怕他要无法休息了。

这次他随带四名法国录像人员，因为要拍摄一部贝先生的传记。他在上海度过七年的学生时代，三年是在青年会中学（初中），三年在圣约翰大学附属高中，一年在圣约翰大学。并且因他父亲曾任过中央银行与中国银行总裁，他说老父前几年方逝世，也要拍摄进去以纪念他。于是次日上午要我陪他去这两地方，首先到外滩，拍摄了一部分，他要求我雇一只船到江心去拍。在那短促的时间里，如何能办到呢？我计上心来，为他们买了轮渡票，带到船上，摄影师大为振动，感到景物好极了，仅仅花了几分钟时间解决了问题。贝先生十分满意，说："有如搞设计，绝处逢生。"时入正午，外国人肚子饿了，贝先生请他们去城隍庙吃点心，不料正是星期天，什么店也挤不进。在无可奈何之时，我带入豫园，进入贵宾楼，请服务员到店家去买，送上门来畅食一顿，舒适的只有我们几个人。贝先生大为得意，说："我尝到了园林中小饮的诗意了。"下午去国际饭店照了外景，直上梵王渡的旧圣约翰大学。进入校门，贝先生仿佛恢复青少年时代一样，指点着他读过书与住宿过时间最长的西门堂，在那里有说有笑地拍了许多镜头，还要我带他在校园中小游一番。那天时有蒙蒙细雨，天晚得快，只好回锦江饭店，因为有许多老同学在等待着。当年乌发，而今白首，重温旧梦，亦人之常情啊！21日晨我们同上苏州，苏州有车来接。到了安亭，苏州派一辆顶装红灯的警备车等候着，见我们车到，于是带路鸣道。贝先生笑说："我当官了。"因为他是个学者，从来没有如此威风过。我说我是布衣，彼此彼此。在苏州住在南园国宾馆。

到苏州他首先问，旧住宅与古建园林还保存多少，工厂迁出了多少。既是历史文化名城，没有历史东西是称不了的，尤其苏州一些大住宅，要保护、要修理。我们徒步看了许多住宅园林，小游小坐，高兴极了，我说这名为"寻园"。他说说得好，苏州的住宅与花园就是要靠步行去欣赏，而且粉墙少不了，要隔才有空间，才妙。而贝先生平时没有自备汽车，上下班皆步行，路远才叫出租汽车。同济毕业生邹宫伍，是苏州园林局副局长，他问贝先生，将来多层的停车场用粉墙围起来可以吗？贝先生很赞成，并说苏州建筑要以黑瓦白墙为基调，才能表现出苏州风格，并婉言指出人民路与其他一些新建筑，设计水平最多三等，因为形式不统一，与对景北寺塔不调和，马路又太宽一点，还有绿的琉璃瓦，大的方盒子，都不能与旧城协调。今后要注意，如今只可用大树来弥补。苏州城墙拆去了，古城破了相，很是惋惜。贝先生提出，环城河植柳，柳下露出白墙黑瓦民居，掩映有致，这样才有江南水乡城市风貌。旧城要保护，少破坏，新区要有好规划，同意我提出的对苏州"古要古到底、洋要洋到家"的观点。他对我国从南到北，千篇一律的多层居住建筑，认为没有构思，尤其在文化历史名城更不应如此。他提出二、三层建筑与高层相比，用地上并不绝对节约。他参观博物馆与全晋会馆，见到两座古老戏台，太高兴了，盘桓了很多时候，说苏州这两件事做得好。在博物馆昆剧史陈列室见到他从叔祖贝晋眉先生的遗像，肃然起敬。晋眉先生是业余昆曲大师，著名的昆曲传人"传"字辈，是经他教导过的。贝先生是昆曲世家，父辈皆能度曲。因此他在临行前日扫墓归来，要求看一次昆剧。这天晚上在宾馆厅中安排了演出《痴梦》一折昆剧，没有舞台，仿佛过去在园林中与家演一样，很亲切。他看得出神了，时时以手打拍，连市长段绪申同志，也做起同样动作来，可见高尚文化娱乐的动人。贝先生说建筑是文化，是文化艺术，不单纯是工程。昆曲细致高雅，有韵味，有节奏，对搞建筑的人，尤其搞园林的人，关系太大了。他希望要振兴这剧种，并从中吸收有助于建筑与园林创作的精神与方法。贝先生学习面广，爱好面也广，但他关键是抓住灵感不放。他每晚在半夜必起来，挑灯独思独画，或看书，用上两三个小时功，再继续睡眠，这是他的习惯。他的嘴特别大，年轻时一个拳头放得进口。他不饮烈酒，独爱绍兴黄酒，浅斟低酌，有助构思。在苏州提出要吃油条、豆腐花，这些既有乡土风味，也是价廉物美的早餐佳品。他用餐时带吃带笑，亲切极了，真正回到家乡了。

  贝先生爱祖国文物，特别是紫砂器，可算世界藏家权威了。我问他为何独爱紫砂，他说别人只有这一项少有注意，于是广事在海内外搜集，珍品可观。我在他家见到明代的紫砂，那太珍贵了，这也可看出他独具只眼之处。

狮子林原属贝家，内有贝氏宗祠，是苏州仅存最完整者，其蓝本出自天官坊陆宅。因为他要参拜，园林局为之修整一新。入狮子林首先瞻仰家祠。他在园中拍摄了许多活动镜头。他问我狮子林为什么弄得如此庸俗化，我说当年你家主其事的账房先生找来宁波匠师修的，因此得真亭是宁式建筑，最为明显那只旱船是模仿颐和园的。他说这船比颐和园的还要坏，希望能拆去。

在苏州第二天晚上，在苏州饭店进宴时，一进饭店见大厦满装着霓虹灯，惊讶不已，笑着说苏州也学香港了，太俗太俗。又谈深圳建筑，他说这是失败的。

上飞机前他与我紧紧握手，对同济大学这次授予名誉教授的盛典与盛宴，感到既满意又惭愧，频频叫我向领导及师生致谢。态度真挚而诚恳，可谓归程回首，不尽依依也。

## 陈墓砖瓦馆

平林浅画，江南成图。仲冬天气，我驱车在去昆山的道上，微阳照在车窗中，那柔和的光线将村落、流水、小桥构成了比元代倪云林小景还要简洁的画面。人家说，你的雅兴真好。老实说，四时之景无不可爱，自然景物又何必重春秋而薄冬夏呢？我去昆山是到陈墓去，陈墓与苏州陆墓都是产砖瓦的重地，而我又为什么偏去陈墓呢？因为陈墓大东砖瓦厂有着"文化"两字，有此"文化"才能出产高质量的砖瓦。砖瓦之美有时远超珠玉。

在大东砖瓦厂，我们除了参观生产外，主要是它有一所历代砖瓦陈列馆，整整齐齐安排了自秦汉以来，直到现代的产品，是一座全国唯一的砖瓦博物馆。人们总是这样认为，砖瓦厂有什么看头？然而这个厂的陈列却吸引了我，那一砖一瓦，都表现着人类的历史。从陶土的质量、研磨的粗细、图案的繁简，真是摩挲钟情，耐人寻味。我叩了有声的秦砖与汉铜雀台瓦，细检了砖瓦的花纹，这是真正劳动人民朴素的艺术品，太纯洁了。我曾经说过，真就是美，质感存真，那就是美。我爱不

秦瓦当

经粉刷的清水砖墙与比水泥地面更平洁的方砖地，我赞赏这个厂的产品，他们是"述古为今"，能从古代与传统的工艺中吸收营养，生产新产品，这种做法为今日建设提供了精细的砖瓦，在"四化"中做出了贡献。为什么能创新，能提高，关键是在这陈列馆，是没有脱离历史、脱离文化的生产，我从这些展览品中深受启发，这厂做得对，我们应该提倡。

夕阳斜照于林间，在薄暮中离开了陈墓，万家灯火，倦游归来，而心情难平，挑灯记此。

# 梅亭话旧

去年（1984年）是京剧艺术大师梅兰芳先生诞生九十周年，因为我和他多少还有点缘，现在就借这点缘来写点纪念文字。

这点缘是从我童年开始的。那时，我先是经常听他在百代公司所灌的唱片，继又多次看过父兄们由上海带归的他的剧照，这样，就渐渐地在我那孩子的脑海中留下了不可磨灭的印象。这点缘的结尾，则是去年秋天我在短短的两个月时间内，在泰州城建局和东阳木雕建筑公司的共同努力下，完成了梅先生故乡泰州梅亭（梅兰芳纪念亭）的设计与建造。我不能说这梅亭的设计达到何等水平，但在形式上是环绕着"梅"字做文章的，从平面到柱础、柱、梁、枋、藻井、瓦件，都用梅花形式，特别是檐下的挂落，设计成双梅交合。更由于东阳公司的师傅们献出了绝技，确做得生趣盎然。将来梅树万本，环亭开花，则更是佳景了。

在过去几十年中，我和梅先生曾有过一些交往，也收藏过梅先生所作的画，我们之间的缘逐渐地深起来。

我第一次与梅先生见面,是在上海张师大千的画室中。当时,大千师住在画家李秋君家中。有一天晚上,梅先生来了,畅谈之后同在大千师的画室前留了影。不久顾景梅在马思南路梅宅拜师,我也被邀参加,那次人很多,有马连良先生夫妇、魏莲芳、张乃燕、李祖韩先生兄弟、许伯遒、姬传兄弟、梅夫人,以及葆玥、葆玖姐弟,等等。晚餐丰富极了,餐前也在花园中一同摄了影。这两张照片在"文革"中都失去了。值得欣慰的,还存有陈叔通老人送我的梅先生所画的一幅墨梅,画成于丙子(1936年),是祝陈老六十寿辰的。画归我后,程砚秋先生又题了诗。梅先生的老师汤定之(涤)先生还书了"冰雪聪明"四字,以誉梅、程两先生。后来我复请俞振飞先生加题了一诗。"文革"前夕,我将原件捐献给南京博物院,此画因得以长存。今年编《程砚秋唱腔集》,已将这幅画刊出,真是双璧之作了。

像我这样一个京剧爱好者,观看梅先生的演出,可以说是我生活中最高的享受。写至此,我应感谢我的师兄糜耕云画家,他邀我观梅剧的次数太多了,而且每次都在后台和梅先生见了面。最难忘却的一次,是五十年代后期,梅先生在南京演出,我适在宁,观看了他演的《西施》,此后就再也没有见到梅先生了。

今天,算是圆满了我与梅先生的生前身后之缘了。可惜我因病没有去泰州参加梅亭的落成仪式,在这点缘的结束时刻,竟留下了圆满之中的一丝缺陷,这是我深深引以为憾的。

# 不要忘了这颗明珠

杭州湾将成为"黄金海岸",这是一件大可喜悦的事。记得少年时读到孙中山先生的东方大港计划,不正是这地方啊!望呀望呀,如今等到白首,居然看到了帆的桅杆,大船快要到来了。

杭州湾这地方真是一个宝地,经济的开发我是外行,不敢谈。就风景区来说,闻名世界的浙江大潮在海宁,从海宁过来,靠近上海的海盐南北湖,浙江省定为省级风景区,由同济大学园林教研组负责规划。那里有湖、有山、有海,风景之美宛似未经打扮的杭州西湖。我称之为杭州湾的明珠。这颗明珠如今还在蒙尘,尚未显耀于人前,因为它被人们遗弃几十年了。

抗战前明星电影公司拍摄胡蝶主演的《盐潮》一片,外景就在那里。影片摄成建了一座明星亭,如今总算修好了,吸引了很多游客。画家常常说到平泉远山,缥缈之境。我半生湖海,风景也算看得多了,像这种南宋山水画的典型,有着浓厚江南气息的景色,恐怕唯此独步了。山有层次,水多湾环,而满山桂茶,摇空竹影,明秀雅洁，仿佛陶渊明所写的桃源，可惜问津之人尚不多，这怪我们宣传不够。那地方明清时是个有名的胜地，"鹰窠顶"为湖上高峰，可看海中"日月并升"，山麓的"西涧草堂"为一座古藏书楼，其旁有西涧，清流数弯，望凤凰诸山，倒影湖中，而涟漪荡漾，斜阳红半，恬静得使人有出世之想。

这些景物的描绘，姑且不谈，凭游人自己去想象吧。如今要谈的是杭州湾，距离上海150多公里，与去淀山湖的路程差不多，但开发起来却比淀山湖的条件有利得多，经济支出也少。如果以近年的交通讲，不要一个小时，上海便到南北湖，"上帝"给了我们上海人民这样一颗明珠，也可说是上海人的清福不浅吧！

可是上海的某些单位却目光短浅，专向南北湖买石头，将许多风景点在不断开山时破坏了。物质文明是重要的，但到了有一定物质基础时，又要想到精神文明，大城市附近的风景区是大城市人民最宝贵的财富，因此我要呼吁，在规划"黄金海岸"时，千万不要漏掉这颗明珠。要利用风景，不要利用石头，石头用光了，风景没有了。要把风景当作无限资源来看。将来"黄金海岸"建成功了，南北湖如能规划在内，得到发展，其名必不在西湖、瘦西湖之下。

# 说桥梁

桥梁建筑，历来是在功能与艺术相结合的传统要求下，不断发展提高。它以多种多样的形态，谐调融合于天然风景与建筑群体之中，因而很自然地给人以画一般的意境，诗一般的情感。它不仅是一种具有交通实际功能的工程，而且是既有美感又多情趣的艺术作品。从《诗经》"亲迎于渭，造舟为梁"，到清代黄仲则的"悄立市桥人不识，一星如月看多时"之句，历代诗人词客，为桥写下了无数脍炙人口的佳句。另有以桥诗入画，或以画记桥，从对桥梁的欣赏，触绪牵情，引起一系列的联想，由赞叹而形之歌咏笔墨。这些文艺性的描绘，更为桥梁的艺术形象，增添了风采。

桥梁之所以能称得上艺术品，原因是多方面的。桥梁本身从布局、选形、用材、装饰等客观的物质因素中，体现了人类很多积极的思想因素；而桥在特定的环境中，又会引起人浮想联翩的情感，使桥梁艺术丰富而多彩。我国古代的桥梁建设者，积累下丰富的经验，有很多卓越的成就和宝贵的遗物，至今还有值得借鉴之处。

［清］陈枚、孙祜、金昆、戴洪、程志道《清院本清明上河图》（局部）

　　一般说来，桥造在哪里，仅是服从交通的需要，但是在众多可以选择桥址的地方，有意识地配置桥梁，这也是艺术。我国河道，存在三种情况，即大河、支流和小溪，因此，城镇的建设必循河道而有别。城濒大河，镇依支流，村傍小溪，几成为不移的规律。而桥梁的建造，亦随之而异，各臻其妙。我国山区、水乡或平原城镇，将至该地，必遥见一塔；入城镇前，必经一桥。这样的布置随处可见，亦标志了中国城镇的独特风貌。这些控制城镇通道的桥梁，如"灞桥折柳""卢沟晓月"，送往迎来，联系着人间离合悲欢的种种复杂感情。

建筑群里往往配置一定的桥梁，这些桥梁常是建筑在人工开挖的池沼曲水之上。这已不是为了克服自然险阻而修桥，而是在建筑群的总体布置中作为一个有机的组成部分，服从社会生活中一定时代的政治礼制或宗教思想，使人产生庄严肃穆或清虚幽静的感受。

中国园林，是天然胜景和人间美丽的建筑的集中组合，供游人开畅襟怀、赏心悦目的地方，往往使人流连忘倦，徘徊不去，所以对桥的要求又有不同。中国园林中桥梁的布局和形式，完全不同于西方艺术而特具中华民族风格。

桥梁的选形，基本上决定于功能、技术、材料等因素，但是，一定的形式会联系到一定的艺术感受，再结合着所处的环境，更衬托出桥的姿态。燕赵的联拱平驰，屹立在骏马秋风的冀北，气势雄壮。水乡的薄拱轻盈，凌波于杏花春雨的江南，更觉秀丽如画。泉州安平长桥，一如压海长堤，雄健为闽南之冠。大渡河边，群山高耸，泸定桥一线横空，凌云飞渡。这些，都是桥梁结构本身所表现出来的艺术形象。

不同种类的材料质感相殊，石桥的凝重、木桥的轻盈、索桥的惊险、卵石桥的危立，令人赞赏，且色彩灿烂，在不同的环境中，如山麓、平畴、水乡、海岸、园林、

[北宋]张择端《金明池争标图》（局部）

市街，又因晨曦、暮霭、竹翠、枫丹、涵月、漱流，景物各异，动静自殊而形成了不同的画面。

　　桥梁除了结构本身必须具有者外，有时服从于保护结构材料等原因，而在桥上增加亭廊楼阁等建筑，使桥梁的构图起了根本性的变化。这些从功能需要出发的桥上建筑，由朴素到繁华，装饰性起了更多的作用。即使桥上并无建筑，也往往在桥头树华表、立牌坊，傍守狮象、侧立幢塔,而栏板、柱头、石梁边、拱券的龙门石面,都可以作艺术装饰,表现出艺术的魅力。虽然桥梁主体结构的艺术性,是桥梁艺术形象的主导部分,但装饰亦至关重要,"好花须映好楼台",锦上添花,益增风韵。即使不采取精雕细琢的装饰艺术加工,桥的曲折,坡的缓急,踏垛的节奏,也能别赋情趣。"市桥携手步迟迟",即咏富于韵味的拾阶登桥的乐趣。

由桥而产生的感情的联想,常常形诸文字,所以桥廊、桥亭每多题壁。而桥的命名,如垂虹(桥)、锦带(桥),点景标题,楹联诗文,亦甚多妙笔,这也是桥梁艺术的一个方面。

# 贝聿铭与贝寿同

研究近代中国建筑史，谁是我国最早的建筑师呢？这个问题，可能是大家乐闻的吧！最近世界建筑大师贝聿铭先生接受了同济大学名誉教授，并且讲了学，这对祖国培养下一代建筑师，必然会有很大的影响与作用。贝先生是中外闻名了，而中国近代最早的建筑师，却是他的从叔祖贝寿同先生。

寿同先生字季眉，又字季美，苏州人，生于清光绪元年（1875年），吴庠生①，入南洋公学，留德毕业于夏洛顿椠工科大学建筑科，是我国第一个到西方学建筑的，曾执教苏南工专及北京大学、南京中央大学，在北洋政府任司法部技正、南京国民政府任司法行政部技正等职。当时法院与监狱的建筑很多是由他主持与设计的。他是苏南工专建筑系与南京中央大学建筑系的创办人之一，这两校建筑系是我国最早的建筑教育基地，很多较早一

---

① 即吴县庠生。庠生，科举制度中府、州、县学的生员的别称。——编者注

辈的建筑师皆出其门。我的朋友张镛森教授，他是从苏南工专再转入中央大学建筑系的第一届毕业生，亦是苏州人，他生前常常与我谈到贝老先生。晚年在南京开一咖啡店，很不得意，大约殁于抗战胜利前后。

我们对中国近代建筑师谁是最早的这个问题，应有结论了——是贝寿同。我从贝氏家谱中，为贝寿同先生找到了确实的记录。曾以此告贝聿铭先生，他莞尔而笑，露出一种难以描绘的表情，这当中有祖国之爱、家族之情，久客海外的中国人，在其晚年归国时的感触，亦是人可理解的。

# 周叔弢与扬州小盘谷

最近逝世的周叔弢老先生,是一位著名的民族实业家,忠诚的爱国主义者,共产党的亲密朋友,古籍文物收藏家。我们是忘年之交,在我沉痛地发出唁电后,几天来总觉得心里平静不下,这位爱才若命的慈祥长者,多么地使人难以忘怀啊。我仿佛又重回到那年他邀我到天津,与张学铭先生一起参观园林,他们二位是负责天津城市建设的,而今张先生亦下世两年。后来周老来上海看了同济大学的校园"三好坞",很感兴趣,我们在国际饭店畅谈,他的侄子周煦良先生也在座,大家兴会很浓。煦良先生不幸去冬去世,我早知这噩耗会使老人家受不了的,今果不出所料。

座中我们谈的重点是关于扬州园林小盘谷事,这园是周家旧园,他祖父周馥购进作为娱老之处的。周先生1891年生于此园,到1914年才离开,因此对此园印象特深。当我的那本《扬州园林》出版时,我寄书给他,回答说:"小盘谷图片翻阅数过,儿时游嬉之地如在目前,今垂老矣,回忆前尘,曷胜惆怅!中国园林之盛甲于天下,世人能真知其美者当推先生为第一人。著作等身,传播世界,厥功甚伟,仆言或非妄谬。"对我来说,实在太过誉了。

他又说:"窃谓叠石兼技术艺术二者而有之,技术今或胜古,艺术则可意会不可言传,法书绘画之俦也。"

这座具有中国园林地方特色,而又在地方特色中别具一格的小盘谷,周老先生时刻眷念着,有着深厚的感情,尤其小盘谷的建筑本来不髹漆,全部以木材本色出之,很是雅洁,可是几年前为占用者油漆了,周老先生来信说:"吾家小盘谷……油漆一新,楠木厅亦不能幸免,不知可信否?"如今大家逐渐认识到,对于不晓园林历史、不解园林艺术的任意修理旧园,其实不是对文物文化的爱护,于此不能不引起人们严重的关切。

1984 年 4 月 12 日

## 瘦影
——怀梁思成先生

旧游淮左说相从，初日芙蓉叶叶风。
挥手浮云成永诀，而今謦欬梦梁公。

新会梁思成教授逝世那年，我还在安徽歙县"五七干校"。我在报上见到了噩耗，想打个唁电去，工宣队不同意，我说梁教授是我老师，老师死了，不表示哀思，那么父母死了也可不管了。饶舌了许久，终于同意了。我那时正患胃出血症，抱病翻过了崎岖的山道，到了城内，终于发出了人何以堪的唁电。冬季的山区，凄厉得使人难受，偶然有几只昏鸦，在我顶上掠过，发出数声哀鸣，教人心碎。这夜没有好睡，时时梦见他的瘦影，仿佛又听到他那谈笑风生的遗音，一切都是寂寞空虚。

"无穷山色，无边往事，一例冷清清。"那几天的处境，我便是在这般光景中过去。我回思得很多，最使人难忘的是1963年夏与梁先生一起上扬州，当时鉴真纪念堂要筹建，中国佛教协会请梁先生去主持这项工作，同时亦邀我参加。约好在镇江车站相会，联袂渡江，我北上，他南下，我在车站候他，不料他从边门出站了，我久等不至，径上轮渡，到了船上却欣然相遇了。莽莽南徐，苍苍北固，品题着缥缈中的山水，他赞赏了宋代米南宫小墨画范本，虽然初夏天气，但是湿云犹恋，因此光景奇绝。

我们在扬州同住在西园宾馆，这房间，过去刘敦桢教授以及蔡方荫教授曾住过，我告诉了他这段掌故，他莞尔微笑了，真巧，真巧。第二天同游瘦西湖，蜿蜒的瘦影，妩媚的垂杨，轻舟荡漾于柔波中，梁先生风趣地说："我爱瘦西湖，不爱胖西湖。"似乎对那开始着西装的西湖有所微词了。在一往钟情祖国自然风光、热爱民族形式的学者来说，这种话是由衷的、是可爱的、是令人折服的。梁先生开始畅谈了他对中小名城的保护重要性的看法，不料船到湖心，忽然"崩"的一声，船舱中跳进了一条一尺多长的大鱼，大家高兴极了，舟子马上捉住，获得了意外的丰收。这天我们吃到瘦西湖的鲜鱼，梁先生说："宜乎乾隆皇帝要下江南来了。"

我们上平山堂勘查了大明寺建造鉴真纪念馆的基地，那时整个平山堂的测绘我已搞好，梁先生一一校对了。看得很细致，在平远楼品了茶，向晚回宾馆。梁先生胃纳不佳，每次用餐，总说"把困难交给别家，把方便交给自己"。意思说，菜肴太丰富，他享受不了，要我吃下去。我们便是每顿有上这样一个小小仪式。对鉴真纪念堂及碑的方案，他非常谦虚，时时垂询于我，有所讨论，我是借讨论的机会，向他讨教学习到很多东西。他开朗、真诚，我们谊兼师友，一点也没有隔阂之处。鉴真纪念碑的方案是在扬州拟就的，他画好草图，由我去看及量了石料，做了最后决定，交扬州城建局何时建同志画正图，接着很快便施工了，十月份我重到扬州，拍了新碑的照片寄他，他表示满意。

扬州市政治协商委员会邀梁先生作报告，内容是古建筑的维修问题，演讲一开始，他说"我是无耻（齿）之徒"，满堂为之愕然，然后他慢慢地说："我的牙齿没有了，在美国装上了这副义齿，因为上了年纪，所以不是纯白，略带点黄色，因此看不出是假牙，这就叫做'整旧如旧'，我们修理古建筑也就是要这样，不能焕然一新。"谈话很生动，比喻很恰当，这种动人的说话技术，用来做科普教育，如果没有高度的修养与概括的手法，是达不到好效果的。他循循善诱，成为建筑家、教育家，能在人们心中留下不可磨灭的印象，原因是多方面的，关键是有才华。1958年批判"中国营造学社"，梁先生在自我检讨会中说："我流毒是深的，在座的陈从周他便能背我的文章，我反对拆北京城墙，他反对拆苏州城墙，应该同受到批判。"天啊！我因此以"中国营造学社"外围分子也遭到批判。我回忆在大学时代读过大学丛书——先生翻译的《世界史纲》，我自学古建筑，是从梁先生的《清式营造则例》启蒙的，我用梁先生古建筑调查报告，慢慢地对《营造法式》加深理解，我的那本石印本《营造法式》上面的眉批都是写着"梁先生曰……"我是从梁先生著作中开始钦佩这位前辈学者的。后来认识了，交谈得很融洽，他知道我了解他，知道他的生世为学……我至今常常在悔恨、气愤，他给我的一些信，"文革"被抄家破产了。如今仅存下他亲笔签上名送给我的那本《中国的佛教建筑》论文了。我很感激罗哲文兄于1961年冬在梁先生门前为他与我合摄一影，这照幸由张锦秋还保存着一张，如今放在我的书桌上。朝夕相对，我还依依在他身旁，当然流年逝水，梁先生已做了天上神仙，而我垂垂老矣，追思前游顿同隔世。

我与梁先生从这次扬州相聚后，自此永别了，我们同车到镇江候车，在宾馆中吃午餐，他买了许多包子肴肉及酱菜等，欣然登上北上的火车，挥手送别，他在窗口的那个瘦影渐渐模糊不见了，谁也不能料到，这是生离也是死别。我每过镇江车站，便浮起莫名的黯淡情绪，今日大家颂梁先生的德，钦佩他的学术。我呢？仅仅描绘他的侧面，抒写我今日尚未消失的哀思，梁先生，你永远活在我们建筑工作者的心中。清华园中，前有王静安（国维）先生，后有梁思成先生，在学术界是永垂不朽的。王先生的纪念碑是梁先生设计，仿佛早定下这预兆了。王先生梁先生，你们这对学术双星将为清华园添增无穷的光彩，为后世学子做出光辉楷范，中国就是需要这样的学者，我为清华大学歌颂之。

1986 年 3 月港游归写

# 老师和笔砚

1986年元旦前一天晚上,步寒街去向复旦大学苏步青先生辞岁,承他不弃,同我谈到很迟,然后愉快握别。苏先生是著名的数学家,之所以同我这个搞古建筑园林的人相处得那么融洽,其间的联系物是个"文"字。苏先生还是诗家、书家,我也是和声者,于是有了共同语言,话就投机了,且我们又都不"专业",于此,因此更可放肆地谈了。他桌上放着笔砚,我看着沉思良久,勾引起很多的回忆。

笔与砚本是我国读书人不可一日无此君的清品。每次接到日本朋友来信,毛笔字写得端端正正,也给我以鞭策。苏老精研数学,仍日亲笔砚。但是这现象在过去并不奇怪。我在大学念书时,许多教授写字桌上都放有笔砚,均写得一手好字,皆以笔砚为文房之宝,有了它便有书香气了。这些老师并不限于中文系,以我就读的大学(之江大学)为例,这是一所由北美长老会办的教会大学,校长李培恩是经济学博士,写得一手好隶书。经济系胡继瑗教授,与郁达夫先生同乡同学,既能诗词,又工书法。政治系顾敦鍒教授，是曲学专家，小楷楚楚有致。再如浙江大学老校长邵裴子先生在美国是学经济的，不但诗作得好，而且字也是名家，更精于文物鉴赏，解放后任浙江文物管理委员会主任。地质学家丁文江，古生物学家杨钟健，桥梁学家茅以升等等，皆能吟诗，真不胜枚举也。老一辈的学者总是文理相通，笔砚常亲的。他们的论文既有科学又有文采，读起来清新入口，既善于表达自己的思想与学术，文章本身也可传世。不要轻看桌上的笔砚，这正是老学者学术成就的象征。

写到此，门铃响了，进来的是我们同济大学同事、土壤力学专家俞调梅教授，他来同我推敲两句他的新诗。俞教授能篆刻、书法，擅联语、吟诗。当年力学专家吴之翰教授生前，我们都是"酸客"，吴老是吴作人先生的哥哥，书法绝妙，诗迹华赡，他的遗诗集是俞教授点定的。因此可证艺术家、作家、诗人不限于专业人员，不能由专业人员来包办，它是属于每一个爱好者的。

我讲这些话，并不是无所谓而发的，在理工科大学教了快四十年的书，近来越发感到理工科的学生及一些年轻教师，太不注意笔砚（文学）了，写议论文、讲稿，且不说文字修养，就连一个标题也写得不通。正如苏步青老先生说，有些教诗词的教师连平仄韵脚也不太清楚，而我却报之以说，如果教数学的连 sin、cos 也不识，那又如何办呢？两人相对莞尔。至此可说明我们两人谈话的资料太多了。老先生八十四岁了，有他的一些感触，桌子上的笔砚，无时无刻不系住他的一颗"文理要相通"、文化要接班的深情厚意。这或许算不得是废话吧。

# "香"思

台湾的琦君从美国寄来一本她在台湾出版的散文集《三更有梦书当枕》。我们一别四十年了,似水年华,大家都双鬓星星,可是在她书中有许多感情却各自有些相似。宋人晏小山的那句"月在庭花旧阑角",近来因琦君的书引起了我时常的低诵。她远别了祖国,我是久离了家乡,这一种时隐时现的离愁别意,亦是人之恒情吧。爱家、爱乡、爱国,是任何一个人不回避亦无可回避的。

我们是同学,同生长在西子湖畔。每次回杭州,过她的旧居,辄有所感。她在文章中也思念浣纱溪畔这个地方,我报以依依柳色,不见青青,"楼空人去,旧游飞燕能说"。她到纽约后,来信这样说:"参观您设计的庭园'明轩',我因故乡永嘉花园甚大、甚壮观,看到异国方寸之地,不免感触万千。"她原籍永嘉,在那里有个故园,印象很深,这个"明轩"引起了她的乡思,这种感情,在老一辈的海外华人,是普遍存在着的。他们在文字中往往流露出一些很细致、很深刻的情调来怀念祖国。她说也许三五年后两岸情势转变,想回大陆来。我们上海的一些老同学，都是这样在企望。"惆怅南楼空望远，可能望远暂当归"是琦君少年时的名句，那时我们读书于孤岛上海，她吟出了这样的怀乡诗句。现今我将这两句诗寄给了她，她更是惘然了。

我们的母校在秦望山头，蜿蜒的钱塘江、青翠的越山，凭栏浅画成图。这次在上海举行校庆纪念活动，我写了一首《忆江南》词："之江好，盛事满钱塘。叠翠千峰来眼底，长流三曲绕茶乡。闲处有飘香。"我是爱景若命，爱茶如友。琦君最难忘的是在九溪品茗，她极喜夏承焘师在九溪赋的"若能杯水如名淡，应信村茶比酒香"词句，我也深有同感，因此我每次回杭州，免不了要去啜一下"比酒香"的九溪茶。品茗中，当然想得很多，从小时候到龙井上祖坟、尝新茶、濯足清流，一直到怀念我的万里外的友人。她来信说我如再去美，将邀我上她家去小聚，一倾积愫。当然免不了带点九溪茶去。她因胃病不能饮茶了。我想茶有香，这香思与乡思原是一回事啊！湖山信美，却待燕归来，共赋三十六陂秋色，分香有日矣。寄语琦君，祖国在召唤着你们！

# 我的第一本书
## ——《苏州园林》

我的第一本书,本应指我最早写作的。然而像我这种兴趣多方面的人,最初写的书并不是我的本行,例如《徐志摩年谱》,完全是一次情感的冲动。如正式写书的话,那应该算《苏州园林》了,这是1956年完成的。也是解放后研究讨论苏州园林所出版的第一部书。

50年代初,我在上海同济大学建筑系任教,同时又在苏州苏南工专兼课。我苏州的课是在星期六的上午,我星期五晚乘车去苏州,住在观前附近旅馆中,第二天清晨去沧浪亭该校上课。午梦初回,我信步园林,以笔记本、照相机、尺纸自随,真可说:"兴移无洒扫,随意坐莓苔。"自游、自品,俯拾得之。次日煦阳初照,叩门入园。直至午阴嘉树清圆,香茗佐点,小酌山间,那时游人稀少,任我盘桓,忘午倦之侵入也。待到夕阳红半,尽一日之兴,我也上火车站,载兴而归。儿辈倚门相待,以苏州茶食迎得一笑。如今他们的年龄,正与我当年相仿。《苏州园林》前年在日本再版了,都已经是第二代了。

我这样每周乐此不疲,经过几年的资料累积与所见所想,开始写我的文章。我的这些立论,并不是凭空而来,是实中求虚,自信尚有所据者。情以兴游,本来中国园林就是"文人园",它是以诗情画意作主导思想的。因此,在图片中,很自然地流露出过去所读的前人诗句,我于是在每张图片上,撷了宋词题上。我将一本造园的科技书,以文学化出之,似乎是感到清新的。书出版后,受到了读者的赞誉好评,但1958年却因此受到了批判,说我士大夫的意识浓厚,我只好低头认罪,承认思想没有改造好。可是事隔近三十年,在文理相通的新提法下,创造诗情画意的造园事业中,我当年的"谬举"又为人所称颂了。"含泪中的微笑",在我第一本书中,有着这样不平凡的经历啊!

我从这第一本书后,虽然留下过一点"疮痕",但是并没有气馁,我仍坚持着我的写作,到如今更有了新的发展。在这里我体会到,对一个为学的人来讲,毅力是最大的动力。世界上没有平坦的道路,方向正确后,在于你有没有勇气走。如今我每见到这本《苏州园林》,总是别有一番滋味,"我有柔情忘不了,卅年恩怨尽苏州"。我想这样来讲,我的感情还是真实的。

近三十年的年华过去了,我也垂垂老矣,然而"天意怜幽草,人间重晚晴",我还应该继续发挥余热,能为社会主义祖国文化事业再写几本书,我这样期望着。

1985 年 1 月

# 丰实在望

"六一"儿童节又来到了。面对着这绿树成荫、欣欣向荣的初夏天气，我心中总会浮起很多的感触。童年啊，已是六十年前的岁月，再也不会倒流了。我曾写过一篇短文，专门记述小学时代的老师，她在我心中是那样的难忘。这位辛勤的园丁，将我这棵幼苗培养成材，而且使我也继承了前人之志，继续从事了几十年的园丁工作。在节前升腾起这种恋师的感情，我觉得是正常的。

我是从事建筑与园林工作的，建筑重基础，花木重幼苗，这是大家都知道的。我常常在回忆着，小学的老师，有如母亲那样的慈祥，有如父亲那样的严肃，他的一举一动、一言一行，使人终生难忘，甚至被终生认为准则。古人云："膏之沃者，其光晔。仁义之人，其言蔼如也。"蔼如即代表了老师的品德人格，因此为人师表，是一件高超的工作，误人子弟，则可视作为罪恶。一个学生如果犯了罪，这责任固然家庭、社会要承担一部分，但老师也将受到自我谴责。相反，育生成材，就是为社会和国家做了一件莫大的好事。我们社会应该对小学老师予以最高的荣誉,他们是建筑的基础劳动者,房屋设计得再好,没有坚实的基础也是枉然。我常想:饮水要思源,我们不能忘记童年的老师。我也万分热情寄意我的同行,教育是神圣的事业,我们要珍惜、尊重我们的事业。世界上最使人难以忘怀的,就是满腔热情地育人,而教育工作者的宝贵财富,就是"桃李满天下"。我期待着丰实在望。

# 也说师道

记得童年上学,首先要举行"破蒙"仪式,先向孔夫子行礼,再向老师叩头,恭呈投师的门生帖,执弟子之礼,才算是个学生了。当然那时读书,老师坐在椅子上讲,我们立着旁边听。后来我做老师了,学生坐着听,而我却是站着讲,那还是师长。到了"文化大革命",我已是跪在学生面前受审了。我真想不到,我的教育生涯,何其惨且多变也。我从上学到教书,到最后受"委屈","师道尊严"实在弄不懂。如今,流毒还未全消,做教师的仿佛仍然是低人一等,似乎只是出卖知识的人,师生之间还似乎缺乏一种最高尚、最美好、最恒久的东西——师道。

人之异于禽兽者,就是知礼,他的行为不是本能,是就范的,受文明约束的。那么,如今口口声声提倡文明和教养,人们对作为"灵魂工程师"的老师,为何又不能以礼相待呢?我想,这原因是两方面的:一方面,古人说得好,"养不教,父之过;教不严,师之惰"。就我们做老师的来讲,学生的成就与否,老师是应负全责的。看到不少青少年犯了罪，受到法律制裁时，我总是心事重重；社会是要负责的，而做老师的不是也有责任吗？至少，我们在教要严这方面，做得还不够。我们还多少有些明哲保身，怕学生。因为，在"文革"中什么苦头没有吃过？以为如今是非不弄到自己头上来已经很好了，管他什么教师之责不教师之责。另一方面呢，现在不少学生对老师是大不敬了，管他张三李四，我只要分数拿到万事齐备了，师生情义，更加谈不到了。如此以往，将成何局面？此事有关立国之本，岂容等闲视之？

尊师，在同学来讲是起码之理。礼恭而受益深。老师总是想着认真教学，希望自己的学生个个成为英才的。反之，不敬师者，其心不诚；心不诚，学则不固，甚至走向反面，犯下这样那样的错误，这种例子实在太多了。饮水思源，扪心自问，应不应该尊师，想来大家会日趋明白的。往昔成历史，来者犹可追。爱生、尊师，为中华民族的优秀传统焕发新光辉，让我们师生共同努力吧！

# 书边人语

1984年夏初到皖南,歙县在练江边新建报春亭,主其事者要我题一联,我漫成"流水浮云,今日重来浑似梦;暗香疏影,白头犹及再逢春"。感情是真实的,因为十二年前我在县郊"五七干校"劳动过一年,当时谁也料不到有今日,更想不到粉碎"四人帮"后,我还能陆续出版了几部书,再度逢春。如今人家却要我谈治学经过了,惭愧得很,"起舞不辞无气力,爱君吹玉笛"。编辑先生的感情我何能恳辞呢?说经过也罢,算陈迹也罢,"泥上偶然留指爪,鸿飞那复计东西"。不过在将近七十年的逝去年华中,来谈谈我的读书与治学罢了。

我对于学好祖国的语言文学这件事,近年来越发认识到其重要性了。我越来越感激我的语文老师。我们知道,不论是文学家、科学家、艺术家、干部……如果没有祖国文字的表达能力,亦就是说,怀才无口,终等于零。我是五岁破蒙,拜过孔夫子与老师的,这不过是个开始读书的仪式。正式上学是在七岁那年,我们读的是私塾,又名蒙馆,是教未读过书的蒙童而设的,人数不过七八人，从早到晚就是读书背书，中午后习字，隔三天要学造句。没有暑假、寒假、星期天，只有节日是休息的，到年终要背年书，就是将一年所读的书全部背出来，方可放年学。当时的生活是枯寂的，然而塾师对学生的责任感是强的，真是一丝不苟，我背书与写字的功夫，基础是这时打下的。但是家庭教育也是培养孩子的一个重要环节，我八岁丧父，妈妈对我这个幼子，既尽慈母爱子之心，又兼负起父责，她要我每晚灯下记账，清晨临帖练习书法，寒暑不辍。我那时是用〡、〢、〣、〤、〥等旧式数字符号的，今天很多数学家对它尚陌生呢。我虽非研究数学史的，但从小认识了一些传统东西，到后来我一度对中国古代数学史有很大兴趣。

我对老姑丈陈儒英先生是忘不了的。父亲去世了，妈妈是旧式女子。我十岁那年被送入一所美国人开的教会小学，插入三年级。但是我家对这位姑丈来说，弟兄们的中文根底，都是他打下的，他是一位科举出身的老秀才，终生课徒。妈妈托付了他，因此我每天放学后要读古文，星期天加作一篇作文，洋学堂外加半私塾，我读了《古文观止》《幼学琼林》《唐诗三百首》等，统统要背。当时孩子的读书任务，说得简单点，就是背书、写字，看来似乎是原始，但今天看来，比电脑、录音机、

光緒壬寅年新鐫

山陰吳留邨先生鑒定

重校古文觀止善本

後附國朝文

善成堂藏板

《古文观止》首页

录像机等都先进，因为通过这样的训练，知识都为我所有了，什么办法也拿不走，所以我后来能逐渐领会书中内容，又能不需检书而信手拈来，也不用仪器来画字、复印机来代替抄书，我自己掌握了主动权。天下有许多事看来似乎是愚蠢，但反转来又觉得是先进。童年至青少年时代，记忆力最好，我们要多利用它，是有好处的。当然，以后在中学、大学的老师，并没有废去背书一节，口头上不需要学生背，但考试时如果没有背的功夫，也考不上高分。今天大家学外文的劲头是大了，应该说是好的现象，然而对祖国的语文，去读去背的人却相对地差劲一些。我曾经向中央建议过，考研究生，语文也是主试内容之一。不论哪种专业，大学一、二、三年级还是要读语文课。过去外国人在中国开的大学还如此，为什么我们今天把学习祖国的文化，看得这么轻呢？语文、历史，既是知识、工具，又是进行爱国主义教育、思想品德教育的重要课程。希望主管教育的领导们，我们不能数典忘祖。

少年时的博闻与强记，是增加、丰富知识的最好来源。我记得旧式人家，有门联、厅堂联、书房联、字屏以及匾额。写的都是名句、格言等，朝夕相对，自然成诵。有时还了解了这些文人学者的成就及生世。我至今对老家的许多联屏,还能背得一字不差。一处乡土有一处的历史,父老在茶余酒后的清谈,使我得到很多的乡土历史知识。其他栽花种竹、观鱼赏鸟,亦增加了博物的品赏。有时结合自己的研讨,还做点小考证。因此我在初中念书时,已能参考点地方文献,写些传闻掌故之类的文章,赢得老师的好评,开始投稿了。今日看来当然相当的幼稚,然而正是这些,奠下了我以后研究建筑史与园林等的基础。

事师必谨,这是我一生对老师的态度。"传道、授业、解惑"三者不能偏废,如今一些学生对老师仅仅认为是传授知识的,这是极大的错误,教书教人、身教言教,才是全面。因此在我学生时代,我常去老师宿舍、家中,看他的藏书手稿,观他的生活嗜好,以及谈论许多课堂中得不到的东西。而老师有时要我抄文章,做些助手工作,那是最直接得到的治学方法。当然除老师外,还有许多前辈学者,也同样要去请教,他们年龄大了,不免废话多,有时还有点脾气,"色愈厉而礼愈恭",人家还是乐于教导的,娓娓清谈,其中真有极宝贵的东西,都是他一生总结下的经验,一语道破,豁然开朗。我是从小爱好营造与园林,我欢喜看建屋造园,从断木一直到架梁、从选石一直到叠山,我绝不放松一刻的机会,许多施工的知识就是这样累积起来的。尤其重要的是老师傅教了我许多口诀,这些在建筑书中是学不到的。其他如裱画、修补古书、艺花等等,我都爱好,我皆在工作现场以好奇的眼光,在观察与请教中,增加了活的知识。

"晚晴无限斜阳暖,不信人间有暮寒。"老冉冉兮将至,但我的心情却没有迟暮之感,新社会对我来说生活是安定的,促使我三十多年来没有停顿治学工作。记得1978年冬,我去美国纽约筹建中国庭园"明轩"时,留美多年的友人王季迁先生问我:"你在大陆处境如何?"我回答说:"生老病死有保障。"他默然不答,过了一会,唏嘘地说:"在美国这样也不太容易。"够了,够了,我也不必多做统战工作,尽在不言中了。人是动物,脑子是流汁,不动就要迟钝僵化,所以我一生治学坚持脚勤、手勤、脑勤。因为我的专业有其特殊性,不能全坐在书房中,要旅行、要调查,有许多野外工作。旁人看来,这种近似"旅游"的工作,何乐而不为呢?然而干一行,有一行的甘苦。古寺残垣,废园旧宅,过去那种住僧舍小店的生活,如今住大宾馆的人是不理解的。跋山涉水,上梁登塔,一天下来得到的疲劳、愉快,调查资料,随有随整理、随分析,最后才能达到发表水平,这才心愿已了。这样,研究结果初步完整了,材料固定下来,自己好用，别人也可用，通过自己劳动的成果，至老难忘；用于上课，说来有声有色，这是亲自所得第一手资料的可贵。人家赞我记忆力强，其实我也是个普通人，也没有超越常人的天才，不过我懂得利用脑瓜子这个仓库，分门别类，迅速归档，记人名以姓为纲，以不同类型为目。古人的名字皆有名号，要弄清两者的关系。世家大族要知道其世系排行，这样便不容易忘记，即使忘记，也有办法联想起来。至于地名，如果先了解山川地貌、历史沿革，那记地名就方便多了，也不会闹出笑话。作诗词的平仄韵脚，我因为咬字不准，只好查韵书，开始用硬记的方法来打下基础，久而久之自然纯熟了。要学一门新科学，首先要弄通概论或简史，没有这个开门钥匙，得到基本概念，那是越读越糊涂，最后造成"不知有汉，无论魏晋""只见树木，不见森林"的后果。《文心雕龙》说得好："积学以储宝，酌理以富才。"学问靠"积"、理靠"酌"，才能有所成就。因此，平时不勤，何以言积？积了不分析与研究，学问是提不高的。

读名人传记，可以看到前贤怎样治学，读些什么书，怎样取得学术上的成就。这有利于自己的学习，同时又起很大的鞭策作用，鼓励自己的毅力。回忆我《苏州园林》出版时，有人批判我士大夫意识的诗情画意，精神上受到挫折；家庭的意见也大，妻再也不愿叫子女去学有关意识形态的学科。可是我呢？并没有被击倒，接着又出版《苏州旧住宅》。同事劝我，你不怕痛苦的教训吗？我还是顶着危险，我行我素，我认为有错可以改正，不能因个人一点委屈，就饱食终日，无所作为了。人家批评我搞个人名利，我总认为个人是集体之一，没有个人哪有集体？单纯与片面强调集体，实际是个人不负责，吃大锅饭。打倒"四人帮"前几年，我已经解放了，在做杂工，我并没有自暴自弃，我每天用毛笔小楷书写笔记，累积了几十万字，名之为《梓室余墨》。我当时有病，心境恶劣，我将这些零星的片段，记了下来，准备给我的学生路秉杰，"落红不是无情物，化作春泥更护花"。他是我的研究生，又做过多年的助手，为人诚笃，很尊师，理解我甚深，我必有所报他也。我得到一个经验，逆境时多做点工作，到顺境时可以公之于世。果然不出所料，"四人帮"打倒了，抬头见了青天，"皇天不负苦心人"，我那些旧稿居然陆续出版了，我觉得任何事都要未雨绸缪，临渴掘井出不了较高水平的东西。

由博返约，这是学习规律。基础面广，也就是说"膏之沃者其光晔"。我是文科出身，自学改了行，后来做了三十多年建筑系教师。在中学教过语文、史地、图画、生物等，在大专院校教过美术史、教育史、美学、诗选等，建筑系教过建筑设计初步、国画、营造法、造园学、建筑史、园林理论等，并且还涉及考古、版本、社会学等多方面的兴趣与研究，可算是个杂家了，"文化大革命"的大字报就有这个"雅号"。但是过去为了生活所逼，有课就得教，要教就得准备，不然，如何面对同学？辛苦当然是辛苦的，然而这又迫使人拼命干，尤其对年轻人来说，好处太多了，但最关键的是自己的兴趣。问题是，现在青年教师要开一堂新课，什么先进修、参观、备课，花样太多了，温床并不能出鲜花，游击队的战士有时比正规军事学校毕业的善于作战，恶劣的环境能锻炼出人才。多方面的知识，是有助于专业学术提高的。

读书也好，做学术也好，要有的放矢，要环绕一个问题，由一点可以引申到很多点，正如蜘蛛网，千万条丝离不了中心的蜘蛛，如此在这个学术领域中就可得其梗概了。因此读书与做学问必定要注意到方法问题，这样有系统有条理，可以节省时间，所得成果也大。

我还要谈一谈师承问题，这件事如今很少人谈及了。山贵有脉，水贵有源，学问也是如此。古代称为从师，就是跟老师学，既然学首先必心诚，"心诚求之，虽不中，不远矣"。我认为既是从师，那至少老师的著作，作为一个学生,应该要全读过,有深刻的理会,所谓学到手,然后才能青出于蓝而胜于蓝。我们去向一位知名学者求教,你连他的书一本也没有看过,见面时如何启齿呢?记得1958年在北京批判"中国营造学社"的学术思想,梁思成先生自我批判中说:"我是有'流毒'的,陈从周他就是能背我写的书。"今日看来我还是做得对的,我们谊兼师友之间,如果没有这段话中所说的,那我古代建筑如何能学到手,又如何能得到前辈的垂青呢?不下一点苦功,人家是不会帮助你的。通俗一些说,你们是没有共同语言,"以文会友",没有"文"如何交朋友呢?师承也好,学派也好,它是要付出辛勤劳动代价的,尊师与崇道是合二为一的。

做学生与当老师,暑假与寒假那是最宝贵的时间了,既自在从容,又随心所欲,它在我一生中太可爱了,值得留恋与回忆。人家都知道我能绘画,我没有进过美术学校,我就是利用酷热与严寒的日子,度过我自得其乐的寻美生活。几年的积累,做出了一点成绩,那我没有辜负流光,感到无限的安慰。解放后,我有更多的机会利用寒暑假去调查古建筑,写下了若干调查报告,我虽然没有享受到一次疗养与休养的机会,我偶然翻阅那时的成果与笔记,发出了会心的微笑,这些就是我历年假日的记录，人生应该重视"惜阴"。我有时也喜欢写点小诗词，偶然的感情，也应写下来。时过境迁，追之莫及。苏步青教授是数学家，他的诗写得那么好，我们两人有同感，提倡文理相通。这位数学家的生活，从他华章中，可以看到生活这样美、感情这样充沛，因此八十多的高龄，身体还那么清健，精力还那么好，这不能不归功于学问的嗜好，要多样化一点。

拉杂写来，仅仅是一个度过了几十年书生生涯的一些自白而已。每个人都有不同的经历，有不同的治学方法，是难以尽人皆同的。治学与作战一样，机动灵活的战略战术，那是决定于自己，"愚者千虑，必有一得"，读者以为有可参考之处，不妨参考。我在今日的治学现状，就是从这些不足道的过程中得来的。江南盛夏，家人纳凉，邻居流行歌曲扰耳，挑灯写成此篇，用了三个晚间，恶蚊肆虐，时作时辍，甘苦如是吧！

# 读书忆旧

中小学的语文教育,目前已渐渐引起高度的重视,这是好现象。我们知识分子都是受过中小学语文教学的,深刻的印象,到如今我还感激当时的老师们。饮水思源,他们对我的栽植,是垂老难忘的。虽然他们几乎都下世了,然而他们的恩泽是永远消灭不了的。

语文课并不是文学技术课,用教语法来作语文教育的极大部分,是错误的、失败的。语文课是"传道"的课,韩愈早在《师说》篇中说过了。它要进行品德教育、爱国主义教育,培养高尚情操,以及使学生学会写作,能表达自己思想并作为一种重要工具等多方面的。要全面,不能只见树木不见森林。

中小学语文的课本,从我年轻时所读的,有那时商务印书馆、中华书局等出的教科书,所选内容是多方面的,有古文、有语体文,古文中有经书的选段,有唐宋八大家的文章、晚明小品,以及诗词等。语体文有梁启超的、鲁迅的、胡适的、陈衡哲的、朱自清的,徐志摩的。总之从篇目看,已经是中国文学史作品的缩影,老实说我后来一度做过浅薄的文学史研究，亦就是当年老师不但讲解了这些范文，而且最重要的要我们背出来，那就使文学史上的某些实例全在我肚子中了。《礼记·礼运篇》"大道之行也，天下为公"，梁启超的《志未酬》"但有进兮不有止，言志已酬便无志"等佳句，指导着怎样做人，鲁迅的《阿Q正传》，朱自清的《背影》，使我认识到旧社会的可憎、父子之情的伟大。还有名人传记，教学生效法好的榜样，而那些朗朗上口的唐诗宋词，读起来比今天的"流行歌曲"不知要怡人多少。老师讲得透，学生背得熟，那就一辈子受用不穷了。如今老师一上台，有些像作大报告，照脚本宣读，学生也就听听罢了。因为老师对课文可能自己也背不出，尚未心领神会，讲起来当然干巴巴了。老实说，做老师的不先花点力气是不行的。我真佩服我们前辈的老师们十年寒窗所下的苦功。

　　如今高等学校，中文系、新闻系、政教系等界限分得不清。更有的认为政治水平高，能认识汉字，就可做语文老师了。这三个系是有严格区别的。在旧大学中所授课程是不同的。我们不能把语文课教学看得太简单。可能我在这方面知道得太少，但我从侧面了解，存在这些现象，提出来同大家商量商量。

　　也许我调查得不够全面，有一部分语文教师繁体字不识、平仄声不能辨、韵脚不知，一教韵文，但解文字，不知音节。大学中文系的教师也还存在这些现象，那中小学的语文老师更不必说了。中国字，有形、有意、有声，是世界上特殊而优秀的一种文字，做老师的应该理解它。我是理工科的教师，然而日本大学派来的进修教师，带了汉诗来，请教于我，当然这些汉诗是与建筑有关的，我如果一无所知，那又怎么办呢？"学然后知不足，教然后知困。"能够边教边学，已算是好的，最怕说一声"这些老东西、封建东西、落后东西、淘汰东西，不现代化"，就轻轻地拒绝了。

中国的文章是重气，这是与其他的书画、建筑、园林、戏剧、医学等一样的，因此文章要朗诵、要背，得其气势，然后下笔为之，才能自然成势。谚语说得好："熟读唐诗三百首，不会作诗也会吟。"重在熟读二字。学语文课，不读不背，但存理解。要想做好文章，凭你的语法学得再好，也如缘木求鱼。语法不是不要学，学来是用以检查自己的文章造句合乎语法规律否，并不是用学语法来写文章的。不是我今天讲句很不礼貌的话，很多语法老师、语法专家，可能写起文章来，也许不能令人满意。这到底是怎么一回事，恕我不言了，明理人自能知之。

几千年传下来的传统学习语文的方法，培养了无数的文人学士，我们不能轻易地抛弃啊！白话文不等于白话，口语代替不了文章，学语法不是学作文的唯一方法。熟读描写辞典，也描写得牛头不对马嘴。工具书是重要的，但不是唯一的东西。做老师要对课文能理解能背诵，做学生的也要如此。读书没有捷径，最愚蠢的办法，却带来最聪敏的结果，事物就是这样在转化。

最后我得申明，这些谬论仅代表我个人的一些"落后"或不明现状人的痴语而已，请读者原谅，我是面对着现在青年人语文水平不够理想而发的呼吁，我心无他。

## 杂书要有目的地读

古代有四时读书乐，画家将其绘成很好的画，用来教育人们，希望大家要及时读书，便无时不乐。我曾将苏州大石头巷一处门楼上的四时读书乐砖刻，照下来刊登在我编的《江浙砖刻选集》中。书画并茂，清趣无限。我尤其欣赏匠师们的作品中表现出了书卷气，证明了这位雕刻的人不是胸无点墨，不然不会有这样的艺术成就。

读书四时要读，而书也要无书不读。我读专著外，喜爱读杂书。"文化大革命"中，一度戴上"杂家"的帽子，我也因此自得，专家做不到，做个杂家也很满意。我爱读杂书，有时甚至于比正书还有劲，杂书中的笔记，我最是手不释卷，午梦初回，清斋寂坐，及至入睡之前，真仿佛一席清谈，处处悠然了。

野史、笔记，有其很多的第一手原始资料，若干处比正史还可信。而且我是研究古建筑与园林的，杂书中有很多夹缝资料，有些宝贵的珍闻异录，往往在无意中得之。不过，读杂书也多少要有一点目的性去读，读后有所得亦必须分门记之，这样杂就变纯了，看来无用之读,也成为有用的材料了。我们搞园林工作的,一木一石、残砖碎瓦,皆为造园必需之品,为学也复如此。

"文化大革命"后期,干校回来了,牛鬼蛇神班毕了业。分配我做些杂务,那我得其所哉了,杂务之余看杂书,晚间用毛笔小楷做笔记,成为我的日课,很快积累了厚厚的笔记,名之为《梓室余墨》,如今有时偶一翻阅,感到很亲切,同时又引起了如药中的红枣那样甜中带苦的回忆。如今写文章常常要检阅它,甜却逐渐多起来,苦倒也慢慢淡忘了,因为有了这小小成果,足以自慰了。

我总觉得正书也好、杂书也好,要有目的去读,可以产生成果。那种随便翻翻,寻求一时趣味,于身心没多大好处。"开卷有益",但有目的去读,才能收效。

# 《理想·生活·学习》读后

步青老教授新著《理想·学习·生活》一书出版了，这本书名看来不会引起青年们的兴趣的，我很怪老教育家面孔拉得长了，太严肃了一些。其实苏老是位很风趣的人，我们之间的友谊，往往在谈笑中建立起来。而他对后辈呢，亦复如此。我记得有一次带我的小婿肖刚去拜访他，肖刚是新升数学教授。寒暄以后，苏老开口便说"我已是田间的稻草人，只可吓吓麻雀了"，弄得在座之人满堂大笑，他是那么的谦抑为怀，但接着大谈其治学经过、甘苦所在，听者动容；诚挚的态度，令人钦佩感动。我不是学数学的，但我在谈话中也上到一堂为学的大课。过了几天，他亲自将题名过的这本《理想·学习·生活》送来了，我因为了解他，所以急忙挑灯细读，原来是一本既有他的治学经过，又有他的求学往事、怀人念友、游迹旅踪的书，一卷在手真是如聆謦欬。而谆谆教导青年，怎样学好数学、重视语文学习。他拿很生动的事例，现身说法，可说金针暗度、老马识途。如今年轻人，最迫切要人家传授秘诀，苏老可说"免费供应"教人家了。这许多话并不稀奇,关键是他的秘方产生了效果。他成为当代大数学家,不是偶然的,有着一条极不平坦的道路。这道路的过去怎么样,苏老是过来人,都讲给大家听,我们如何的幸运,感激苏老的关心后代呢?

苏老是科学家,可能大家认为他只懂 A、B、C、X、Y,但苏老在这书中十分强调"文理相通"这个观点。老实说我们成为好朋友的主要基础,就是在这上面。苏老开始准备学文史的,但后转攻了数学,但反过来用其一丝不苟的科学态度又来治文学,因此他的文章工整,言之有物;而诗呢,在立意辞藻之外,又有严谨的格律,真令人折服。因此这书可说是"文理相通"的典范,而不是文理分家、互不相通的偏见之说。聪敏的读者们,我们选书,不要被书名所蒙蔽与欺骗,我知道许多青年渴于求知、找窍门,我认为苏老这书是大有帮助的。我青年时代喜欢看名人传记,就是从中吸收他们是怎样走过奋斗道路的,有所遵循,同时也可免走许多冤枉路,苏老现身说法了。

书的后半部有苏老的诗抄《原上草集》,收集了他一百三十首诗,同时又是一本诗集。一卷在手,读罢神往,那些咏山水风景之诗,烟云在目、奇峰到眼,高怀逸兴、形诸笔墨,可以想见 X、Y 之余的雅致了。苏老今八十六岁高龄,身轻如鹤,犹高翔于学术文艺领域之中,我们细读这书,才知水源木本了。

# 写给同济大学函授同学

我今日抱着极有兴奋的心情与你们谈谈。你们能考上函授生，真幸福，每个人憧憬着美好的未来。这是社会主义的优越性，国家不会抹杀人才，并且还要运用各种各样的方式培养人才。正如大地上的庄稼、森林中的苗木，在大自然的孕育下，可以茁壮地成材，也可萎缩消减，那要看自己本身的努力，但是对每个人来说，期望原是一样的。

我是研究古建筑的，我可说是自学而来的，我的道路比你们艰苦曲折多了。尽管在大学建筑系中已任教了近四十年，然而我每想到过去的历程，我是对前一辈学者对我函授是感恩的，他们给予了我大力的帮助与教导。回忆我开始学习古建筑时，固然由于我自幼的爱好，对那些古建筑物有了一些初步认识，那还不过如看古董一样，浮光掠影，从建筑的古旧来认为这是明朝清朝。建筑的构件名称看不出，细部的特点也说不明白，我就去找宋《营造法式》《清式营造则例》这些书来看，仍是一知半解，进而去找《中国营造学社汇刊》来看，这些书真是花了九牛二虎之力才能寻到，我就在业余去啃，总算渐渐地开了眉目，知道了一个大概。到这时候我才大胆写信给刘敦桢教授，他是古建筑著名学者，在南京任教，而我却在上海。如果我一无所知，我是没有资格与学者通信的。承他对我的奖掖，我们于是从书信中形成了师生关系，那样也可算是一个函授生了，当然我没有你们正式函授生条件好，可以任你欲问便问，教师有义务作答。而我与刘先生之间，虽然他很诚恳热心，但我除去尊敬之外，可不能放肆一点，提出问题也要自学，特别用功、特别小心，我就是用这样谦恭的态度得到前辈的指导。我们两人之间的信，后来累积了几百封，可惜皆在"浩劫"中失去了，我很对不起他老人家。因为他是知道我要保存他的信札的，因此每封信都写得很工整，谁也想不到在不以人们意志为转移的大难中，都消灭得无影无踪。在废篓中尚存两函，在我"五七干校"回来后找到，如今送交了他儿子叙杰兄作纪念。

大家知道中国古建筑的研究开始于朱启钤老先生（中国营造学社社长），我从他为师时，他已是高龄了，但这位仁慈的长者，他总像对小学生般亲切地看着我、教我。我每次到北京去问学，真是娓娓不能竟言，九十二岁高龄时来信说"精神一天差一天，我不能如以往谆谆教你"，但是一如既往，还是累纸长函、论学论文，情深谊高，真催人泪下。可惜这许多教材般的函件，也在"浩劫"中荡然无存。但是我每次到北京，第一处还是到朱师的故居去瞻仰，宛如生时去望他一样。

刘老师与朱老师，虽然如今做了天上的神仙，但在函授教学上，对我来说，是永远忘不了的。我今日薄有成就，亦是与这二位老师分不开的。我从这里认识到，作为函授生，正式函授生更好，只要有一个与人为善，与有一个皇天不负苦心人的自学毅力，是能有好结果的。尤其在今日，国家办了正式的函授学院，那是太幸福了。同学们！函授中要刻苦自学，那才能得到老师的热心指导，关键在于自己，千万不能放松一点，虽然是函授，还是要尊师。你们将来得到更大的成就时，要饮水思源，千万不要忘记今天！好好学习，天天向上！

# 课余沉思

连心脏病也要吓出来的下课电铃响了,退出了教室,人也有几分倦意,我总爱在校园中的石凳上休息一下。树荫下捧着书的同学们,使我羡慕他们的青春,追思着自己不可再来的少年流光,浮起了种种的思绪。我也注意着同学们的书籍,五花八门,有教科书、有杂志,更有许多外国刊物。从这些书中我回思到我学生时代同学们手中的书,同今天的来比比,分明是不同了,当时有夹着木板印的古本书,有烫金的外文原版书,有各种外文报、中文报,但是独缺那些与学术无关的流行报刊。看来个个彬彬然有学者风度,清风林下有朗诵古诗者、有熟练外语者,与树头鸟语相互酬答,真弦歌之地也。如今当然木版印书早淘汰了,老实说,繁体字不认识,连句读也认不清,绝无人问津了,由它去吧。外文书呢?近几年走了红运,当然读外文是应该的,但不少还是装点门面,赶时髦,以洋为尚,炫目而已,应该引以为戒。大学的售书摊,照例应该有些学术书、学报等,如今每天挤满了人。其内容呢?当然是一些所谓"最吃香"的书刊，我总觉得与"大学"两字不相称。

我又回忆起上周我从无锡回上海，车中对座的一位某大学中文系毕业生，我向他问起了他那个大学中文系的一位名教授，回答是"不知"。我听他在频频低哼流行歌曲，又问他昆曲听过吗？说也可怜，他竟连"昆曲"二字也不知。他在苏州读了几年书，只去过一次狮子林，看来是位闭户用苦功的学生。但是，谈到这所名大学以研究诗而出名时，他竟连"白居易"三字也瞠目以对。接着我好奇地问他："你读点什么？"回答是文学批判与创作。"那么读《文心雕龙》总也有心得吧！"然而，回答也是不知。此后我也黯然了，默望着车外，想得太多了。今天我看到同学们夹着书，我想起了大学时代夹木版印书的同学，也想到了这位中文系毕业的"高材生"，到底我们祖国的文化应该如何继承下去。大学的语文课，要像过去的大学一样，文学院当然不可缺修，理工科大学亦是必修。

进而想到研究生复试了，作为主考的我，是要面试这批新"举子"的，我认为口试再重复一次与笔试一样的内容，那也太形式化。过去老师们对我们的学问考查，可说是无所不问，如今国外有许多学位导师也是这样。我问了有关这学生的乡邦历史地理、乡邦学者名人，可说是十无一人能答，能回答的只是教科书以内的东西。我有些愕然了。感到很痛心，这个社会上存在的普遍问题，做老师的再不予以纠正、扭转过来，来日堪忧。学问之道有教科书书本之内的，对书本之外的，更有许多常识的。而祖国的历史、乡邦的文献等，以及其他有关文化的著作，一概不问不闻了，如何爱家、爱乡、爱国？爱国主义教育，文化教育不是一句口号，是要通过各种渠道进行的。大学教育似乎太"专"了，老实说，学问之道，"由博反约"，古之名训，单科独进，理非所宜。文理相通，文化熏陶，看来要重视了，国外大学对这个问题，也洞悉，而我们为何姗姗其来迟了呢？我开始了这不切时务的呼吁，望恕浅见。

# 乐莫乐新相识

近来我偶然在同济大学的新华书店中,兴高采烈地买到一本《千家诗》,虽然是邂逅之缘,无意中得之,然予我以温存、甜蜜、亲切的回忆。顿时我朗朗上口,儿童情味,母爱体贴,真是如鱼饮水,冷暖自知。我立在树荫下,悄然翻阅,感到这本在母亲怀中,由她口授我的诗句,六十多年来,记忆犹新。我母亲当然是位旧式女子,没有很好读过书,但她能背《千家诗》,这书便是我在人生中第一本读到的书。这种教育方式在今日看来是何等重要与可贵啊!我的背书习惯与学习韵文的开始,知道诗的境界,以及终生难忘的母爱,在这本《千家诗》上,起了何等神秘而有生命力的作用!我的外孙阿威,他在读书上有些与我仿佛,小孩子能背诗,因此我又买了一本送给他,我想比送一盒蛋糕要永久性得多,他可一世受用不穷。

启蒙后,从"人手足刀尺"一直到开始读《幼学琼林》,这书是在我家塾中由老姑丈亲授的,书上名物、制度、地理、历史,可说是都包罗在内,而且又用排偶的句法出之。我们小孩子虽不能全懂其内容，但总觉得音节很美，上口容易，正如"小和尚念经，有口无心"地天天背诵着。料不到这书对我后来研究建筑史及园林之学，起了很得力的作用，它无疑是一本最概括的事物索引，要不是小孩时代背熟，到后来需要用时，检查类书是太不方便了。我到今日仍坚持我对重要文章要下背书的功夫。初认为是苦事，用时方知其乐了；尤其有音节的韵文，不背，老实说你得到的精华，一半也没有。"熟读唐诗三百首，不会作诗也会吟"，这话是十分有道理的。

读书如同蜘蛛结网一样，从一点开始，可以由此及彼，越来越广，但又万变不离其宗。我对古建筑与园林的爱好，当然开始于童年"莫名其妙"的欢喜。记得小时坐在大人身边，我总呆望着这些木构老房子，从橼子一直到梁架柱子，痴问着这个分件叫什么名字，那个部位又叫什么名字，到如今我脑中的许多地方建筑名词，就是从问的当中得来的。有许多花石的名称，也是同样的方法得到的。在中学时代，我爱读李清照的词，因为有点"历史癖"，又去了解她的身世，进而读了她父亲李格非的《洛阳名园记》，这篇文章真了不起，对我一生治学起了开锁的作用，我不仅在写文章上学习到东西，而最关键的，是给了我当园林学课的重要教材。我经常背诵，妙趣横生，至今亦未遗忘过它。我又从这本书，得知有《木经》，进而知道《营造法式》。在大学的图书馆中，更接触到中日学者有关古建筑及园林的著作，于是我从事古建筑与园林的学习，我再把书本所得到的，在实物中进一步地深入勘察研究。如今薄有成就，也就是这样来的。

乐莫乐新相识。

第一本书的印象，是终生难忘的，有时还起着思想与行为上的主导作用。因此我联想到，要出好书，更要寓之以德，要能教育下一代，止于至善。我们老一辈人的期望也就是这些。

1985年1月

# 春兰乍放话昆曲

昆曲大师俞振飞老先生嘱我画张兰花，他的心情我是理解的，因为戏曲中的昆曲，正如花卉中的兰花一样，明洁清雅，代表了我们中华民族悠久的文化与高尚的品德。我爱昆曲，喜画兰花，尤其在笛声悠扬、曲韵婉约的时候，那挥毫的情绪，真是再惬适也没有了，那帘影、花影，仿佛都在节奏中轻漾，我被陶醉了。兰花无华，长绿的瘦叶，有如笛声，高低抑扬，在画是有意到笔不到、若断若连的姿态，它衬托淡雅高逸的花朵，有若唱腔，放出了一阵阵似有似无的芬芳，配合得如此妥帖，如此停当、蕴藉、耐人寻味，因此我又爱听隔院笙歌，爱看粉墙兰影，以其有幽雅的情致也。

自来画家，有多少兰花名作，无一雷同者，说它简单，是最简单，说它复杂，是最复杂，即简中寓繁，变化万端。而昆曲呢？一些人以为它高深、单调，没有交响曲那么丰富奇丽，这犹如看水墨画同油画一样，各抒其能。昆曲兰花，同一格调，同一品德，淡远、含蓄，有文学味，它是我国戏曲的祖先。我们过去学国画先学兰竹，是基本功，其理正相通。无源之水，不能广也。

我曾经说过明末清初的戏剧、文学、书画、园林，是同一种思想感情而以不同方式表现的，即如造园家，也应该是精通昆曲的，李渔可推为代表了。我带的园林研究生，听昆曲是必修的一课。我那本《说园》封面题字，是请俞振飞老先生题的。因为旧社会曲师与假山师处于同等地位，是为有闲阶级服务的，没有地位。如今人民当家作主，我们这项工作也翻了身，因此在这本《说园》上同台演上一出戏。

我为俞老先生的兰花画好了，乘兴题上了两句话："在山人不识，出谷便芬芳。"我是有感而发的，但愿海外兴起的"昆曲热"的微浪，能激起国内"昆曲热"的大波。

春兰乍放，梦回莺啭，引人遐思，随笔写了这些，也算是一时的触动吧！

# 外国人看昆剧

我们同济大学外籍教师德人阿克曼对我说,他来中国几年,还没有看到中国的昆剧,最近真巧碰上上海昆剧精英展览演出,他几乎是排日听歌,沉醉于诗画般的境界中。月夜归来,娓娓而谈,第一句便说:"我享受到了美的生活,我总算见到中国人伟大的艺术,终生难忘,回国去要大讲特讲。"他手中持了昆剧特刊,中英文说明书,后来我又送他一本《振飞曲谱》,上面还有俞先生的亲笔题字,他感激得说不出话来。去看昆剧的外宾很多,我天天作陪,座间听到了许多他们对昆剧的评论,很客观、很贴切,有必要让大家听听。

他们在剧场中,凝神静听细观,面容中时露会心之感。华文漪与岳美缇演《玉簪记》,声美、调美、身段美,他们总结了一句话:"唱做得细。"又风趣地说:"这仿佛是未加味精的中国菜,味道纯。"接下又感慨说:"我们不爱好'中不中到底,洋不洋到家',不伦不类的戏,并非我们不爱看杂技团与其他剧种,可是中国人不必用这些差不多每到一地都有得看的戏来招待我们。正如宾馆的菜，到处都是加了萝卜雕的工艺品，是吃滋味，还是看手工艺品，有些不解，最多拍几张照，'不可不吃，亦不可再吃'。"昆剧就是含蓄耐看，使人能想，有回味，百看不厌。阿克曼的老太太，看完昆剧次日回国去了，临行说："我忘不了昆剧，这是中国的文化。"

梁谷音演红娘，活泼天真，外国人说："这小姑娘太可爱了，古代的中国人的生活片段我见到了。我们学到了一些中国文化史。"我带他们去后台，客人们会见了俞振飞老先生，更用特刊上的照片去对照演员们的化妆，高兴极了，因此闭幕式上俞老的演出，虽然票子紧张，还是坚欲一观，他们知道《牡丹亭》这名著，并且说：俞老的戏不看，今后回国后是永远看不到了。

这次的演出是成功的，可是他们又唏嘘地叹惜了，说为什么中国青年不感兴趣。他们认为这是十年浩劫，将中国文化中断了，希望迎头赶上。同时对昆剧用布景装置不太满意，理由是昆剧表现是抽象的，不必画蛇添足，与前面所说的菜上加手工艺品一样。

他们又问：梅兰芳会唱昆曲吗？我说：老手老手。我告诉他们，昆剧是京剧的前身一部分，老一辈的京剧演员没有一个没有昆剧的底子。他们纷纷点头称是。古人说："他山之石，可以攻玉。""外来的和尚好念经。"

对我来说，感触与启发太深了，自己要珍惜自己的文化财富。这次演出做得对，正及时，"出口转内销"是一句普通的口头语，自己不重视，将来外国昆剧团到中国演出，可能万人空巷。到那时是"别有一般滋味在心头"了。

# 大学生看昆剧

昆剧这枝兰花,如今进入高等院校了,谁也不能相信它首先进入理工科的同济大学,而对那些拥有文科的院校却姗姗来迟。其中奥秘何在呢?

远在50年代,俞振飞、言慧珠两同志率华文漪等来同济演出,俞言合演《琴挑》,佳话至今流传同济园中。原来同济大学有建筑系,其中设计专业、园林专业、规划专业,都与文化艺术有密切的关系。自然,作为姐妹行的昆曲,师生们对它的兴趣便可知了。去年秋与今年初,昆剧团两次来校演出,给师生上了一堂"美"的课,无怪乎系主任戴复东教授说,从下学期开始,要请上海昆剧团来演出,并且请华文漪等来讲昆剧,这些作为建筑系专业学习的辅助课,用意十分深远。

最近上海昆剧团来校演出的剧目有《挡马》《开眼·上路》《活捉》《游园惊梦》等,同学们看昆剧兴味甚浓,尤其是园林专业的同学,看后还写了笔记,他们写道:"是第一次看昆剧《游园惊梦》《开眼·上路》,然而受益匪浅,我从其曲情、表情、意境、曲味、神韵中确实体会到造园艺术与昆剧艺术是息息相通的，虽然形式不同，却表达了同样的意境、韵味……"（孙希华）"昆曲讲究音律，讲求气质，中国园林讲求高低起伏，讲求变化，曲终而味未尽，正与昆曲相同。粉墙花影自重重，帘卷残荷水殿风（《琴挑》），是曲亦是园……"（徐辉强）"造园者要懂昆曲，看了一两场，就渐渐地悟出了道理，昆曲具有高度概括和抽象性，它的道具只有两张椅子，一张板桌，可是就这两三件东西，代表了很多的场面、环境。它的动作完整性和象征性也是造园者必须借鉴的。造园者若能悟出其提炼之妙，则得益匪浅……"（段律音）"有生以来第一次看昆剧，真使我陶醉，其出场的音节、美丽的唱词、轻盈的舞姿，简直把我带到了园林，任我在园林中盘旋、周旋，其情其景，确实难为言表。昆曲一唱三叹，曲尽而味未尽，如果说人们从形象上去具体地欣赏园林，那么昆曲是从形象外想象地去欣赏园林了……"（李彩林）限于篇幅，只引用了个别几位同学的观后感。这里我确实感到，昆曲的精妙是客观存在的，而我们过去不引导大家去看，以至于有的人连昆剧这个名称也不知道。如今同学们看过后口口声声说"我们开眼了"。要不是世界建筑大师贝聿铭先生说搞建筑园林的人要看昆剧，恐怕他们对此还不够重视呢！"出口转内销,东西就是好。"如果今天不大力发展昆剧艺术,将来美国昆剧团到上海演出,将万人空巷了。现在昆剧进入高等学校是件好事,教授、学者、大学生看昆剧,开风气之先,必然会普及大众,而不会将昆剧拒之千里之外,希望一切从事艺术的人,不妨一试何如?

# 昆剧与建筑园林

不久前我到瑞金医院看望老妻的病,顺道去上海昆剧团看华文漪、岳美缇、梁谷音等同志。刚进门,华文漪迎面而来,开口就说:"我们要上你们同济大学义务演出一次,你校的名誉教授贝聿铭先生说过,学园林与建筑的人,要从昆曲中吸收营养,那么昆曲同园林与建筑是姐妹行了,作为妹妹来讲,应多上姐姐家。"我当然满口表示欢迎。没几天果然来了,剧目是精选的,有《挡马》《开眼·上路》《活捉》《游园惊梦》等。我钦佩他们的敏感,在共同的艺术中找朋友,一方面提高了自己,另一方面又影响了人家。"他山之石,可以攻玉"这句古训,在今日还是值得重温的。

作为一种艺术,它是绝对不孤立的,明代的园林家计成通绘画,画家石涛精叠山,戏曲家李渔善造园。其中奥妙,太令人深思与注意了。我们常常只相信进口特效药,而忽视营养药;看重治疗医生,轻视保健医生;重视专业课,轻视修养课。其结果正如叶圣陶老先生所说,解放后培养出来的学生是工业品,一个模型,而不是农业品，得到土壤中的各种营养后，千姿百态。

这次演出节目中的《挡马》，那种身段如果以流行的武打来对比，似乎有高下之分了。正如毛笔书法，画中兰竹，笔笔有交代，而不是形式似复杂，实际是简单的蛮打。他们在戏校科班八年，毕业后又演出了近二十年的戏，功底很深。这折戏在全国戏曲评比中得了一等奖，不是没有原因的。计镇华等的《开眼·上路》，可说是男子为主的舞蹈戏，而华文漪等演出的《游园惊梦》，则是女子为主的舞蹈戏，身段有刚柔之分，唱腔有高亢婉约之别。至于梁谷音等演的《活捉》，正如建筑系外国研究生李可詹所说，鬼戏无鬼气，有人情味。讲得太确切了。一个来自西方的学生，她的眼光是敏锐的，原来她专门研究中国文化，这次到同济是进修中国建筑与园林的。她已经发现昆曲与建筑园林之间的关系了，正在学昆曲。有生命的建筑与园林，本身可说静中寓动，而人是生活其中，又是动中寓静，因此感到亲切、舒畅、安逸。昆剧在我国剧种中是最完整而高难度的。我也许是个国粹主义者，芭蕾舞只舞不歌，交响曲只歌不舞，而昆剧则兼而有之。其韵律、节奏，虽动有静，从这点说与建筑园林具有一样的美学原则。建筑系戴复东主任是京剧爱好者，能唱大面，而冯纪忠、傅信祁及已逝世的黄作燊教授，也都是京剧爱好者，而又能上口，因此他们的建筑艺术，具有丰富的文化内涵。青年同学们，望勿等闲视之。

# 山谷清音
——梁谷音的曲

上海正是余寒料峭，冬衣犹恋，两小时后来到香岛，已是婉转如春了。住在香港大学，朝阳煦拂，鸟语鸣春，凭栏望海，在远客暂栖的心理中，浮起了种种遐思。立刻想到了过去故乡杭州西湖的山居，看水的心理虽未变，可是在环境的感触上总还有差距呢。香岛环水，有山可登，的确像香港大学内，整洁明静，那不能不承认，在管理上是有水平的。然而仰视俯观之下，"高楼塞天地，汽车如爬虫"。我有些怃然了，我庆幸西湖如今没有它的"先进"，因此在风景处理上，"保守落后"一点还是有好处的。我在幻思几十年前的香港，可惜无缘见到，恐怕也如国内一些没有被人工"污染"而有损天然芳姿的如浙江的岱山、南北湖等一样。我的朋友谢顺佳邀我上他的办公室观海，登上三十六层楼，入室迎面一个大玻璃窗，整个窗框将海借景了过来，海是一个不大的湾，仿佛是个湖，我说这是海中之湖，小中见大。他是名建筑师，很欣赏我的评价，只可惜镇岛皆楼也，又变成大中见小矣，当然这是书生谈兵，也许仅仅在名胜风景区还有几分极渺小的希望不这样做，其他在"生财有道"上着眼的人看来，我们是茫然了，缥缈得像浮云一样。西湖的北山不也正在赶"国际水平"吗？

承友人的好意，免我旅邸片刻的岑寂，借我两只录音机，适幸随带了两盒昆曲录音，忙里偷闲，放起了梁谷音的"描容"一折，从疏林中避开了碍眼的高楼，我凝望着远山、近海，随着唱腔的高低，我神游天地间了，曲与景，渐渐融合在一起，太好的享受了。但我从异地的风光起了联翩的乡思。几天前，我写过这样一首诗赠谷音："林泉何处不宜人，脉脉山泉出谷音；花下忘归犹点笔，曲终似水鬓边清。"是用来形容她的唱腔，我比作西湖九溪十八涧的山水，有着清的境界，她是我的同乡，也可说湖山毓秀吧！九溪的水曲折，有隐有显，它的声音，高远者其来莫自，绵邈者又若游丝，明秀深幽，正如昆曲一样，不懂的人听来可能刺激性不大，九溪的景似觉平淡也是有些相像，然而景要细寻，曲要静听。本来隐秀两字，理解是不容易的，我在这繁荣的香港中，住在这闹中取静的香港大学听曲，才有这样的一些体会，也同时产生了我爱家乡、我爱祖国文化遗产、我爱这有历史的优美剧种……的情感。

我近来深觉作为一个建筑园林工作者，应该从实之外求虚，反过来虚大有助于实，昆曲这个古老的剧种，其产生与当时园林正是姐妹，无分无离，而细腻曲折，婉转多姿，同出一臼，而意境之仿佛尤不可忽视。当时曲师知园，园师懂曲，园中拍曲，曲中寓园，真太奇妙了。要知雅秀清新则一也。贝聿铭先生的设计，尽管有许多现代构思，而总不脱他中国人的书卷气，这是在他耳濡目染的读书拍曲世家中所涵养成的。他的成就不是单方面的，内潜的修养，是一般人难以理解的，他说我是知音，也就是从人不解之处，给我有所见到了。事物贵寻源，在今日各种学问中是应该值得注意的事。

# 希望昆剧去海盐

在《新民晚报》欣然看到海盐针织厂步鑫生同志来沪邀三剧团到海盐去演出的消息,的确是先进与新鲜的事物。我细细地看下去,以为剧团中总有上海昆剧团,可是失望得很,没有。这又为什么呢?我们知道昆曲发原于江苏昆山,然而"海盐腔"又是曲中的重要一脉,如今渐渐为人遗忘了。可是老辈海盐人,大多都能度曲。流风余韵,为人所乐道。据说青年人对此不感兴趣,然而前些时候上海昆剧团到浙江金华一带演出,武义一县几乎万人空村。因为该地亦是一个昆剧发达的老区,至今还有很多昆曲迷,里面难道没有青年人吗?海盐我想更不可轻视了。

昆曲不但是京剧的祖宗,而且又是其他地方剧不断在吸收其营养的艺术宝库,因此颇希望昆剧能到"海盐腔"的产地去演一次。我建议华文漪等同志,你们就是义务演出,也该去"亮亮相"。时值深秋,气候也不冷不热,可顺道一游南北湖,那里有山有湖有海,山林幽深,平湖清静,沧海浩渺,真大观也。而绮园明秀,可以留客,容人"惊梦"。年轻的昆剧演员们，如果徜徉其中，相信对你们的演出将会增加一些书卷气，平添许多雅趣，这些话想必俞振飞老先生也是首肯的啊！海盐如今工业与风景区（南北湖、绮园）皆出现了新貌，那么这古老的乡音——昆曲也将有新声出现吧！

# 贝聿铭苏州听曲

最近世界建筑大师美籍华人贝聿铭先生来华，接受同济大学名誉教授学衔并作学术报告。因为他是苏州人，苏州段绪申市长要请他回家乡去看看，对建设有所商讨，顺便扫墓一次。他邀我同行，在苏州住了几天。我们一起游园林，但是方式不同一般，是步行的。小巷中从鹤园到听枫园，再到曲园、顾宅、任宅等处，小游小坐，情景十分宜人。我说这种"寻园"的滋味，唯苏州扬州有之，他说太妙了。在环秀山庄所在的美术公司，他欣赏了刺绣，感到十分满意，但是出来对我说，这样的名园，如果能在里面听一次昆曲那就太好了。原来贝家是"昆曲门第"，他的从叔祖晋眉先生，是昆曲大师，"传"字辈的艺人曾受业于他。在博物馆中见到陈列着的遗像，肃然起敬了。他父亲祖诒先生，亦喜爱拍曲，其他的亲族也皆有此同好。他生长在这样的家庭中，虽然在国外几十年，尚垂老难忘。因此他提出要领会一次昆剧演出。苏州市颇能解意，居然在临行前一晚，在宾馆中安排一次小型演出，不用台，仅在厅内表演，戏目是《痴梦》，由一位二十三岁的年轻演员演出，表演得很出色。那位段市长居然也以手拍板，深有领会，演毕后，他对我说，实在太好了。当然，贝先生的感情是更加兴奋，那几位外国录像师，更是如痴如狂。演毕再看当时的录像，其面部的表情，真难以形容。这晚我们到半夜才睡，时间用在议论昆剧上。老实说，园林、刺绣、昆剧应该算是苏州三宝，它们有着内在联系。说也可怜，如今苏州从事昆剧的专业人员，大部转业了，只剩下二十多人，也不演出，听其自然，快临灭亡的危境。幸亏贝聿铭先生来，惊醒了市长先生，可能得救之日，为期不远矣！如今中央、国内外，对昆剧十分重视了，尤其国外朋友们，他们对昆剧有更高的认识，这是可喜的事。因为真正有高度的艺术，必引起全世界的爱护与赞赏。这次在苏州听曲之余，我感触很深，想解放后我们为苏州园林奔走，今天居然誉满全球。而这正如当年园林一样处于不正常状态下的昆剧，我又故态复萌作呼吁了。可喜的段市长是位知音，那么苏州昆剧团可以得救了。不久贝聿铭先生将为园林、刺绣、昆剧所引诱，再要多次来华到苏州，为乡梓做出更大的贡献。

# 清丑

"丑"字上加一个"清"字,名之曰"清丑","丑"变成美了,重在一个"清"字。清就是雅,有书卷气,我们园林中品石,有丑石,然丑必加上清,方为上品;人之貌也有丑者,同样有了秀气,就成"清丑"了。最近我观看了上海昆剧团刘异龙与梁谷音合演的《活捉》,演毕异龙嘱我题字,我书"清丑"二字,在座的俞振飞老先生莞尔会心一笑,频频点头,似乎默默赞我所言中矣。俞老能诗,善画,曲其特长也,而曲与其学养相融会,演来一身书卷气,太儒雅了,中国民族文化在他演技中表现了出来,这种艺术表演家,在一个时代中是很少能见到的。异龙从小我见他在戏曲学校为学生,他随华传浩同志学艺,小孩太灵活了,生旦净丑一学就会,身段变化随心所欲,真有演戏天才。我邀了这班小青年到同济大学来演出,他演《下山》,个子还未长高,雏莺声清,扮那个小和尚实在太可爱、太依人了。十年动乱中没有见到他的戏,今年仿佛是昆剧复兴的曙光时期,上海昆剧团多次演出,观众从海外香港,远道而来,有老有少。

过去年轻人一听昆曲,就说看不懂,如今却看的人越来越多。从前那种拒昆曲于门外的现象已不多见了。《活捉》出自《水浒》张文远初恋阎婆惜,涎其美貌,神魂颠倒,并作借茶,言词挑逗,后两人勾搭成奸,阎婆惜被宋江

《宋江怒杀阎婆惜》(《钟伯敬先生批评水浒忠义传》[积庆堂刊本])

所杀，幽魂不散，向张索命。有些人之所以有拒昆曲以千里之外的态度，是因为不亲近它，但只要尝试它，经过一次的尝试，很快被吸引住了。因为昆剧耐听、耐看，有余味，而整个艺术在于"纯"，因此对艺术欣赏能力高的人，总是爱好昆剧，是有其原因的。江苏昆剧团到西德柏林演出，德国朋友告我，真是万人空巷，黑市票价使你吃惊。因此上海的演出，他们每次必到，几无一次虚场。同济大学的个别德国教师回国前邀了华文漪、岳美缇到宿舍来清演，在草地上载歌载舞，银色的月光下，宛如仙子，顾兆琪的笛韵，声袅林间，绵邈幽远，闻者往往驻足，那确是良辰美景了。

《活捉》这折戏，演来剧情与动作，不是太火，就是太庸俗、低级，但昇龙与谷音演来，温文尔雅，怨而不怒，女角美，男角丑，形成了丑美的对比。而丑的手段唱词不俗，不做作，符合人情味，举止得体，那种抽象的艺术表演，实在太巧妙与发人遐想，无声有声，无情有情，似阴非阴，似阳非阳，鬼戏若人戏，人戏实鬼戏，太巧妙了，这其中充满了辩证法在戏剧中高度运用。对我们造园者的虚实设计手法，太多启发了。演者的思想与修养中有文化，没有半点低级趣味，这种演技才称得起"高"。这种丑角才加得上"清"字。德国是世界音乐发达而又有悠久历史的国家，他们有音乐修养，他们在中国剧种中发现了昆剧，如获至宝。如今美国的一些大学中也兴起"昆剧热"，人们把昆剧比之兰花，兰花随他怎样，下里巴人不爱看，但仍不失为国香，将永远不会被人遗弃，这在于本身的格调高与欣赏者的水平了。其实过去昆剧与兰花一样受大众欢迎，人们中以"兰芳""兰香""兰英"等来取名，也由于群众普遍热爱它。我很希望青年朋友们，听腻了流行歌曲，去品尝一下这沁神的清品吧！

## 《吴之翰诗词集》跋

余既辑泾县吴先生之翰诗词集毕,凄然于怀者久之。忆1952年秋,余来同济大学任教,与先生比邻而居,朝夕相晤,谊兼师友,纵论古今,时聆诲益。先生晚年病腿,艰于步履,时招余至其书斋,长谈竟夕。殁前数月,曾言及其诗词稿事,度其不祥,余顾左右而言他,不意竟随即下世。先生生于1902年农历三月二十九日,殁于1978年一月十五日,年七十有六。殁后,夫人陈蔼葆暨哲嗣报铢、报中、报鑫,以先生遗稿嘱余厘订,得诗七十二首,词二十一阕。编纂粗竣,复请俞调梅先生点定,由余内侄蒋君启霆缮录,二君皆工于吟事者。先生往矣,生平吟稿,经十年动乱,零锦碎玉,已非全璧;然一勺之水,亦足知味,幸此集存,其能借以传世,或可告慰先生于地下欤?略叙梗概,不胜人琴之感而搁笔也。

1982年

后学陈从周跋于同济大学

# 《朱蠖公（启钤）先生九十寿言集》序

当六十年前士人尚为功令文字所束缚，莫肯亲从工师之后，究心于审曲面执饬材辨器之道，吾师朱蠖公先生于人所忽不加察者洞瞩而默识焉。蓄之既久，凌之弥昌，前哲之奥蕴，始昭布于共睹之事物，盖其于所谓营造之学先河也，亦归墟也。今者先民制作之显，承焜耀为邦家光者，既日增月盛，声施远被，先生亦跻期颐之寿，睹治化之成，书曰："尚猷询兹黄发。"诗曰："周王寿考，遐不作人。"宜乎人皆乐为歌咏其盛也。而况于及门躬被作育哉。从周著籍稍晚，礼当执简于末座。爰最录时贤侑爵之作为一编而缀数语于其端。相从久而今居江南者刘士能教授师敦桢，未及为文，而亲与姑苏哲工之治文绣者擘丝摹先生小像以为寿，用符先生阐扬丝绣之微尚，谨附书焉。

时 1961 年辛丑十月十二日

## 《旧藏饼饵干鲜果品货单》序

余读《东京梦华录》《武林旧事》诸书，每见记当时风俗及饼食糖品等之记录，心向往之，而诸品不传也久矣，其时其地之社会鳞爪，赖此以存，不唯有助于社会风俗学之研究，且对今时之饮食制品更有所借鉴。旧时有"厨师""饼师"之称，盖两者并提也。内从侄蒋震一，近出其先祖铿又先生所录清末、民初之京、沪、杭等地茶食店之品名，积数纸，有心人也。铿又先生笃于学，家富藏书，曾增补其兄先外舅蒋谨旃先生钦颉手辑之《衍芬草堂书目》，巨著也。友人邓云乡兄来梓室，见此目录，亟怂恿公之于世。余不好饮食，难以评述，有乞于云乡，念垂髫及长，所列诸品，有闻其名，有尝其品，旧事历历，时隐时现，放学夜归，承欢之乐，观此不啻时光倒流，儿时可再，几忘迟暮矣。

1983年4月3日灯下

次日将赴硖石主持重建诗人徐志摩墓竣工之典，记于梓室

## 同发成南北干鲜果品

　　　　　　　　　　　　　天津北门外大马路

| | | | |
|---|---|---|---|
| 蜜饯苹果脯 | 蜜饯沙果脯 | 蜜饯梨脯 | 蜜饯杏脯 |
| 蜜饯桃脯 | 金丝蜜枣 | 蜜饯海棠 | 蜜饯红果 |
| 蜜饯青果膏 | 西山大扁 | 龙须盒面 | 青州楂片 |
| 胜芳瓜仁 | 清水茶膏 | 曲阜柿饼 | 泊镇斜干 |
| 东昌黑枣 | 迁安生栗子 | 曹州耿饼 | 北京白梨 |
| 永平菠梨 | 河间鸭梨 | 顺德秋梨 | 顺德麻秋梨 |
| 北河鸭广梨 | 西口葡干 | 糖饯白玫瑰 | 北山杏仁 |
| 阳邑桃仁 | 葛步核桃 | 西汉黄枣 | 乐陵红枣 |
| 北山杏干 | 北山桃干 | 叭哒杏仁粉 | 西河梨干 |
| 胜芳藕粉 | 河南柏荷粉 | 祁州薏米 | 奉天松仁 |
| 凤尾盒面 | 北山黑瓜子 | 怀来白瓜子 | 怀来白葡萄 |
| 北山红葡萄 | 西藏葡萄干 | 东山苹果 | 山东花生米 |
| 上河大花生 | 上河小花生 | 东山奈子 | 分山沙果 |
| 北山拉果 | 泰安红果 | 东山海棠 | 故城挂面 |

## 聚顺和南货庄

　　　　　　　　　　　　　北京前门大栅栏

| | | | |
|---|---|---|---|
| 营盘口蘑 | 雪山丁蘑 | 大扁杏仁 | 金丝蜜枣 |

| | | | |
|---|---|---|---|
| 蜜饯果脯 | 绿葡萄干 | 关东鹿筋 | 吉林哈蟆 |
| 真人熊掌 | 茯苓夹饼 | 玫瑰花饼 | 西洋蛋饼 |
| 太史宫饼 | 杏仁酥饼 | 核桃酥饼 | 中秋月饼 |
| 姑苏月饼 | 广东月饼 | 人物云片 | 松子雪片 |
| 核桃雪片 | 五彩云片 | 萨其马糕 | 细芙蓉糕 |
| 粉蒸蛋糕 | 鸡蛋名糕 | 荤菜豆糕 | 各种糖果 |
| 翻毛月饼 | 素菜豆糕 | | |

又运山珍海味，燕窝银耳、四川竹笋、各种鱼翅、高丽海参、黄胶鱼肚、云南宣腿、金华茶腿、杭州龙井、云南普茶、广东荔枝、福建桂圆，自造各种蜜饯、应时点心，各种洋酒、中国名酒，水果罐头、鱼肉罐头，各省杂货。

## 上海野荸荠

*虹桥北堍*

| | | | |
|---|---|---|---|
| 人物云片 | 松子云片 | 胡桃云片 | 桂花云片 |
| 秋叶云片 | 双桃云片 | 五色云片 | 卍字云片 |
| 砂仁云片 | 八珍云片 | 五香麻糕 | 荤菜豆糕 |
| 粉蒸蛋糕 | 定粉名糕 | 百果蜜糕 | 薄荷软糕 |

| | | | |
|---|---|---|---|
| 桂花年糕 | 猪油年糕 | 玫瑰油糕 | 桂花油糕 |
| 薄荷油糕 | 夹沙油糕 | 枣子油糕 | 连环糕 |
| 百果糕 | 马蹄糕 | 竹式糕 | 洋钱饼 |
| 金钱饼 | 鸡蛋饼 | 桃酥饼 | 太史饼 |
| 眉宫饼 | 芝酥饼 | 五仁月饼 | 玫瑰月饼 |
| 素菜豆糕 | 西法蛋糕 | 真杏仁饼 | 资生药糕 |
| 松子楂糕 | 清水楂糕 | 鸡蛋名糕 | 玫瑰桔糕 |
| 白桔红糕 | 乌梅名糕 | 油酥肉饺 | 干菜油饺 |
| 花边素饺 | 什锦饽饽 | 桂花油枣 | 白糖雪枣 |
| 松子酥糖 | 玫瑰酥糖 | 椒盐酥糖 | 蜜淋浇切 |
| 九梅冰 | 松子糕 | 椒盐糕 | 状元糕 |
| 代奶糕 | 炒米糕 | 茯苓糕 | 芙蓉糕 |
| 枣子糕 | 洋蜜糕 | 松子方 | 松玫霜 |
| 杏仁方 | 冰雪酥 | 玉带酥 | 双桃酥 |
| 佛手酥 | 蛋黄酥 | 如意酥 | 骨脾酥 |
| 干菜月饼 | 夹沙月饼 | 枣泥月饼 | 黑麻月饼 |
| 南腿月饼 | 葱油月饼 | 薄荷月饼 | 椒盐月饼 |
| 月宫撞饼 | 酒酿名饼 | 鸡丝松 | 鲭鱼松 |
| 肉丝松 | 透味熏鱼 | 导味风鱼 | 美味醉蟹 |
| 佳制糟蛋 | 蜜饯佛手 | 蜜饯香圆 | 蜜饯桂姜 |
| 玫瑰寸糖 | 黑芝麻糖 | 白芝麻糖 | 米花姜糖 |
| 桂花皮糖 | 荤茶食 | 素茶食 | 杏仁酥 |

| | | | |
|---|---|---|---|
| 广式酥 | 白麻酥 | 玉兰片 | 七巧果 |
| 八珍粉 | 南腿松 | 蜜饯刁手 | 蜜饯青梅 |
| 蜜饯小手 | 蜜饯红瓜 | | |

## 海盐天禄号

| | | | |
|---|---|---|---|
| 人物云片 | 松子云片 | 胡桃云片 | 桂花云片 |
| 双桃云片 | 五色云片 | 卍字云片 | 鸡蛋名糕 |
| 五香麻糕 | 荤菜豆糕 | 素菜豆糕 | 薄荷软糕 |
| 软茯苓糕 | 松子糕 | 洋钱麻饼 | 金钱名饼 |
| 枣泥麻饼 | 荤油雪饼 | 九梅酥 | 枣子糕 |
| 松花糕 | 椒盐糕 | 五仁月饼 | 玫瑰月饼 |
| 夹沙月饼 | 薄荷月饼 | 枣泥月饼 | 月宫撞饼 |
| 素月饼 | 猪油蛋饼 | 油酥肉饺 | 桂花年糕 |
| 玫瑰油糕 | 西洋蛋糕 | 真杏仁饼 | 松子楂糕 |
| 冰糖楂糕 | 清水楂糕 | 黑味熏鱼 | 玫瑰桔糕 |
| 白桔红糕 | 乌梅名糕 | 粉蒸蛋糕 | 百果蜜糕 |
| 状元糕 | 茯苓糕 | 炒米糕 | 鸡蛋饼 |
| 桃酥饼 | 水花饼 | 芝麻饼 | 杏仁酥 |
| 南腿月饼 | 葱油月饼 | 夹沙油糕 | 枣子油糕 |
| 猪油酥糖 | 玫瑰酥糖 | 骨牌酥 | 白芝麻酥 |
| 黑芝麻酥 | 冰雪酥 | 各种罐头食物 | |

## 采芝斋食品单

| | | | |
|---|---|---|---|
| 谢家糖 | 南枣糖 | 粽子糖 | 莲子糖 |
| 松子糖 | 榧子糖 | 核桃糖 | 玫瑰梅 |
| 大青梅 | 支酸梅 | 甜玉梅 | 白梅 |
| 冰雪梅 | 薄荷梅 | 蜜橙饼 | 九制橄榄 |
| 盐橄榄 | 大药橄榄 | 小制橄榄 | 元支橄榄 |
| 青盐佛手 | 药梅糖 | 冰雪糖 | 七巧糖 |
| 松子皮糖 | 梨膏糖 | 花生糖 | 冬瓜糖 |
| 薄牛皮糖 | 轻松糖 | 香蕉糖 | 棋子糖 |
| 荤油酥糖 | 椒盐酥糖 | 玫瑰酥糖 | 豆末酥糖 |
| 桂圆片 | 枣泥片 | 台果酥 | 松仁酥 |
| 杏仁酥 | 玫瑰合梅 | 白糖杨梅 | 桂花双梅 |
| 制双梅 | 蜜杨梅 | 桂花梅 | 花手梅 |
| 陈皮梅 | 杜笋脯 | 楂糕脯 | 桃脯 |
| 盘桃脯 | 京杏脯 | 金甘饼 | 大桔饼 |
| 明果糕 | 松油糕 | 脆松糕 | 山楂糕 |
| 橙桔糕 | 蜜饯佛手 | 蜜糖小手 | 十二制佛手 |
| 十二制香橼 | 九制半夏 | 九制陈皮 | 青盐陈皮 |
| 参贝陈皮 | 橙皮 | 梅皮 | 玫瑰巨笋 |
| 青梅干 | 杨梅干 | 青盐薄荷 | 白佛手片 |
| 桂花蜜姜 | 蜜饯桔仁 | 香元条 | 玫瑰酱 |

| | | | |
|---|---|---|---|
| 桂花酱 | 明姜 | 红瓜 | 甜制酸 |
| 杏仁粉 | 椒盐榧子 | 盐花生肉 | 椒盐杏仁 |
| 白蜜金甘 | 白蜜枇杷 | 白蜜樱桃 | 桂元糕 |
| 核桃糕 | 松子糕 | 芝麻糕 | 玫瑰水炒 |
| 桂花水炒 | 薄荷水炒 | 椒盐水炒 | 椒盐核桃 |
| 蜜饯香橼 | 桔红 | 吐番 | 五香肉松 |
| 五香鸡松 | 松子肉 | 真台果 | 乌梅饼 |
| 杜炙青豆 | 拣吉花生 | | |

### 颐香斋食品单

| | | | |
|---|---|---|---|
| 大青梅 | 大口梅 | 甜玉梅 | 薄荷梅 |
| 桂花梅 | 花手梅 | 玫瑰梅 | 雕花梅 |
| 冰雪梅 | 大双梅 | 酸半梅 | 支酸梅 |
| 白梅 | 玫瑰合梅 | 桂花双梅 | 白糖杨梅 |
| 制双梅 | 白蜜金柑 | 白蜜枇杷 | 白蜜雕边 |
| 白蜜雕兰 | 蜜饯香橼 | 蜜饯雅梨 | 蜜饯苹果 |
| 蜜饯嫩藕 | 蜜饯桔红 | 蜜饯山楂 | 蜜饯桔饼 |
| 蜜饯佛手 | 蜜饯小手 | 蜜饯红瓜 | 蜜饯刀豆 |
| 本造制酸 | 十二制陈皮 | 十二制佛手 | 参贝陈皮 |
| 九制半夏 | 醒胃上香 | 青盐陈皮 | 青盐橄榄 |
| 广东制酸 | 大药橄榄 | 九制橄榄 | 十香橄榄 |

| | | | |
|---|---|---|---|
| 杏仁霜 | 杏仁露 | 玫瑰露 | 莲子糖 |
| 贝母糖 | 粽子糖 | 松子糖 | 榧子糖 |
| 胡桃糖 | 药梅糖 | 冰雪糖 | 色巧糖 |
| 松子皮糖 | 白蜜樱桃 | 白蜜杨梅 | 白蜜八宝 |
| 白尖糖 | 杏仁糖 | 薄牛皮糖 | 玫酱糖 |
| 香蕉糖 | 水果糖 | 明棋糖 | 山核桃糖 |
| 柠檬糖 | 冬瓜糖 | 西瓜糖 | 荸荠糖 |
| 摩尔登糖 | 疳积糖 | 谢家糖 | 天冬糖 |
| 玫瑰豆糖 | 生津茶膏 | 白松子肉 | 青盐佛手 |
| 蜜桃脯 | 樱桃脯 | 荸荠脯 | 苹果脯 |
| 山楂脯 | 蟠桃脯 | 梅皮脯 | 五味姜 |
| 杜笋脯 | 广明姜 | 桂花姜 | 玫瑰酱 |
| 桂花酱 | 元条 | 红丝 | 绿丝 |
| 青丁 | 荤梨膏糖 | 素梨膏糖 | 花生糖 |
| 白梨片 | 白佛手片 | 金桔饼 | 乌梅饼 |
| 玫瑰梅饼 | 杏仁酥 | 玫瑰酥 | 松子酥 |
| 台果酥 | 桂花糕 | 脆松糕 | 明果糕 |
| 胡桃糕 | 荤松子糕 | 清水楂糕 | 桂花橙糕 |
| 芝麻糕 | 什锦名糖 | 玫瑰棋糖 | 桂花棋糖 |
| 金橘饼 | 北杏脯 | 茄儿脯 | 薄荷水炒 |
| 椒盐水炒 | 椒盐南子 | 椒盐杏仁 | 椒盐果肉 |
| 油氽果肉 | 椒盐胡桃 | 椒盐茄果片 | 嫩肥鸡松 |

| | | | |
|---|---|---|---|
| 金华腿松 | 黄丁 | 天茄 | 血丹 |
| 雪丹 | 衣卜 | 制卜 | 红梨片 |
| 鲜青鱼松 | 美味肉松 | 精脍虾松 | 透味熏鱼 |
| 美味风鱼 | 美味醉蟹 | 五香腊肠 | 红白玫瑰酒 |
| 代代花酒 | 琥珀蜜枣 | 天目笋 | 玫瑰巨笋 |
| 盘香巨笋 | 熏青豆 | 良乡栗子 | 玫瑰水炒 |
| 桂花水炒 | 桂花露酒 | 佛手露酒 | 冰雪露酒 |
| 五加皮酒 | 虎骨木瓜酒 | 愈风药酒 | 金膏糖 |
| 苹果糖 | 糖山楂 | | |

尚有各种罐诘卫生食物，如牛羊鸡鱼等类，一应俱全，名目繁多，不及备载（原文）。

| | | | |
|---|---|---|---|
| 人物片 | 玉兰片 | 甜香糕 | 大桃片 |
| 松仁片 | 宁方片 | 桂花片 | 砂仁片 |
| 玫瑰片 | 椒桃片 | 椒盐片 | 黑麻片 |
| 什锦片 | 薄荷片 | 薄荷糕 | 香雪糕 |
| 松仁梅 | 条头糕 | 方糕 | 椒盐糕 |
| 太史饼 | 蛋黄饼 | 金钱饼 | 燥麻糕 |
| 枣仁糕 | 状元糕 | 百果糕 | 山楂糕 |
| 冰雪糕 | 芙蓉糕 | 核桃糕 | 切蛋糕 |
| 鸡蛋糕 | 火炙糕 | 琢舟酥 | 如意酥 |

| | | | |
|---|---|---|---|
| 大桃酥 | 小桃酥 | 水桃酥 | 盘香酥 |
| 杏仁酥 | 袜底酥 | 东坡酥 | 盐香糕 |
| 连环糕 | 砂仁糕 | 炒米糕 | 和合糕 |
| 冻米糕 | 蒸蛋糕 | 水晶糕 | 茯苓糕 |
| 松子糕 | 洗沙糕 | 玉露霜 | 雪饺 |
| 炒米粉 | 豆酥糖 | 浇切糖 | 寸金糖 |
| 牛皮糖 | 荤什锦糕 | 素什锦糕 | 洋钱饼 |
| 水花饼 | 酒酿饼 | 薄脆饼 | 香蕉饼 |
| 花竹饼 | 小吆饼 | 油酥饼 | 荤月饼 |
| 素月饼 | 荤夏饼 | 贡饼 | 枣泥饼 |
| 蝙蝠酥 | 菊花酥 | 火腿月饼 | 盐腿月饼 |
| 葱油月饼 | 小荤月饼 | 白糖雪饼 | 马蹄酥 |
| 合子酥 | 佛手印 | 黑麻印 | 九梅印 |
| 山楂印 | 白麻印 | 东坡印 | 鸡蛋卷 |
| 白麻枣 | 白雪枣 | 枇杷梗 | 肉饺 |
| 干菜饺 | 葱油饺 | 透味熏鱼 | 龙凤喜饼 |
| 桂花寿桃 | 桂花酥糖 | 玫瑰酥糖 | 小绿豆糕 |
| 大绿豆糕 | 玫瑰桔红糕 | 白桔红糕 | 玫瑰油糕 |
| 桂花油糕 | 黄糖年糕 | 白糖年糕 | 猪油定胜糕 |
| 椒盐月饼 | 玫瑰月饼 | 夹沙月饼 | 白糖月饼 |
| 干菜月饼 | 枣泥水饼 | 黑麻酥糖 | 泗安酥糖 |
| 椒盐核桃 | 猪油酥糖 | 东洋蛋糕 | 西湖藕粉 |
| 椒盐酥糖 | | | |

### 陈元昌食品单

杭州荐桥直街（今清泰街）颐看斋对面

| | | | |
|---|---|---|---|
| 水果糖 | 粽子糖 | 莲子糖 | 香蕉糖 |
| 柠檬糖 | 玫瑰糖 | 橘子糖 | 冰雪糖 |
| 薄荷糖 | 白尖糖 | 胡桃糖 | 明果糖 |
| 松子糖 | 杏仁糖 | 彩巧糖 | 明棋糖 |
| 蜜枣糖 | 小核桃糖 | 荤（素）牛皮糖 | 荤（素）梨膏糖 |
| 玫瑰榧糖 | 玫瑰酥糖 | 猪油酥糖 | 摩尔登糖 |
| 椒盐颗生糖 | 桂花喜糖 | 蜜饯天冬 | 蜜饯茄子 |
| 蜜饯甜橙 | 蜜饯金柑 | 蜜饯香橼 | 蜜饯梅食 |
| 蜜饯雪梨 | 蜜饯刁扁豆 | 蜜饯刁兰花 | 蜜饯刁八宝 |
| 蜜饯刁环梅 | 蜜饯桂花姜 | 蜜饯玫瑰姜 | 蜜饯佛手梅 |
| 蜜饯广橘饼 | 蜜饯红瓜 | 蜜饯青丁 | 蜜饯冬瓜 |
| 蜜饯桃子 | 蜜饯口梅 | 蜜饯青梅 | 蜜饯芽姜 |
| 蜜饯玫瑰 | 蜜饯桂花 | 酸梅糖 | 西瓜糖 |
| 冬瓜糖 | 荸荠糖 | 疳积糖 | 蜜饯佛手片 |
| 蜜饯橄榄 | 蜜饯蒜苗 | 桂花玉梅 | 桂花双梅 |
| 玫瑰玉梅 | 薄荷玉梅 | 紫五味梅 | 参贝陈皮 |
| 青盐陈皮 | 青盐橄榄 | 盘香楂糕 | 清水楂糕 |
| 玫瑰瓜子 | 薄荷瓜子 | 蜜饯雅梨 | 蜜饯枇杷 |
| 蜜饯佛手 | 蜜饯樱桃 | 蜜饯桔红 | 罐诘鳝鱼 |

| | | | |
|---|---|---|---|
| 罐诘沙鱼 | 罐诘杨梅 | 又 枇杷 | 又 蘑菇 |
| 又 青豆 | 又 什锦 | 又 牛奶 | 又 莲子 |
| 又 荔枝 | 又 菠萝 | 又 桂园 | 又 洋桃 |
| 又 沙梨 | 又 雪梨 | 蜜饯小手 | 蜜饯杨梅 |
| 蜜饯花红 | 蜜饯苹果 | 蜜饯紫苏梅 | 茉莉花酒 |
| 五加皮酒 | 老牌皮酒 | 甜杏仁露 | 嫩雄鸡松 |
| 金华腿松 | 鲜青鱼松 | 精脍肉松 | 虾子勒鱼 |
| 虾子鲜鱼 | 香大头菜 | 玫瑰梅酱 | 桂花梅酱 |
| 椒盐果肉 | 椒盐胡桃 | 桂花瓜子 | 冰雪瓜子 |
| 甘草瓜子 | 椒盐瓜子 | 油炒瓜子 | 椒盐南瓜子 |
| 透味熏鱼 | 五香腊肠 | 罐诘鲍鱼 | 青盐橄榄 |
| 平湖糟蛋 | 良乡栗子 | 干杏仁霜 | 广东大八件 |
| 广东小八件 | 广东杏仁饼 | 广东蛋黄饼 | 进呈蜜枣 |
| 东洋蛋饼 | 西湖莼菜 | 又 羊肉 | 又 冬笋 |
| 又 紫姜 | 又 猪肉 | 又 牛肉 | 又 鸡肉 |
| 红白玫瑰酒 | 佛手露酒 | 代代花酒 | 玫瑰花酒 |
| 广东腊鸭 | 广东腊肉 | 美味醉蟹 | 广东杏仁酥 |
| 广东菊花饼 | 广东葡萄酥 | 白松子玉 | 玫瑰梅饼 |
| 各种荷兰水 | 甜香橼条 | 椒盐杏仁 | 椒盐香榧 |
| 炸禾花雀 | 玫瑰生仁酥 | 玫瑰蛋糕 | 细沙蛋糕 |
| 花箱饼干 | 牛奶饼干 | 香蕉饼干 | 鲜红绿丝 |
| 广东鸭腿 | 蜜饯杏子 | 蜜饯山楂 | 蜜饯绣球 |

蜜饯荸荠　　　桂花梅干　　　广鸭肫　　　　广东月饼
蜜饯嫩藕

## 景阳观食品单

杭州荐桥直街佑圣观巷口

| 金星白蓝提 | 三星白蓝提 | 把得利酒 | 香饼酒 |
| 大葡萄酒 | 小葡萄酒 | 人牌皮酒 | 太阳皮酒 |
| 东洋参酒 | 西洋参酒 | 虎骨木瓜酒 | 五加皮酒 |
| 愈风药酒 | 太史公酒 | 史国公酒 | 香雪酒 |
| 白玫瑰酒 | 红玫瑰酒 | 代代花酒 | 香蕉露酒 |
| 洋河高粱 | 牛庄高粱 | 大糟申烧 | 本庄吊烧 |
| 大花雕酒 | 小花雕酒 | 红坛绍酒 | 白坛绍酒 |
| 二十四钟 | 花果醇酒 | 洋麻菇 | 洋青豆 |
| 老牌牛奶 | 新牌牛奶 | 摩尔登 | 白糖莲子 |
| 西湖藕粉 | 西湖纯菜 | 西洋咖啡糖 | 泰西熟芥末 |
| 太西洋醋 | 西洋鲜酱油 | 德国白塔油 | 雪白真洋盐 |
| 鲜艳洋果酱 | 顶上洋胡椒 | 八宝全鸭 | 八宝全鸡 |
| 陈皮全鸭 | 烧大山鸡 | 冬菇半鸭 | 陈皮半鸭 |
| 鸡汁鱼翅 | 鸡汁干贝 | 准山乳鸽 | 五香乳鸽 |
| 五香禾花雀 | 佛手露酒 | 木瓜露酒 | 桂花露酒 |
| 冬菇全鸭 | 五香烧鸭 | 红烧冬笋鸭 | 南乳笋鸭 |

| | | | |
|---|---|---|---|
| 鲜栗鸭 | 咖哩鸡 | 冬菇鸡 | 栗子鸡 |
| 咖哩牛肉 | 红烧牛肉 | 牛尾汤 | 青燉羊肉 |
| 冬菇羊肉 | 五香烧肉 | 红烧猪蹄脚 | 三冬素菜 |
| 虾子冬笋 | 各式洋糖 | 泰西洋芥末 | 原听咖啡茶 |
| 鲜洋鲍鱼 | 沙丁鱼 | 松江鲈鱼 | 沼溪逆鱼 |
| 美味熏鱼 | 透糟青鱼 | 透糟鲥鱼 | 虾子鳖鱼 |
| 虾子蛴鱼 | 青燉水鱼 | 红烧水鱼 | 金华腿松 |
| 嫩雌鸡松 | 青水虾松 | 鲜青鱼松 | 精脍肉松 |
| 川菜肉松 | 炸禾花雀 | 佳制鹌鹑 | 五香肝肾 |
| 杏仁霜 | 新鲜荔枝 | 新鲜桂圆 | 花地洋萄 |
| 鲜制甜萄 | 鲜制枇杷 | 鲜制杨梅 | 鲜制菠萝 |
| 菜阳蜜梨 | 鲜苹果汁 | 香蕉糖汁 | 紫葡萄汁 |
| 水蜜桃汁 | 雪梨糖汁 | 柠檬糖汁 | 新会橙汁 |
| 豆叩糖汁 | 新鲜春笋 | 佳制蟹粉 | 杏仁饼干 |
| 什锦饼干 | 曹白醶鱼 | 五香凤尾鱼 | 宕城鲍鱼 |
| 紫大头菜 | 香大头菜 | 五香大头菜 | 净嫩春芽 |
| 富贵干菜 | 什锦豆豉 | 美味醉蟹 | 团脐酱蟹 |
| 吸油卤瓜 | 糟油吐铁 | 虾油青椒 | 四川冬菜 |
| 佳制笋头 | 佳制牛肉松 | 精脍肉脯 | 精脍牛脯 |
| 雅梨脯 | 苹果脯 | 花红脯 | 杏子脯 |
| 花生果酱 | 玫瑰梅酱 | 桂花梅酱 | 冰糖梅酱 |
| 净芝麻酱 | 本坊仙醋 | 五香茶干 | 火腿茶干 |

| | | | |
|---|---|---|---|
| 虾子茶干 | 冬菇茶干 | 五香牛肉 | 白油腊肠 |
| 五味鸭肫 | 玫瑰露 | 苹果露 | 菠萝露 |
| 杏仁露 | 万年青菜 | 本港虾子 | 客江虾子 |
| 甜酱莱菔 | 甜酱淡笋 | 甜酱万笋 | 甜酱茄子 |
| 甜酱刀豆 | 卤酱佛手 | 甜酱片瓜 | 甜八宝 |
| 双菜瓜 | 贡瓜 | 贡姜 | 紫瓜 |
| 二瓜 | 酱临蛤子 | 糖醋大蒜 | 糖醋藠头 |
| 虾子干菜 | 嫩尖笋脯 | 软壳糟蛋 | 硬壳糟蛋 |
| 松花彩蛋 | 翠微虾酱 | 玫瑰虾酱 | 坊桐辣酱 |
| 广东腐乳 | 香糟腐乳 | 玫瑰腐乳 | 桂花腐乳 |
| 仿临酱鸭 | 精制酱蹄 | 广东甘草榄 | 广东月饼 |
| 凌湖青豆 | 兰溪辣茄 | 甜酱冬笋 | 甘卤子 |
| 甜片姜 | 冰雪嫩姜 | 甜酱黄瓜 | 百果腐乳 |
| 虾子腐乳 | 火腿腐乳 | 棋子腐乳 | 卫生酱油 |
| 松花菌油 | 虾子酱油 | 芝麻辣油 | 小磨麻油 |
| 兰溪茶油 | 真菜油 | 牛庄豆油 | 玫瑰苏洁油 |
| 双套酱油 | 五香糟油 | 大方腐乳 | 门顶腐乳 |
| 顶青腐乳 | 门大腐乳 | | |

## 各种花果酒

| | | | |
|---|---|---|---|
| 春兰花酒 | 白荷花酒 | 白菊花酒 | 野菊花酒 |

| | | | |
|---|---|---|---|
| 白玫瑰酒 | 红玫瑰酒 | 木瓜酒 | 代代花酒 |
| 葡萄酒 | 桂圆酒 | 福榄酒 | 柠檬酒 |
| 忍冬花酒 | 金银桂花酒 | 薄荷酒 | 茵陈花酒 |
| 佛手酒 | 茉莉花酒 | 雅梨酒 | 鲜荔枝酒 |
| 杏仁酒 | 豆蔻酒 | 香椒酒 | 甜柑酒 |

## 附：《旧藏饼饵干鲜果品货单》跋

在陈从周教授之书斋"梓室"中，得见蒋铿又先生旧藏亲笔所录之南北各地干果饼饵店商品目录一束，均系本世纪（20世纪）初之著名店铺。其字号名称有天津北门外大马路"同发成"、北京前门大栅栏之"聚顺和"、上海虹桥北塊"野荸荠"、海盐县"天禄号"、未注明地名之"采芝斋"（此店原在苏州观前街，上海有分号）、杭州荐桥直街"颐香斋"（另杭州清河坊柴木巷口外亦有茶食店名"颐香斋"，似是联号）、杭州荐桥直街"陈元昌"、杭州荐桥直街佑圣观巷口"景阳观"等八家。其所列商品有南北干果、山珍海味、各种糕点、各种月饼、各种茶食、各种蜜饯、各种糟货、各种糖球、各种露酒，以及各种洋酒罐头等，真是五花八门、琳琅满目、目为之眩、涎为之滴。

最后一句是说个笑话,上海人谓之"打蓬",难道真是那么馋吗?自然不是,只是感到内容太丰富了,正足以反映我国烹饪艺术的博大与精深。自然,这些品目中所列,只能说是烹饪的大范畴中的一个小小的部分;而烹饪艺术本身,又是我国文化艺术大范畴中的一个部分。如此则以小见大,虽是几张小小的食物商品目录,其所反映的民族文化意义和历史文献价值,就都值得十分珍贵和重视了。

这些店铺,有的是北方的干果子铺、南货铺,有的是江南的茶食店,这在旧时都是近似而又稍有不同的行道。干果子铺主要干鲜果品、海味蜜饯等,如昔日北京前门大街的"通三益"、西单北大街的"西源兴德"等;南货店则除干果海味等食品而外,还有糕饼点心食品,如旧时北京的"桂香村""稻香村"。江南苏杭一带的茶食店又不同,它除去糕饼点心之外,还有各种云片糕、焦桃片等,如旧时杭州著名的"九芝斋"等。六十年前有篇著名的散文,题目是《北京的茶食》,文中说"北京建都已有五百余年之久,论理于衣食住方面应有多少精微的造就……"这"精微的造就"的提法颇耐人寻思。我们看这单子中,北京"聚顺和"的各种饼、各种云片、各种糕那样多,不是很足以体现这"精微"二字的内涵吗?至于上海"野荸荠"、杭州"颐香斋"、苏州"采芝斋",名单所列茶食点心名称都各有百八十种之多,如此洋洋大观,能不使人叹为观止吗?

清代人大宴会,一般是先上果席,吃完后再上肴馔。如"百本张子弟书"《梨园馆》记宴席云:

> 察着当儿许多冰碗,照的那时新果品似琉璃,饽饽式样还别致,全按着膳房内派点心局,小旦们络续接连齐敬酒,只吃得满座生春到申正时,说"吃饭罢",小厮忙把残杯撤,顷刻间果酒端开摆上席……

另外也有只知果酒,不上正肴的,如《红楼梦》中所写"寿怡红群芳开夜宴",不就是整整齐齐摆了四十碟果子吗?都摆什么"果子"呢?读者看看这些食品单子中的干果、糟腊、蜜饯等品名,就可以有十分形象的理解了。

在我国烹饪艺事中,广义地说:风干、糟醉、腌腊、蜜炙,以及各种制饼技艺,都应包括在内,而且都是十分高超的。不少都是烹饪艺事的精华所在,从这些食品单所列的品名中,我们可以想见其丰富与复杂。因此说，这些旧时的食物商品单，今天提供给读者，不唯可供风俗、商业史研究者作为文献资料参考，亦可供烹饪史、烹饪艺事研究者作为技术资料来研究了。限于篇幅，不能详细说明，应从周教授雅属，聊志数语，稍作介绍而已。

**1983 年初夏云乡跋于浦西水流云在轩南窗下**

# 《中国古典名园》序

"诗文之以好游而益工"这句古人的老话,它说明了游的重要性。近年来旅游事业如雨后春笋,蓬勃风行世界,成为最受人欢迎的文化活动,确是具有深刻的用意。既说是文化活动,那么不只是"匆匆地来,匆匆地去"的简单方式。所谓游也要游出水平来,也要有所得才是。我曾说过:"旅与游是有所不同的:旅要速,游要缓。"不能以旅代游,亦不能游即是旅。我也总算是到过海外的,从上海到旧金山只需十小时,可算旅是快了。但游呢?仅仅在那里的海滨,便要住上几天,看水看山,听风听涛,再享受一些乡土风味,是那么的清逸闲适,这才可谈得上游。而他们的导游读物,真是俯拾即是,品种多极了,我们从中了解到山川地貌、历史文物、风土人情,这些书又是带归国来的最好纪念品,使每一个游者留下美丽的回忆。再回过来看看我们的祖先,山有山志、园有园记,入山游园必先浏览一番,然后知某峰何名、某亭何题,景由文出,文以点景,情景交融,游兴乃起。"抚孤松而盘桓""园日涉以成趣",游者如无文化目少情致，所欣赏者亦不深。兹集的编辑，其目的亦正在此。春秋佳日，乐事从容，湖山信美，园林多姿，游者手此一册，非仅导游，而见闻之增长，亦潜移默化于其中了。我希望爱好旅游的人们，如果以我言可信的话，那你不妨试一下，多少不以介绍此书为虚说了。

# 《徐志摩全集》序

三十多年前出于感情的冲动,在极端困难的情况下,写了一本《徐志摩年谱》,随着时间的流转,形势有所改变。近些日子,徐志摩作品的研究者与读者越来越多,尤其在海外,已成为一门专门学问,同时也出版了全集,惜印数太少。而国内各报刊也都登载了研究或介绍他与他的作品的文章,若干出版社都争先在出版志摩文章、诗集等。我也因之忙了起来,编辑与读者的信几乎每天皆有,实在疲于应付。老实说我不是想靠徐志摩吃饭的,而社会上却有某些人,看到机会可乘,大肆活跃起来,什么徐的传呀、恋爱记呀、家乡呀等等,不一而足。既未读懂徐的作品,又歪曲徐的生平与形象,另一方面又靠他来谋利出名。我面对这种丑恶现状,也无勇气与这种人分辩,下定决心不再写有关徐志摩的东西了。唯一的希望是能有一部较完整的集子出版。因为我早就明白我不是专门研究徐志摩的。正如他前夫人张幼仪所说:"从周弟是有心人,为了志摩事花了不少心血;是唯一爱护他的人,比他自己的小辈超过万倍……"我过去写的没有任何目的,单纯的感情而已。我有时间还是搞我的本行古建筑与园林吧,何必去做"应时春饼",同人家争市场。

商务印书馆香港分馆要出《徐志摩全集》,诚心诚意地要我写上几句,然而万千思绪,还是"欲说还休",用沉默来表示我的一切。对他的作品,对他的诗也般的一生,对他的爱国之心,只能用"好处无一言"以了之。回想陆小曼临终时以原商务印书馆所排《徐志摩集》版样及纸版交我,我黯然收下了与保存了这份东西,在"浩劫"的前夕和泪送交了北京图书馆收藏,居然依旧人间,才有今日与读者见面之缘。小曼挽志摩联有"遗文编就答君心"句,我虽没有直接参与编纂工作,然而今日也总算完成了小曼的遗志。那么,你与志摩在九泉之下,见到此书在地球上发行的时候,赢得广大的读者,也当报我愉快的一笑吧!

1983年1月9日

于上海同济大学

# 徐志摩白话词手稿

今年(1985年)四月廿五日诗人徐志摩的儿子积锴侄从美国纽约到上海,五月三日去硖石扫其父之墓,八日去国返美。他临行给我十二张复印的徐志摩书白话词(宋词白话译),其时间,根据笔迹似应在1924年左右。说是得于张歆海先生处,张先生前几年客死美国,他与徐志摩是光华大学及中央大学的同事,夫人韩湘眉也是徐的朋友,徐坠机惨死的前一晚尚在南京张家做客。如今原件,张家已找不到,幸留此复制品,它给我们研究近代文学史与徐氏作品,带来了新的发现。现在公之于世,并作了初步的一些看法,自觉未能稳妥,管见所及,提供有求于今之学者。

词计十二首,每页书一首。

### (一)转调满庭芳

池边青草,院里绿荫,向窗外一望,晚晴真好啊!帘也打起来,门也打开来,有客来么,正好。我一个人吃酒正觉得寂寞,又想起行人未归,好不难过,坐下吃一杯酒吧，荼蘼是开过了，还有梨花可赏呢。

不要谈到从前赏花的盛会，打扮起来，高朋满座，看着外面的王孙公子，车水马龙，虽然遇到风雨，依然觉得痛快，如今没有这种兴会了，这样的好时节也是空的。

  原词  转调满庭芳·芳草池塘

芳草池塘，绿阴庭院，晚晴寒透窗纱。玉钩金锁，管是客来唦。寂寞尊前席上，唯愁海角天涯。能留否？酴醾落尽，犹赖有梨花。

当年曾胜赏，生香熏袖，活火分茶。极目犹龙骄马，流水轻车。不怕风狂雨骤，恰才称，煮酒残花。如今也，不成怀抱，得似旧时那？

### （二）蝶恋花

这样的长夜，真不好过，去是想去的，怎样去呢？告诉他快些回来罢，大好的青春，不要辜负啊。

随便吃一杯呢，有点醉意有点酸意也活得有趣，不要笑我这个年纪还要戴花，不只我老了，春也快老呢。

*原词*　蝶恋花·上巳召亲族

永夜恹恹欢意少。空梦长安，认取长安道。为报今年春色好。花光月影宜相照。

随意杯盘虽草草。酒美梅酸，恰称人怀抱。醉莫插花花莫笑。可怜春似人将老。

### （三）怨王孙

困处在深闺，春要快去了，行人一点的消息都没有，寄一个信给他么？托谁寄呢？这怎么好。

多情的自然是什么都放不下！寒食又到了，这静悄，秋千也空着，只有白白月亮浸着白白的梨花。

　　　*原词*　怨王孙·春暮

帝里春晚，重门深院。草绿阶前，暮天雁断。楼上远信谁传？恨绵绵。

多情自是多沾惹，难拚舍，又是寒食也，秋千巷陌人静，皎月初斜，浸梨花。

### （四）浣溪沙

登楼一看，天气真好，不过春已远了，人还未归，触景伤怀，我真不愿意再看。

楼下呢，新竹也长成了，落花片片，给燕带到巢里，这都是伤心的，何况树上的杜鹃叫得尤其难听。

原词　浣溪沙·楼上晴天碧四垂

楼上晴天碧四垂。楼前芳草接天涯。劝君莫上最高梯。

新笋已成堂下竹，落花都上燕巢泥。忍听林表杜鹃啼。

### （五）减字木兰花

刚才向花担卖（买）①得一枝春花，新鲜得很，泪珠般的朝露，还未干呢。恐怕那个人会笑我"没有春花长得好看"。我要戴起来，定要他说出我好看还是花好看。

原词　减字木兰花·卖花担上

卖花担上，买得一枝春欲放。泪染轻匀。犹带彤霞晓露痕。

怕郎猜道，奴面不如花面好。云鬓斜簪，徒要教郎比并看。

---

① 徐词中有笔误用（　）内字改正。——编者注

## （六）品令

啊！秋雨来了，今年来得这样早呢？对着这黄昏雨景，那不能不吃一杯酒，写一首诗。莲花的季节快完了，莲房还小呢。

花草虽然有情，怎比得人情好呢？有一句话，我要待酒后向荷花问一问："你比去年老了一些么，我呢？"

### 原词　品令·急雨惊秋晓

急雨惊秋晓。今岁较、秋风早。一觞一咏，更须莫负、晚风残照。可惜莲花已谢，莲房尚小。

汀苹岸草。怎称得、人情好。有些言语，也待醉折，荷花问道。道与荷花，人比去年总老。

## （七）行香子

秋天的光景是不错的，不过我有一点伤感，看见菊花黄又晓得是重阳快到了。风也到了，雨也到了，凉也到了，不能不加一件衣吃一杯酒。

醉醒来又是黄昏的时候，孤零得可怕，凄凉得难过，这么长的夜，还有捣衣声，虫叫声，更漏声，震动耳鼓，打动心门，一个人对着明月怎睡得着呢？！

原词　行香子·天与秋光

天与秋光，转转情伤。探金英知近重阳。薄衣初试，绿蚁初尝。渐一番风，一番雨，一番凉。

黄昏院落，凄凄惶惶。酒醒时往事愁肠。那堪永夜，明月空床。闻砧声捣，蛩声细，漏声长。

## （八）永遇乐

夕阳衬着的暮云特别艳丽，那人去的还未归，还有柳啊，梅啊，春天也不早，元宵快到，现在虽然晴和，到时候的风雨恐怕免不了，酒朋诗友啊，不要劳驾罢！

想起在中州时的快活日子，重阳啦，端五（午）啦，说不尽的热闹，如今这个年头打扮已经懒了，更说不到去逛，只管听着人家顽罢。

原词　永遇乐·落日熔金

落日熔金，暮云合璧，人在何处。染柳烟浓，吹梅笛怨，春意知几许。元宵佳节，融和天气，次第岂无风雨。来相召、香车宝马，谢他酒朋诗侣。

中州盛日，闺门多暇，记得偏重三五。铺翠冠儿，撚金雪柳，簇带争济楚。如今憔悴，风鬟霜鬓，怕见夜间出去。不如向、帘儿底下，听人笑语。

### （九）渔家傲

下雪了，春快来了，梅花也妆扮起来呢，好像半面美人儿刚才出浴的样子。

天公也很凑趣呢，你看这样好月亮，花前月下，怎好不吃一杯，何况对着这样好梅花。

原词　渔家傲·雪里已知春信至

雪里已知春信至。寒梅点缀琼枝腻。香脸半开娇旖旎。当庭际。玉人浴出新妆洗。

造化可能偏有意。故教明月玲珑地。共赏金尊沉绿蚁。莫辞醉，此花不与群花比。

### （十）庆清朝慢

这一盘花长得像美人一般，天真可爱，教人怎不爱惜她？何况春花都已开过，越发觉得她的时妆一新，不单风啊月啊有些不自在，春皇为了她也不愿走呢。

所以东城的哥儿南乡的姐儿，都争着赏花去，不过赏花的酒吃过了，还有什么花要赏呢？假使能够挽留的话，一天早赏到晚，晚赏到早，我都愿意的。

原词　庆清朝慢·禁幄低张

禁幄低张，彤阑巧护，就中独占残春。容华淡伫，绰约俱见天真。待得群花过后，一番风露晓妆新。妖娆艳态，妒风笑月，长婵东君。

东城边，南陌上，正日烘池馆，竞走香轮。绮筵散日，谁人可继芳尘？更好明光宫殿，几枝先近日边匀。金尊倒，拚了尽烛，不管黄昏。

## （十一）多丽

一个人独住小楼，又为秋天，更觉寂寞，夜也特别长，管他呢，早睡罢，怎晓夜来风雨，无情地，打得花枝零落，愁眉丧脸。只有菊花，越有风雨他越发起劲，你看啊，一股清香，酴醾不如呢？

不过秋也快还（完）了，花也觉得渐渐憔悴，怪可怜的，我倒有点依依不舍的样子，有什么办法呢，纵然是十分爱惜也爱惜不来啊，各处的菊花都不过如此，东篱不是一样吗？

原词　多丽·咏白菊

小楼寒,夜长帘幕低垂。恨萧萧,无情风雨,夜来揉损琼肌。也不似,贵妃醉脸,也不似,孙寿愁眉。韩令偷香,徐娘傅粉,莫将比拟未新奇。细看取,屈平陶令,风韵正相宜。微风起,清芬酝藉,不减酴醾。

渐秋阑、雪清玉瘦,向人无限依依。似愁凝、汉皋解佩,似泪洒、纨扇题诗。朗月清风,浓烟暗雨,天教憔悴度芳姿。纵爱惜、不知从此,留得几多时。人情好,何须更忆,泽畔东篱。

## (十二)满庭芳

躲起小阁来,日子虽然是长,也觉得深幽有趣。炉香已过,天也晚了,种的梅花很不错呀,何必要到外面看去?寂寞是寂寞一点,从前何先生在扬州时不是这样吗?

要晓得梅花不是讲热闹的,也经不起风雨,现在这样零落,我太难过了,由他去罢,感情是永远不能磨灭的,再到了有月亮的时候,对他的零落影子也一样可爱。

原词　满庭芳·小阁藏春

小阁藏春，闲窗锁昼，画堂无限深幽。篆香烧尽，日影下帘钩。手种江梅更好，又何必，临水登楼。无人到，寂寥浑似，何逊在扬州。

从来，知韵胜，难堪雨藉，不耐风揉。更谁家横笛，吹动浓愁。莫恨香消雪减，须信道、扫迹情留。难言处，良宵淡月，疏影尚风流。

从第四首《浣溪沙》B页来说，照例还有A页，如今没有了，估计当时成稿之数不止十二张，这些零锦碎玉，就以书法来说，也是足以珍赏的。志摩书后学北魏张猛龙碑，与他的老师梁启超先生一样，是师宗北碑的，但却写得很秀逸、流畅、雅健，有诗人风度，在近代作家书法中还是少见的。如果不是三十六岁便死，在书法艺术上将有更大的发展与成就。

从志摩的白话词来以宋词核对，找到了其来源，上面的十二首全出于李清照《漱玉词》。而其译法，流走自然，以词意出新裁，清新可诵。实为其用功学习方法之一。人谓志摩诗得力于西洋，而实则他对于中国古代文学，确是下过功，可是在表面上看不出来。我见到过他的《楚辞》札记，古体文文章，而其早年学乃师梁启超先生文体,那太像了。这里不难看出志摩诗中的琢句造境,有来自旧体诗词,来自民歌,揣摩中外相通者,一一为我师。此十二页白话词即可为证了。他为什么译词而不用诗,可能词比诗更有节奏感,能为新诗借鉴,遂出这样的试图。志摩逝世已半个多世纪了,这些零锦碎玉,犹存人间,留此一份,为研究他作品发展的极好资料。同时也策勉青年们,要成为一个杰出的作家,是要下点功夫的。我曾说过口语代替不了文章。俞平伯老先生说得更精辟,白话文≠白话,如今有录音机了,录下来的音并不是文章,也就是这个道理。

# 徐志摩日记的发现

接到纽约徐积锴侄寄来一册他父亲诗人徐志摩日记复印本,要我转交香港商务印书馆编《徐志摩全集补编》时收入。展卷之下,不禁悲欢交集,七十多年后居然犹在人间,天佑诗人,而我亦得偿所愿,总算心诚求之,可安慰他于九泉了。其中附有如下来信:

文物管理局外事处:

> 日本社会科学家友好访华团来访时,副团长斋藤秋男(专修大学教授)交出两册旧中国诗人徐志摩日记手本。
>
> 日帝侵华时期,日本办的伪《浙江日报》记者冈崎国光,随侵略军到了浙江富阳(从周按为硖石之误),从徐志摩家抄走了两本日记,带回日本送给了中国文学研究会的松枝茂夫(斋藤朋友),十五年前松枝转送给斋藤,日记记载了辛亥革命和"五四"运动时期的学校生活。

斋藤认为徐虽系胡适新月派文人，但这两本日记同中国革命中两个重要时期有关，作为反面教材，也许有参考价值，决心在两国恢复邦交后送还中国。

现将两本日记转送你局处理。

中国人民对外友协秘书处
1975.8.18

中国革命博物馆刘桂秀、朱蓉妹将日记交来，信中说两册，积错寄来是一册，因此信中所说与实物有了出入，还要向文物局查明。如今仅从这一册中谈谈我的所见。

日记是用当时出售的学生日记本，上面印有中外名人格言、诗句、月日、星期，并还有"自修课程""游览地方""亲朋问候"等诸目，这是在假日中的项目。到了开学，则有"受课细目""预记项目"等，这种日记本设计得非常周到，在今日学校中还有效法价值。

日记是清宣统三年（1911年），辛亥上半年，志摩十六岁时在杭州府中学读书时所记。日记的第一页有序："唯年辛酉，又申既毕业于高小学堂矣。其将奚适乎？闻之人曰：沪地学校多务名，不若杭州之为实，且学校在租界，则车水马龙，不免无分心之虞，因不若杭城之为愈也。遂谋肄业府中校。去岁曾倩燕孙君代为报名，俟考期定后赴考可也。同往者有沈张二君，则此行亦不虞寂寞。"辛酉为辛巳之误。又申为志摩小字，燕孙姓潘，沈张二君乃沈拱垣（叔薇）、张仕章。沈为志摩表兄，志摩集中有"悼沈叔薇"一文。己酉年冬志摩毕业于硖石开智小学，次年赴杭州求学。

1911年2月18日开学，开始记日记，19日到杭州府中学报到，缴学费卅元八角。即赴张相（献之）先生处，张是当时府中学的国文老师，是闻名的学者，他对志摩年轻时影响很大（参见拙著《徐志摩年谱》）。

少年时的志摩是意气风发，有其爱国与革命的热忱。2月24日："至岳坟瞻仰忠臣遗范，不觉令人肃然。"5月3日日记："今阅报章，悉革命军已败，不禁为我义气之同胞哭，为全国同胞悲，痛羽翼之已成，而中道摧阻，是天不使吾汉族伸气也。夫何言，吾唯愿有血性有义气之同胞，奋其神武，减彼胡见，则中国其庶几乎有称雄于世界之一日矣，同胞同胞，曷闻吾言而兴起乎。"这是记黄花冈之役。此节可与1918年秋出国时所为《启行赴美文》相参证，都充满了青年的血气。

4月27日的日记在我读来很有感触:"下午接家信一,并物。悉蒋氏姑母于谷雨日生一女,母子均康健。"此女为我妻大姐谷裕,今犹健在,而我妻则逝矣。令人心酸。

5月6日:"警局门前人聚若蚁,询之人云,米价太贵(至百文一升)……意欲索拘去之人……"此记中可见到当时米之市价与清政府暴政情况,对近代史提供点滴可靠资料。

志摩在求学时,爱好出游,假日常去西湖。4月11日:"坐轿西湖乘湖船,至刘庄不得入,觍腆而出,至宋庄环庄一周出,游唐庄,制不及宋庄,而清雅过之,惜修理不得入,已将颓败矣。又至盛庄,则一无可观……"过去游西湖必游庄子(别墅),如今仅宋庄尚在,余皆不存矣,如刘庄即存,面貌亦全非。此记可补西湖园林志。志摩所言,亦甚得体。

另外有一段日记是3月26日的,记载为商办沪杭铁路公司事。志摩父亲申如先生对浙江地方建设事业是有贡献的,他参与发起筹建沪杭铁路,因此这段时间仍常来往沪杭。"……偕余乘轿赴会(昭庆寺)……十下钟始开会,到场约一二千人,公举史伟深君为临时议长,所议事为筹款、总理诸问题,各股东互相讨论辩驳,自开会至闭会,绝无精妥之方法,唯举临时查账员四人,父亲亦在被举内，五时半始散会……晚膳后父亲及王清甫叔至路公司（为查账事）。"这段亦是浙江铁路史的一小小插曲。用此殿此日记阅毕札要。这本日记，出于一位十六岁的中学生，毛墨小楷写得清逸流走，文笔通顺可诵，叙事清简，从这里已可看出才华初露，格调已开始学习梁任公（启超）先生。其后来入梁氏之门，非无根渊的。我读罢唏嘘感叹不已，老一辈的文学家，从小在古文学习上，是用过力的，后来他出国，深习外文，反过来再从事中文写作，自然水到渠成了。至于在日记中还有课程表，更看出当时中学生的课程，计有国文、作文课、算术、地理、历史、讲经、博物、图画、官话（普通话）、英语及会话、普操、兵操、修身等课，而讲经、修身二课则为思想教育的专门课，亦可以为今日中等教育所参考。

其他日记中的学校生活及同学往还、抄录心悦诗文从略，不作介绍了，以上的一些，似乎将来日记在集外补编中印入的话，我先做一个说明罢了。

> 徐积锴近已将另一本日记寄给了我。
> 1987年2月补记

# 读《林徽因诗集》

今日北京人民文学出版社寄了一本《林徽因诗集》来,是最新出版的,使我先睹为快。可惜只印了四千六百本,我有些黯然了,偌大的中国,怎能满足广大的读者呢?

林徽因(音)(1904—1955)是一位文理相通的才女,她既是建筑家、戏剧家,又是作家、诗人。远在20年代,她与徐志摩为欢迎印度诗人泰戈尔,初露头角。她是林宗孟(长民)先生的长女。林老先生的文采、书法自成一家,北京"新华门"三字即出其笔。徽因早受庭训,少年随父去英国,认识了诗人徐志摩。后又留美习建筑戏剧,归国后与丈夫梁思成先生从事建筑教学及古建筑的研究,因此她的见闻是广阔的,发之于文、诗、建筑及书法绘画,都是清新空灵,雅健有诗人之意。这本诗集虽只五十多首,然而真可说是以少胜多了,从书中想见其人,独自闲吟幽思,能将景与情巧妙地融在一起,景语亦即情语也。有很多的诗境是一般诗人所未发的,幽深清丽极了,她能说出建筑美、人情美,"轻软如同花影"(林诗)那样地抒出笔端。这些诗句,不是口语,不是口号,是诗人的性灵。作者有深厚的旧学根底,长期的西学熏陶、充沛的诗人感情、踏实的文化修养,终产生了这样的作品。

"去年今日我意外的由浙南路过你的家乡(硖石),在昏沉的夜色里我独立火车门外,凝望着那幽暗的站台,默默地回忆许多不相连续的过往残片,直到生和死间居然幻成一片模糊,人生和火车似的蜿蜒一串疑问在苍茫间奔驰,我想起你的:'火车擒住轨,在黑夜里奔,过山,过水,过……'如果那时候我的眼泪曾不自主的溢出睫外,我知道你定会原谅我的。"这是林徽因写的《纪念志摩去世四周年》中的片段。她与徐志摩是挚友,诗文无疑是受徐的一些影响,他们共同崇拜印度诗人泰戈尔,又同在英国,一样受欧美文学的洗礼,并且都具有古文的根底,互相了解,因此被人们称作"新月派"的代表人物。对"新月派"在文学史上的功过我们姑且不谈,但作为代表人物的作品,是有出版与读者见面的必要。

林徽因是知美的人,懂得感情之美、文学之美、戏曲之美、建筑之美……而后来运用她那明秀清灵之笔所写的一些建筑散文,更是引人入胜。林徽因与丈夫梁思成都研究古建筑,在她笔下,崇楼杰阁、小店村居、残阳古道、断井颓垣，皆一一以诗境出现，那种热爱祖国历史文化的热忱溢于言表。文字能够移情，不仅对文学者来说是佳作，对从事建筑的来说也是范文。这是符合今天所提倡文理相结合的一条新方向的。

林徽因曾说："我们的作品会不会长久存在下去，也就看它们会不会活在那一些我们从不认识的人，我们作品的读者，散在各时、各处互不认识的孤单的人心里的……"这些话说得太好了，如果引申一点来说，文章要陌生人爱看、外行人爱读，那作品才有生命力。林徽因这段话是对徐志摩作品而言的，亦无疑是她自己作品的写照。

林徽因留下的作品并不多，但是作为30年代女作家作品来说，仿佛荷池中叶上初阳的露珠，比珍珠还剔透玲珑。水面清圆，一一风荷举，也许尚觉妥帖吧。可是林先生去世三十年了，今日她的作品能与读者见面，作为朋友的我在黄昏蚊扰的村居中写此短文，我又浮起在北京清华园与你谈笑的情景，能不黯然神伤！如今你的诗集放在我的眼前。你在九泉下含笑与梁先生、徐先生同赏新书吧！深信那又是一番诗境了。

# 俞陛云《蜀輶诗记》序

曩岁客京华,谒德清俞先生平伯于西郊寓邸,倾谈兴酣,先生出尊人阶青(陛云)先生《蜀輶诗记》相示,丹黄行间,盖贤乔梓手校本也。唯虫残过甚,翻检至艰,携之南归,倩宁波天一阁藏书楼洪可尧兄修补重装,可尧能为书续命,宛然如初者,于是清灯清茗,静坐静读,神循文游,身入巴蜀矣。余维记游固难,缀诗益难。是集诗文并茂,情景交融,山水之灵遂显。阶青先生为曲园老人文孙,亲承家学,早登高第,视学蜀中,需时三月,行旅也缓,所观也细,以视今日机声车尘者,亲切深入多矣。虽苦跋涉,而所闻见极丰,如诗所述,令人向往不已。顾念半生湖海,浪迹山川,虽有所得,曾寓之笔墨,迨拜观华章,真羞煞人也。学养所限耶?而是集真不啻余之良师,开卷有益,受惠良多。当兹风景建设、旅游事业昌盛之际,而书又适重刊,则读者必众且广矣。个中滋味,览者当自得之。

*1986 年丙寅春节*

*于同济大学建筑系*

## 《朱屺瞻年谱》序

冯其庸学长自京来沪，持其与尹光华兄合编的《朱屺瞻年谱》属为序，余惊喜交集，将何以言之，朱先生高艺并其庸厚意，岂拙笔所能诵清芬于万一者。其庸受知朱先生，实由余绍介，其后遂订深交，终成此谱，因缘出于余，故属为序，实难辞也。

余少时学画，深慕朱先生所作水彩，以其存中土精神，其所为竹，浑朴有冬心先生遗风，而气息之醇，用笔之厚，非流辈所能望及。心仪其人久矣。后偶于九华堂画铺识先生，接之温温，蔼然仁者，余少于先生甚，而不以不才为弃，薄有所成，时时誉及之。余治园事，犹记二十余年前，尝并肩小饮于豫园萃秀堂，议该园修葺事，纵谈移日，觉先生身上有画、言中有画、笔底有画、眼藏有画，故云画如其人焉。至于画必存气，画须见人，人存画中，先生能有之也。其气谆穆，仿佛硕峰深洞，浑着太古，叩之若钟磬，真元音也。其成一代宗师者，仅见其果，不究其源，谬矣。先生年近期颐，一生所经历，正我国绘画嬗变最频繁之时，年谱之作实我国艺术史重要一页，非仅述先生一生而已。尤可述者，先生始习国画，继东渡求泰西之术，行万里路，求万卷书，学贯中西，晚年以其积学而重为国画，成万轴图，洋洋乎蔚然名世矣，其治学消息足为今世学者借鉴，先生则允称典范矣。

余少时喜读名人年谱，慕其言行，大有助于立身为学也。其庸光华此作，博征诸记，亲录先生口述，以今人而为时贤年谱，其翔实可知矣。故今后研究朱先生画学，非此书莫属焉。二君可谓功臣矣。秋阳当窗，竹影横斜，无异朱先生之画顿现眼前，河清人寿，善颂善祷。

1985 年 8 月

于同济大学

# 《艺坛侧影》序

苏东坡有一句诗,写道:"横看成岭侧成峰,远近高低各不同。"真是妙语。谷苇近以新著《艺坛侧影》见示,阅罢,不期而然低诵起了坡老诗,可见其文也如苏诗所见,一样蕴藏了无穷的兴味。

我是一向爱看闲书,怕读正经书的人,觉得那种有如会典、列传、人物志上的皇皇大文,都是满纸官衔、歌功颂德,倒有些仿佛今日在追悼会上致的悼词,太枯燥严肃了。最后连听的人也不耐烦,遑论其人的风韵气质,以及其他等等。那些笔记轶闻,一鳞片爪,反是十分引我遐思、心仪其人,似乎更能得到广大读者的欢迎。老实说,我很多知识还是从这些所谓"杂书"中得来的。

写侧影以我看来比正史难,正史有行状、行述、哀启等可征,四平八稳、起承转合,板眼不走,正如老生唱腔,笑容轻露。而侧影呢?灵机灵活,作者善于观察、迅于记录、妙于形状,清新可诵,有些像花旦、丑角,演来有时不拘一格,容易发挥作者个性,以情行文,而真实性往往有超过"正经文"的。所以,我认为轶闻有重于正史,侧影作者其功未必逊于史官。

谷苇是位新闻工作者,因职业关系,接触到很多知名人士,凭他的敏感,观察得深入细致,而能运勾勒之笔,存所写对象之真,所谓"恰到好处"也。因为他多少年来就在这方面下功夫,繁以简出,看来似乎是容易,实则非朝夕之功所能达到的。

我读《艺坛侧影》后,觉得酒后茶余,一卷在手,能逗人反复再看的乐处,这仅仅就书的兴趣而言。如果将来要研究书中某一人的话,则此书又是必参考之籍了。希望读者万勿等闲视之。我新游香港归,益感其地过眼繁华,动我深思,切望有心人能以侧笔记之,则天下之大,无奇不在笔底矣。但愧我不能也。谷苇其有感于斯乎!

1986年3月7日

香港归写

# 园林春色如许
## ——《中国园林艺术概观》序

《中国园林艺术概观》一书编者，希望我写篇序言。老实说，叫一个吃本行饭的人来写序，总是跳不出圈圈，老生常谈是引不起人的兴趣，因为多半在书中已有，那又何必在序言中重赘一遍呢？开始时我是兴奋的，想勇于写此文，后来却踌躇了，久久不能下笔。

柔情未了，至老钟情，园林对我来说，正如我挚友王西野先生赠我那两句"几多泉石能忘我，何处园林不忆君"的情景，人家早已识透我了，那我何辞能不说话呢？至少介绍一下，亦理所应当的吧！

古人对欣赏，有称为品，品也许包含比欣赏还高一层的含义。很多人爱好、依恋的东西，都会有把玩、欣赏、品题等兴味出来。那么常人对于园林，总说去玩花园，这是最粗浅的对园林的认识，着重在玩，玩上升到高级，就要考虑到这个地方值得欣赏与否。不被我欣赏的，那就不要去玩，玩也扫兴。玩得精通了，一定会得欣赏，能欣赏也就开始对理解的园林，进而能分析评议，那便进入造园学的藩篱了。从玩花园，纯凭兴趣的白相，有得无得，见仁见智，没有一点目的，那就不去管"欣赏"两字了。食而不知其味的人原是有的，这也不见怪，见怪的是我们这些从事园林工作的人，没有做好科普与引导兴趣的工作，也就是说，尚未尽到介绍园林的责任。如若是，则大好园林与风景在人的美感上不起作用，辜负名园，是谁的罪过呢？所幸的还不乏热心之人，佳篇迭出，编者有感于此，将近年来名家所著中国园林欣赏文章汇集一起，编印成书，这样既省翻检群书各刊之劳，另一方面人手一册，信步园林，闲行溪涧，鸟啼花落，云霞翠轩，皆能触景生情，若有所感，舒爽身心，忘怀得失，则园之益人也甚矣。

这书不是出自一人之笔，因此景因园异，文因人别，自然作者各具风格。而且因人因园，也许还有不同的论点，这正是好事，俗语说得好："萝卜青菜，各人所爱。"我们对园的欣赏也未必两样，这些给读者予以鉴别，也是自己对园林欣赏的一种提高。对文笔优劣的品评，也是文化生活中不可缺少的一页。

我曾说过，园林固美，述园之文不能无华，园以藻饰亦理所当然，因此读者浏览此书，应该与文学读物一样来看待。中国园林充满诗情画意，落花水面皆文章，怡神清兴，并可作坐游之用，虽身居斗室，亦能享受林泉花木，池馆亭台之胜，退休老者借此消遣，青年少年用此做文化读物。本书虽然非一本巨著，然而它的适应性大，真可说老少咸宜、开卷有益了，我不多介绍书中内容，宜览者自得之。我仅在此书出版之际，写了一些既是作者，又是读者的看法，恐怕算不了序言吧。

# 《中国古代苑囿》序

李格非记洛阳名园,寄情于景,寓历史盛衰,岂仅园林之作而已。五十年来,每忆及此,辄信口成诵,文之感人也如此。其后,《武林遗事》《日下旧闻》,皆存一时园林记述,功可谓匪浅。造园不易,毁园也速,楼阁溪山,每遐思于梦寐。然考究前事,唯托卷册,则名园记之作,岂徒然哉?

予卅余年中,访天下名园,偶有续貂之篇,然皆零星,惭未成集,才学之限,未能强求。刘策同志以所著《中国古代苑囿》一书见示,就宫廷之御园,叙其始末,阐其内容,言史论景,皆有所征,裨益于造园之学,读者共见。兹者中国园林兴建之风,渐被海外。曩岁予筹建美国纽约"明轩"后,海外人士多方接触,彼向往我国造园艺术之情,蕴露言表,中国园林热近在眉睫。则此集之编,其作用影响将远及全球。老衰如我,能不欢喜?爰志数语为序。

1982 年 1 月 14 日

# 读《红楼识小录》

记得前年在绍兴鲁迅纪念馆讲绍兴历史风土人情,有许多年轻人都不甚了解。在当地讲当地的历史已有了隔膜,因此无怪今时人读鲁迅先生的著作,有些地方要人解释了。论时间也算不了长,很多事我们在童年皆目睹过的,如今应该说无需口舌的。

《红楼梦》一书在其当时并非用古文所写,也非以骈俪出之,其中所记亦不过豪门贵族家庭琐事,京华习见习闻的东西,现在我们看来却有许多不懂了,有些似是而非,好在是小说,只好"不求甚解"。我是南方人,虽然钟情北京,但终所知寥寥,因为很多是从掌故书中间接得来的,在北京没有真正长期生活过。吾友邓云乡,他算是老北京了,生于京,长于京,朋友多,见闻也多。闲坐间听他讲《红楼梦》,那不是一般的说故事了,根据作者曹雪芹之笔,娓娓与我们说起昔日京华,仿佛将我带入了另一个天地。那个古老的北京,今天已成为往迹的京华。综其所知,云乡新著《红楼识小录》也说是他研究《红楼梦》的另一大收获。尤其我们搞建筑历史与园林的人，对我们的专业来说是大有助益的。老实说，现在研究建筑与园林早跳出工程的范畴，大家都认识到这是一门边缘科学，是不能脱离文化、历史与社会学的。如今提倡文理相通，像这类书是能受读者欢迎的。当然不限于我们这一行，其他文史、经济、社会学的工作者更有一读之必要。即使纯为欣赏《红楼梦》文艺性的人，一读此书，对曹氏之笔理解就更为深刻了。

我近来对古装历史剧不感兴趣，人问何故，我说以今人之面穿古人之衣。行动表情不解古意，思想感情更谈不到，布景道具差误更多，那还说得上什么历史剧！当然我说话可能太过，历史癖已是太深，也许错怪了人家，我承认。关键是他们在历史与掌故、典章制度、风俗习惯等似乎不足一些。我记得上海昆剧团叫我讲园林，华文漪请我说《牡丹亭》曲文，用心甚苦。那比《上海滩》《霍元甲》之类，应该是高明一筹了。有书不读，有史不征，一味迎合低级趣味，必然"自趋灭亡"，这样下去来日可悲。

云乡有心人也，以其余力成此巨作，倾其所知为红学辟一新途径，岂仅曹氏之功而已，其惠学者亦厚矣！

书首端木蕻良、周汝昌、冯其庸三先生序对该书的评价，确切扬美，无待我再多说了，我仅写我本人读了以后的一些体会而已。

# 《红楼梦风俗谭》序

《红楼梦》是一部小说,人们以为小说是最浅近易读的书,有什么了不起,还要来读参考书作辅导?其实像我这样也可算是个所谓高级知识分子,但我不敢讲我能全部读懂《红楼梦》。老实说还是一知半解,外行人中称内行,自欺欺人罢了。小说中往往牵涉当时的风俗人情,随着历史的跹跨,很多的小说中说的,如今都瞠目无所对了。这样去读,不能深入,所得自亦无几了。

我是生在新旧交替的社会中,我的父辈皆经过前清末期,因此儿时还曾接触一些古旧的风俗习惯,如今老去也渐淡忘了。不过还可以回忆得起来,但未能如吾友云乡同志那么有系统、有根据。他是老北京,而且又如宗懔之爱岁时,元老之梦华胥,一意留心京华掌故、风俗旧事,详征博引、溯本求源。他的新著《红楼梦风俗谭》:叙岁时,记年事,说礼仪,谈服饰,讲古董,言官制,道园林,论工艺,兼及顽童课读,学究讲章;"太上感应","八股"陈腔;道士弄鬼,红袖熏香;茄鲞鹿肉,荷包槟榔……至琐至细,无不包藏。而他都能说得头头是道，洋洋大观。谈者娓娓，听者忘倦，真不愧为名家了。

我近来懒得上北京，人家问我：什么理由？我说没有北京味了！再下去历史名城要变洋化名城了。崇楼大厦所在地，基地都是凭吊旧时名胜的遗址，有些更是渺无踪迹了。自然也包括旧时服饰、风俗、习惯等等。文物商店都接待外国人；想逛逛冷摊，像鲁迅先生当年那样，觅两样"断烂朝报"，也是不可能了。真是"不知有汉，无论魏晋"！目前有很多人读鲁迅先生的小说《阿Q正传》，我们绍兴的小同乡，亦不解当时的风土人情。那么读《红楼梦》呢？仿佛痴人说梦，梦亦无凭了。如果《红楼梦》再传数百年，那真要如汉儒释经，转多穿凿了。云乡同志有心人也，且亦具备条件，能为此书作"风俗谈"，实曹氏功臣矣。此仅一端而已。云乡能以《红楼梦》作对象，详记清季雍、乾之际风俗，正史所未及者，云乡有之，言其为史笔亦可也。

如今研究《红楼梦》的专家学者很多，有些洋洋大著，我只有望洋兴叹，因为我尚未读懂原书，怎能明白评述呢？此书却能老老实实为读者做了大量诠释工作。更可贵者，类书中查不到的，这里有大量的活材料，不能不使我拜倒。我记得"文革"十年动乱期间，有许多人批判古人古书。说也可怜，连句读、解释都不知，断章取义，加上几顶政治帽子，抄上两句政治口号，想一棍子打倒。蚍蜉撼大树，可笑不自量！从这本《红楼梦风俗谭》中可以看到如何脚踏实地地治学，表现出一位学者不事浮夸，真正的治学态度。这样做是有惠于学子的，我们应该提倡扩大。能如是，固有文化才能发扬光大传下去。否则五车之富、汗牛之数，亦等于无。继承不是一句虚话，是要付出辛苦的代价的。盲人骑瞎马，云乡是书，不啻为初读《红楼梦》者扫盲。那么，我是第一个开眼读《红楼梦》的人了。愿以管见所及，为读是书者介绍之。

梅雨初霁，榴开五月，湘帘低垂，静中生趣，搁笔悠然。未知云乡兄以为然否！

## 《园林揽胜》序

二十九年前许君石丹以诚,自湖上负笈来同济大学。余以乡世两谊,故课余相从甚密,且知之亦稔也。许氏为吾乡望族,其前辈文章艺事著世者,屡见志籍。先德玉年先生(乃穀)清时任甘肃敦煌令,刊《瑞芍轩诗钞》,集中敦煌之篇,足证其为最早亲临宝库者。复工绘事,《归耕图》与《孤山补梅图》二卷,余皆及见,许氏并属加题,事阅三十数载,记忆犹新。青箱世泽,永衍清芬。石丹习建筑,以余绪之画,卓然成家,清新隽逸,蹊径独辟,存建筑味,为画家所不逮者,盖学植广,发之宏矣。兹来金陵,见石丹所作《苏州园林画集》(今改名《园林揽胜》),以西泠之烟霞,染吴门之泉石;楼阁参错,花木掩映,虚实互见,引入遐思。盛年之作,已臻如斯,来日无量,此实序幕之曲耳。爰志数语,述其梗概。至于画中之情,画外之景,因人而异,宜其览者自得之。

1981年9月

于南京

# 《旧城新录》序

世界事物，无时不在变中，史者记其实、述其事，传之后代，古为今用，以作借鉴者。其重要性可知矣。而为之者诚艰且巨，过眼行云，昨之事今则成为史，非赖有心人，无以成此壮举。正史大志，固处绝首要地位；然野史笔记，小志稗乘，往往采拾辛劳，有翔实过于正史者，故不能厚此薄彼。余则且有视后者更珍于前者，其能纠正史之误，补古志之不足，史家已有定论。零锦碎玉，断简残篇，胥赖于有心人捡集，成书之功匪浅矣。

阮生仪三，先德芸台先生（阮）元，著作等身，为清乾、嘉时著名学者，煌煌论著，自不待言。若《畴人传》《两浙金石志》诸书，则集腋补缀，非正史所能尽收者，今皆见于书矣，诚盛事也。今时仪三编《中国城市建设史》就商于余，余谓史料、史论，两者不能阙其一，虽然余亦曾从事是书编纂，终感史料之不足，废然中止。今时编史，仍有待于史料之搜集，君未能就史料等闲视之也，因举其先德之例明之。仪三承家学，耳濡目染，有异于流辈，莞尔能察余意，遂奋力为是书，以课后科研之余，舟车跋涉之间，留心我国旧城之史，虽僻邑小城，人之不重者，仅三则详为记录，矻矻穷年成此集录，大有助于中国城市史之研究，而余则微起怂恿之力耳。今顿见付梓，以清稿示余，博且深矣。老眼为之一明，既嘉其行，复庆其成，爰介绍于读者，是为序。

1985 年 12 月 18 日

# 《建筑艺术文化经纬录》序

"一种心情犹可解，人前偏欲誉门生。"这是我近年来的心境。教了四十几年的书，总算望到了今天。我的很多学生，有的提拔到领导岗位、有的在学术上作出了卓越成绩，喜看到丰满的果实，老眼为之发光，很自然吟出这样的句子来。"为情而造文"，我是深有体会的。沈君福煦初来同济大学建筑系求学，一口绍兴话，听来感到非常亲切。因为是乡音，我主动去认识了他，他沉默寡言，画图能左右手开弓，益使我注意他起来。师生之间的关系，是比较接近的。毕业后留校，又比邻而居，朝夕之间，所谈更多。柳荫路曲，便是我们畅聚的好地方。在治学方面他很踏实，能动脑筋，能动手，因此在理论与实践两方面都有一定的成就，而且有自己的看法。尤其在建筑与美学的理论上建树不少，并且有指导实践的意义。过去在建筑界走过的这样那样的歪路，亦由于生硬地搬用移植，在理论的探讨与根据不足。因此理论的研究是发展中绝对不可缺少，而该处于首要地位的工作。福煦近年来对此非常努力，沉思博引，有所阐说，皆言之有理，书之成文。他兴趣是多样的，涉猎面也广。而兴趣一事，却又是产生人才的不可缺少的因素。举一反三，一通百通，积学以聚宝。多方面的见闻，引导了多方面的收获。我曾屡屡提倡文理相通，尤其建筑一事，非土木构筑之事，与文艺更息息相关，福煦在这点上是相当努力的。因此他能读，更能通，很多见解具有说服力，并不是高论炫众。这本《建筑文化与艺术》谈的面很广，以建筑师来谈建筑美，则较专攻美学未谙建筑者来谈更为"着肉"。我用"着肉"两字来形容此书，似乎读者更能体会了。书如其人，我作此介绍，读者事后必不以我的话为非是了。

1985年秋

于同济大学建筑系

# 《园林美学》序

刘君天华近持他的新著《园林美学》一书交我审阅,态度真挚,并希望为他写篇序介绍一下。当然,作为一个老师,见到自己的学生在学术上有了新的进境,老眼顿时为之一明,欣新篁之茁壮得意也。天华在同济大学建筑系读书,我教过他。他毕业后工作了一段时间,又考上了我的研究生,因为写成《石峰研究》一论文,博得园林界老辈的赞誉,认为选题好、有见解,发人所未发,荣获硕士学位。他对美学有兴趣,我怂恿他进了上海社会科学院哲学研究所美学室。这几年来他很勤奋,写成了这本书,也可说是一位青年学者,真正脚踏实地在为学,我感到十分高兴。

《园林美学》可说是天华继《石峰研究》后,对园林美学研究有所发展的作品。我认为研究美学,如果对美学范畴内的东西,如诗、文、书、画、园林、音乐、戏剧、雕刻、建筑等一窍不通的话,仅仅从哲学的概念到概念、名词到名词,甚至于连所写的美学文章一点不美,读者开卷,等读"天书",几页之后,如堕五里雾中,飘飘然莫知所之。而且谈问题也不够亲切,因为作者本身没有实践。这种现象我曾在上海某著名大学的美学专业硕士生答辩中发现过,最后提出了有关问题,答辩生瞠目以对,因为他实在有些故弄"玄虚"。至此,深感天华能以美学与园林相结合,从园林中谈出一些美学东西,不但对园林研究有好处,就是对美学研究一样有好处。一举两得,促使美学与园林两者的普及与提高,这样做,对开展美学研究、对园林理论的发展,好处是说不尽的。也是我们今天新开的一条学术道路。今天,大家已经渐渐认识到,我们中国的建筑与园林,如果不从文化与哲学方面多深入探讨的话,可能远远地落后世界,因为人家已走在前面了。目前国外的园林研究,正如建筑一样,很注意到理论这方面,如果脱离理论的主导,仅仅逗留在实践的设计与建造上,要开展新的方向和局面,那是比较缓慢的。有个研究生说得好,没有文化与理论的工科大学,等于一所技工学校,这话说得很沉痛。因此我大声疾呼,要"文理相通",要重视文化、历史与理论的研究。为什么计成的《园冶》、李渔的《一家言·居室部》等书,几百年后仍能发挥它的光芒呢?天华是我的学生,从游亦久,当然在他的书中受我的一些影响,这也是无可非议的,但凭他的努力,在我的浅论上有了新的发展,

"青出于蓝而胜于蓝,冰生于水而寒于水"。这是正常的自然规律。今日得见此书之出版,一则以为喜,一则以为慰,我至少已尽了做我老师应尽的责任,没有误人子弟吧!可能有人说我"自鸣得意",但我总觉得老年人能见到自己学生的成果,谁也不能否认他的衷情。过去,俞振飞先生少年时昆曲唱得好,他父亲粟庐老人夸奖他,有"誉儿"之美。我今天写这篇序,性情与粟庐老人差不多,表现了老一辈的喜悦罢了。到底书的水平如何,我不能作主观的推荐,希望读者们自己衡量吧!

1986 年 10 月 26 日

## 《杭州园林》序

西湖与其说是风景区，倒不如叫它作大园林，或者大盆景来得具体。因为它空灵、精巧，小中见大、大中藏小，宜游、宜观、宜想、宜留，有动、有静……真说得上是面面钟情，处处生景了。

安君怀起最近写了这本《杭州园林》，其实是西湖风景的一部分。西湖是个大园林，那些过去人们称为"庄子"的小园林，不过是大景区中的一个景点而已。

杭州园林历史悠久，南宋时的姑且不谈，湖楼水阁、阆苑名园，俱见史籍。就以晚近我所曾游过的，城市内园有元宝街芝园、金衙庄皋园、奎垣巷固园、双陈巷络园、岳官巷补松书屋、马市街鉴止水斋、横河桥庾园、东街路榆园、头发巷绸业会馆等，湖上郊园则有勾山樵舍、俞楼、刘庄（水竹居）、小刘庄（坚匏别墅）、杨庄、南阳小庐、蒋庄（小万柳堂）、汪庄、唐庄（金溪别业）、高庄（红栎山庄）、郭庄（汾阳别墅）、许庄（安巢）、漪园及西泠印社等，散见湖上。春秋佳日，荡舟清游，一天玩上一两个园，那真是从容乐事了。这些"庄子"，因地制宜，景因园异，但有它的共同特点，就是主要作为西湖风景的一个组成部分，关键在于对湖山还是抱谦虚的态度，"庄子"本身多数则处于从属地位，没有突出本身，要更显出的是在景字上用功夫，景在乎观，重于借。那些粉墙黛瓦，隐现于山际水边者，可居、可望，轻盈地点出了西子之美，那落笔实在太飘逸了。

"村茶未必逊醇酒，说景如何欲两全；莫把浓妆欺淡抹，杭州人自爱天然。"我对西湖始终抱有"还我自然"的夙愿，我不希望她变成慈禧太后式的颐和园，也不愿她变成瑞士式的日内瓦湖，她是秀丽娴静有内在美的江南姑娘，如果经营者能体会到这一点，那对如何装点西湖，我想离题不会太远了。

此书调查测绘了若干湖上园林，从中也可以探索到一点：古人如何在风景区中构园的。作为历史研究也好，今后建设参考也好，都有其一定价值。但是"改园更比改诗难"，我们要仔细着意地去推敲啊！千古功罪，在此一举。西湖今后改得怎么样了，我是在猜疑与徘徊中，我几乎不敢想，池馆终随人意改。但是还希望抱着改园的人能多研究一下西湖的历史，多做点分析工作，也就是在"文化"二字上，多下功夫。怀起这书，为在今后西湖建设中做了工作，同时也为游览者提供了资料，实是可喜的事。

春雨楼头，海棠花谢，零落残红，柔情未了。如梦旧游，书此为序。

1985年仲春

于同济大学

# 《昆山亭林公园导游册》序

玉峰之名，闻之久矣。昆曲之名，闻之亦久矣。此两者唯昆山得之。昆山介苏沪之间，独峰耸翠。处城中，江南有此城市山林，舍其莫属。余爱山林、昆曲之美，故益恋昆山，且地邻沪滨，遂成暇日畅游之地也。

物华天宝，人杰地灵，昆山天然与人文之景，皆兼有之，复以明贤顾亭林先生家乡，名益震天下。故今玉峰山麓，遂有亭林公园之筑，为一地之胜矣。

山水之美，天下多矣，而赖人传者，玉峰可当之矣。我国园林多内美，寓德其间，大有功于名教。亭林公园之用意尤为突出，游其地，览其景，仰先贤嘉行硕德，敦品立身，则与今日提倡"四化"教育无殊焉。

山多雪石，故名玉峰，公园区有顾亭林先生祠、文笔峰、紫云岩、林迹亭等诸景，并蒂莲花之美，为世所称。而山映斜阳，园环曲水，春秋佳日，乐事从容，则游者兴会，岂拙笔所能形容者。览兹篇之作，则助游兴不浅也，爰为序。

1984 年秋

# 影印明《鲁般营造正式》序

少闻鲁般（班）之名，民间传为匠家之祖，所称《鲁班经匠家镜》者，则又奉为匠家之经典。鲁般是否有其人，聚讼纷纭，余不敢确定其有无，存疑而已。而坊间所传此书，实为南中建筑之术书，影响至大，成书之时，似在明永乐之后。欲求明代刻本实不可遇。三十余年来，余屡客宁波天一阁，得见此范氏所藏明中叶刻本《鲁般营造正式》，乃今日所存最早刊本，令人兴奋不已。曩岁新宁刘士能先生敦桢曾见抄本，撰一跋详为考订以张之，惜当时未寓目原刻也。世事沧桑，而此书深锢阁中，赖以保存。惜学者无由得见之，爰商之天一阁，影印出版，刘先生一跋则附焉。寡闻如余，则不多赘矣。考此刻晚出者尚有明万历刻本《鲁班经匠家镜》、崇祯本《鲁班经匠家镜》，清代刻本有《新刻京版工师雕镂正式鲁班经匠家镜》《新镌京版工师雕斫正式鲁班木经匠家镜》等诸种。另有坊间石印本。诸本内容则颇多出入。而此刻本则应推其祖，宜为研究中国建筑史之重要著述也。十年动荡后，余曾题天一阁主人范钦遗墨卷："高阁凌云曲水涯，名园点笔石阑斜。东南文物知何许,把卷低徊忆范家。"当时之情,不啻今日写照也。

1985 年端阳

# 《花鸟鱼虫》序

我居然大胆为《花鸟鱼虫》写起序来，老实说还是有戒心的，怕人们不理解我。"文化大革命"中，"群众"贴我的漫画大字报，画了我手执一卷，脚边金鱼缸，头顶鸟笼，窗前花草，案上鸣虫，十足是一个不务正业的人，总算承他们的情，画的手上还拿着一本书。自从老妻去世，子女们白天皆出去上班了，我寂静的生活、凄清的岁月，如果没有这些花鸟鱼虫，聊以寄托一下，我真要度日如年了，不用说文章写不出，就是三餐饭亦耿耿难以下咽了，如今以"无益"之事，慰有涯之生。人的感情能安定一下，看了这些欣欣向荣的生物，也就渐忘却迟暮了，因此有人说养花的人不知道老之将至，确实是有道理。

事物都是相对的，有用的可转化为无用，无用者可转化为有用，过去人对爱好"花鸟鱼虫"，说是玩物丧志，我说是长智。一个人只要不以它用作唯利是图，或无目的好白相白相，那就不会丧志了。我从小爱好"花鸟鱼虫"，自然而引导了我走上爱好园林的道路，没有感情,是不会进一步深入研究的。我相信世界上有很多的科学家,尤其是生物方面的,恐怕不会没有对"花鸟鱼虫"的爱好吧,而许多文学家、艺术家同样也是爱好者,但不过角度与方向不同而已。我这里不是说爱好"花鸟鱼虫"的都要成为什么家,能成功那是再好不过的了,但是在业余能对这些亲近的话,至少情操上还是高尚的,是正常的文化生活。尤其年龄较大的人,面对着这些有生命力的东西,自己的精神上可以增加活力,能延年益寿。心理是要影响生理的。

世界上真就是美,"花鸟鱼虫"是有生命的,总不可能是假的吧,因为它是真的,谁也不会不求真而爱假,在真的面前,找寄托、供欣赏,我相信可以陶冶成一个纯粹的人的。在国外或中国香港,那里的鸟语花香确实令人陶醉,总觉得有了这些,生活便不枯燥,我的陋室中,就是靠这些,迎来了不少朋友,在清谈中仿佛多了个主人或陪客。宋代的林和靖梅妻鹤子,半生隐居在孤山,可以不入杭州城。我今天不是提倡林和靖,但用此说明"花鸟鱼虫"的感人之深。

《花鸟鱼虫》这本书,它不是一本游人好闲的书,应该说作为进行品德修养、保健的参考书,是科学普及、一举数得的读物。作为读者与作者的我，谈了一些极肤浅的体会，介绍予广大的读者，想必不以废话而视之也。

1986 年 8 月时将东游日本

# 向晚的五月天

"我不能不赞美,这向晚的五月天。"徐志摩这两句诗,五十几年来每到夏初,我总是低诵着。老实说我对五月天的欣赏,是受了这诗的启发。而我四十多年的校居(居住在校园内)生活,使我深刻地领会到绿的美、静的趣、影的浓、蛙声的清脆……我从中学时代开始,每天向晚要在校园中信步,夹衣初卸,炎热未至的时节,虽没有秋天的高爽,但也没有秋意的萧疏。树木生长在一年中最旺盛的时候,叶子浓绿得发光,完整丰润,充满生气。有时微雨乍过,斜阳一抹,白云镶上了金边,空气洁净得发甜。河边的水草飘摇自在,偶然跳出一只青蛙,"扑通"地消失了。一瞬间的动态,又恢复到恬适的静境。在我有生以来,这些我是享受够了。

从遥远的云南边境,在抗越战争中立功的战士们,来到同济大学对全校师生作报告,晚餐后,离报告时间尚早,我有幸陪他们就在这向晚的五月天到大树底下闲谈,其实是先听英雄事迹。我们极其随便,毫无拘束地问长问短,听他们纯朴而不加修饰的倾吐,太兴奋了。

这静悄悄的绿海中,他们的声音虽然并不高昂,却如海浪般地激动着人心,在他们的面前我不禁感到自己的渺小。他们仿佛是一座高大的长城紧紧地围住着我们,保卫着我们。他们的精神,激发着每一个人的爱国情绪,身教言教。我这老教师顿时成了小学生,年光倒流,仿佛童年时代依亲时听"岳传"那样,真是有声有色、情真意切。

流水里已经映出了星光闪耀,月亮在昏黄里上妆,礼堂里已是灯火辉煌,主持报告会的人来催请了。我们便作别了这不平凡的黄昏,鱼贯入场,受一次真人真事的社会主义教育。听罢归家,心中屡屡难平,这诗也般的巧遇,留下了不可磨灭的回忆。

# 鬓影衣香

"鬓影衣香""云想衣裳花想容"以及"好花须映好楼台",文学中这些词句与学问够迷人的了。如今大家在谈"流行色",这"流行"两字不是固定的,而是在变的,什么色彩都没有绝对的美、绝对的不美。美的用得不当可以变成丑,丑的点缀得好亦可变成美。龙算得难看了,可是艺术家笔下的龙能够入画,蝙蝠其貌不扬,而百福(蝠)图却是人人所爱好的。狮子亦算凶了,但石狮子却亲切迎人。因此对于颜色来讲,这是一门学问,不能仅从穿着的本身来看。好花能映好楼台,但如果楼台半倾,好花也是枉然。讲得要求高一点,什么房间、什么墙壁、什么沙发,配上什么颜色服装,方是得当,颇费商量。老实说赴宴所穿衣服也不容易啊!过去皇帝的服色与宫殿是配合的,游园的服色也是应时的。我记得从前游园,晨服所织牡丹未放,午装花正盛开,晚装花显睡容,那可真算得煞费苦心了。时也者,天时、环境、气候……打扮二字,是要有学问的。人家穿来好,自己未必好。托人代购衣服,只要名牌店家,这是最愚蠢的事。

苏东坡有两句诗："贫家净扫地，贫女巧梳头。"说得太好了。他指出净与巧两个字，亦就是说，清洁、巧妙是美的关键，雅是基本原则。无声胜有声，无色胜有色，无味胜有味，这是美学上的高度境界。能淡妆才能浓妆，得其巧，淡妆反见美，反之浓妆更见丑。聪敏的人总是在色彩上抱谦逊的态度，色彩打扮不过度，所谓中庸之道，方能适应各种场合。多少年来大家讲辩证法，讨论相对论，然而一到事物中，往往形成机械论，看不到复杂的事物变化。五色令人目盲，我们要善于分析、善于比较。从穿衣的色彩这一门寻常事物中，可以启发深思很多问题，教人变得聪敏，安排事物做得更巧妙。

我是一个书生，落拓江湖，不爱穿着。然而我欢喜欣赏人家的穿着。品评穿着的色彩，从色彩中往往可以见到那个人的性格，以及其文化水平如何，从中给我很多思考的东西。港游归来，饱看香岛服色，五花八门，更认为此项研究，为大学问也。想到哪里，写到哪里，这也算"流行色"随笔吧。

# 说"茶"

近几月来因为老妻去世,心绪不宁,文章少写了,尤其对那些有所感触的杂文,再也提不起笔来,人仿佛麻木了似的。在沉重的惨变与打击后,作为四十多年来的患难夫妻,这种情况应该说是正常的。

想要说的话很多,往往欲说还休,写了又怎么样,"你打你的,我打我的"。各行其是而已,多余的话,自己常悔恨着,何必多事。

我是一个爱茶若命的人,品茗是认为生活中的快事,没有它,恐怕到如今一个字也留不在人间。因为我生长在杭州,自小就爱上了茶,春日去西湖上坟,在坟亲家尝新茗,吃嫩茶炒虾仁,太美妙的享受啊!虽然"文化大革命"中我进了"五七干校",可是在校中,主课是采茶与炒茶,黄山脚下是产茶的地方,因此我这精神食粮仍没有缺站。去美国时,友人知道我饮茶,特别送我一个煎水器,使我依然"碧乳"在手,这销魂的伴侣陪伴着我。外国朋友见到后没有一个不羡慕我,要求同享清福。

大约是时代变化了，新年朋友们有时送我点小东西，不是"可口可乐"就是"桔子水"与"啤酒"等饮料，这真是受之有愧，啼笑皆非，青年们送礼也不懂心理，只好放在墙角做新"古董"，由它去吧！

于是我有所发怨言矣！夫茶者，祖国之特产也，世界闻名，祖宗食此以生，祖国持此以换外汇，而今青年人几视为饮此"不文明""不先进"，乃落后之产品也，饮之有失现代化先进风度！甚矣！余不解也。我非营养学家，但知茶叶中有丰富的什么 VC 什么素等，尤其对人的眼好处尤多，我今年快古稀之年了，还不曾戴老花镜，目力很健，此仅一方面言之者。我们全国有多少产茶区，有多少农民靠生产茶叶为生，如今人们与茶叶疏远了，国内的市场销路减了，而国外呢？我以中国台湾菜、日本茶来比较，似乎泡制得不及人家，这种局面又怎样办？

我的牢骚又多了，如今宴会也好，交际也好，渐渐不饮茶了，市面上咖啡馆增多，茶店快绝迹了。我在无锡惠山杜鹃园想品茗小坐，说是只卖咖啡，不卖茶。原因呢？饮茶时光多，坐座少，青年人说茶是落后东西，要外国人吃的饮料，我们80年代了。我唯有唏嘘不已。惠山竹炉煎茶，千古韵事，如今等于如来佛换上了"滑雪衫";杭州天竺筷改卖刀叉了,用西方形式的东西来作为现代化的标识。我今春去香港,回来人们问我对香港的印象怎样,我说讲礼貌、清洁,他们还热爱民族的东西,喜饮茶。而我们呢?在这方面我不敢多写。有兴趣的话你去公共汽车中小坐片刻,体会便有了。

饮茶,中国人称为"品茗",重在"品"字,日本人称"茶道",贵在"道"字,这是真正的东方文化,饮茶是一种高度文化的表现。余惧斯道之渐衰,将使民族文化之消失,与夫国计民生之影响,茶虽"小道",可不慎乎?

# 说"兰"

小斋内夏兰开了,竹帘上映上了几叶兰影,恬静得使人可以入定,静中有动。偶尔忆起吕贞白先生题我画兰的两句诗:"倘有幽香能入梦,人间春梦已迷离。"他见兰而赋悼,如今我正与他当年相仿佛,更觉得这诗太凄婉、太感人了。兰香是世上最高雅的香,隐而不显,往往于无意中闻到,而从香中引出你绵邈的遐思,其神秘处就在这里。因此在花中,我最喜欣赏它,那坚韧碧绿的修长叶子、洁白如玉的花朵、迎风婀娜的舞姿,淡逸中没有一点纤尘,品自高也。它不与寻常花朵那样,养花一年,看花十日。保养得好,一次花可开半月以上不谢,持久的芬芳、悠长的情谊,对我来说是受到很大的感染。中国人爱画兰,是世界上独特的艺术,与书法一样,纯粹草绿笔墨的表现。没有书法功夫,没有从简单中寓复杂的构图,无深淡对比的能力,那就画成"韭菜烧黄蜂"了,得到的画面是一个乱字,如今画兰的画家逐渐少了,也许是画家在书法上用力疏忽了吧!

现在人们将昆剧比作兰花,喻其高雅,这一来仿佛

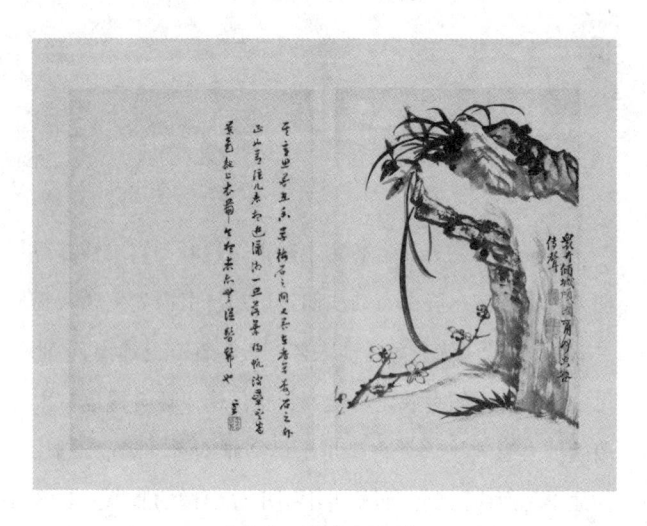

[清]石涛《兰竹册》

昆剧是曲高和寡了,和兰花一样,爱好者仅少数人了。其实兰花称兰草,江南山间随处多有,正如过去昆剧是一种极普通的剧种,深入民间、宫廷。兰花,群众喜爱它,人们将女孩子取名叫兰芳、兰香、秀兰等等,并没有什么了不得,不过人们欣赏水平高,爱此雅致的花与剧种而已。戏剧界有句老话,叫"昆底",就是戏要演得好,必须有昆剧底子。当年梅兰芳、程砚秋、姜妙香等先辈都是演昆剧的能手,俞振飞老先生更不用说了。兰花有其普遍性,也有其高雅性,亦正如当年的昆剧一样。随着时代的流转,有些人数典忘祖了,不能不使我见了兰花絮絮叨叨说了这些。也许青年们会说我太迂了,但是历史与现实也不正是如此吗?

我们传统的住宅,在江南,家家有个小天井,天井的日照半阴半阳,有适宜的湿度,盆栽兰花能安此境。早春有春兰,长夏有夏兰,入秋有秋兰。幽静的庭院,妥帖安排了几盆兰花,清香乍闻,沁人心脾,因为庭院往往是周以墙屋,宜香之不四溢,持久而弥漫。江南人爱兰花,在庭院拍曲,那是最高尚的文娱生活啊!我就是偶然在苏州这样一种境界里,从兰花爱上了昆剧。中国的文化与美学思想有其关联性,因兰而可以涉及昆剧,昆剧之美又与园林美相通,园林又是重诗情画意的,兰花喻高尚品德,而演剧与造园亦必须寓之以德,这些有其共性,但同时又发挥了不同个性。虽然我今天仅仅说说兰花,假如引用楚辞上屈原对它的歌颂,那太多了。"余既滋兰之九畹兮,又树蕙之百亩。"用屈原的话做结束吧!

# 不毛之地

我们同济大学有一座教工俱乐部,二十多年来已是花木扶疏,正厅是两用的,既可开会也可跳舞。最近修理了,几个老教师大吃一惊,原来厅前全部铺上了水泥地面,准备再打上蜡,说是扩大跳舞场地的面积,因为跳舞可收门票,增加收入。然而草地没有了,我们老教师休憩之地被掠夺了,大片的水泥地辐射热,直逼会议场所,痛苦万分。并且"文革"时期余留下来的铁丝网,又油漆加固一新,仿佛集中营。

城市汽车增多了,许多单位热衷于拓宽路面,建造大停车场,缩小了绿化面积,甚至于砍了大树,来适应现代化交通工具。有些宾馆最好能使外宾的汽车开到房门前,不劳客人玉趾,用心何其苦也。本来绿化与广场汽车道不矛盾的,乔木向上发展,并不阻碍地面空间,植树安排得好,汽车调度也有秩序,而且树荫下,汽车也不受损害,真是一举两得。但是"聪敏"的设计与施工先生们,非干干净净全部"肃清"不可,一片白地,烈日普照,方称为快呢!我有些不解。至于公共单位的交通路线，越平直、越开阔，就是越有气魄，似乎设想太"周到"了。其实照我们的经验，路略为曲一点，可提高司机警惕性，减少车祸，而且路景也多变化，同济新村的路是有弯度的，三十多年来未发生过任何交通事故。真是柳荫路曲，鸣禽迎人，多少有点诗意与静趣，符合安居的环境条件。

我每天清晨上学校，总是在绿荫的小径里，缓步去上班，很安逸也真恬静极了。因为树木多了，空气清洁了，"众鸟欣有托"，鸟儿也多来了，虽然没有百花盛开，也感到有"鸟语花香"之意。因此，一个地方只有车行道，没有步行道，是不科学与艺术的，也是不懂辩证法的。

国外的许多高等学校，很多是见不到高大校门的，校舍在树丛中，隐约见到建筑物一角，其外则攀藤沿壁、植物满布，形成美丽的垂直绿化。太清静了，真可说是弦歌之地，林间偶然传来提琴声，清远悠扬，令人移情神往。我们呢？校门越造越高大，同济超过复旦，将来交大超过同济，有如宫门。而门内大道百尺，平直且广，大楼高耸，似乎非此不足显出高等学府的气魄。老实说，衙门是衙门，学府是学府，我们不能等同视之。雅秀明静是学校建筑的基本精神。前几天我们讨论上海电力学院的新校舍方案,大家都有这些感觉。目前我们建筑与园林工作者,对水泥地面产生了怨而难言的处境。恕我坦直,发此谬论。

# 艺菊歌

秋爽宜人，一年一度的重阳佳节过后，大家忙着品菊持螯，尤其近几年来上海的菊市越来越美丽了，批红判白，人定胜天，如果陶渊明再生的话，那东篱黄花，早见逊色了。我国古代园艺家对艺菊一事，自来下过很大功夫。近读清人钟骏声《养自然斋诗话》，有艺菊诗记载，科技记录，以诗出之，实便于人们记忆，亦传艺的一个好方法。因为过去传统以口诀为主，并且所谈者皆从实际经验中得来，对艺菊者将有所参考。故不怕有"文抄公"之讥，摘录如下：

《养自然斋诗话》卷五："苕上（吴兴）程岱葊性嗜菊，有《晚香志》五卷，末有歌诀，于种法次第言之极详，可以悟艺菊之法，兹录之。其一云：新春菊种不须浇，二月春融润一瓢。听得饧箫吹动后，暖风晴日艺新苗。二云：谷雨霏微长嫩尖，朝朝晒向太阳前。盆泥潮润休倾水，好过黄梅五月天。三云：入夏新枝三寸强，剪头插土趁时光。后天偏较先天胜，从此滋培待晚香。四云：时交小满叶森森，暖日烘泥不可阴。扫净黑虫除菊虱，

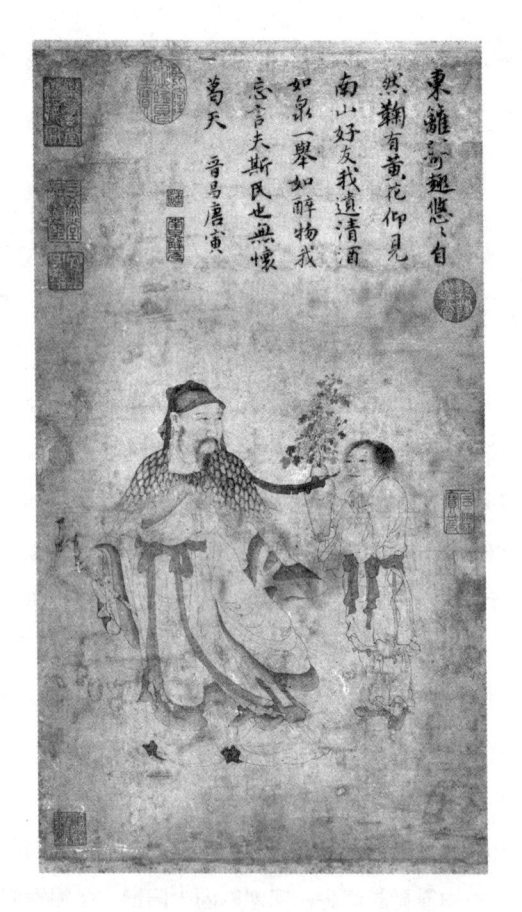

[明]唐寅《采菊图》

柯缠乱发雀难侵。五云：芒种逢壬便入霉，连朝淫雨虑为灾。勤看泥土须松漏，积水还防根柢摧。六云：虽言仲夏菊花深，插竹宜防风雨侵。要捕菊牛歼菊虎，每逢子午叶端寻。七云：有时小暑一声雷，倒做黄梅损菊材。盆底垫空三个孔，何庸重去费栽培。八云：暑气炎炎六月中，浇花莫待日升东。寅初晒到将申候，细察青枝软意融。九云：最怕新秋土色干，喷壶早晚洒漫漫。盆中有草虽须剪，还怕伤根菊本残。十云：处暑晨昏候渐凉，轻轻草汁润根旁。金风冷信肥添重，若要插枝尺五长。十一云：葭苍露白蕊初胎，常把浓肥着意催。无限精神从蕊化，九秋错认牡丹开。十三云：转盼清凉露已寒，太阳全仗晒三竿。阴枝头软花无力，只要泥潮不要干。十五云：秋英盛到孟冬时，霜重篱边力不支。剪去残英惜余力，早移堂院免离披。十六云：耐久如何不耐寒，只因畏冻爱晴干。负暄檐际粗糠覆，护得根芽改岁看。"

钟骏声，杭州人，清咸丰状元，家居杭州东山弄。其裔孙今杭州市市长钟伯熙同志，余门生也。

# 阿 Q 的帽子

从前过春节,大家都准备好新帽子,戴上了它,算是加冠了,讨个头彩,因为"冠"与"官"声音相同。中国人一向对"官"的兴趣特别大,小孩子叫"小官","阿官",跑堂的称"堂倌"。寿终正寝送入棺材,也是"官"旁加"木"。

不久前画家刘旦宅到我家来,要我为他题《红楼梦》画。初见之下,我大吃一惊,以为是老家绍兴来了人,因为他戴的是绍兴毡帽。仔细一看,原来是刘画家,相对莞尔,这个神态倒有三分入画。过了两天,我去宁波为天一阁部署园林,在火车中见到从国外来的华侨,另有几位看上去是文化人,也戴上了这种帽子,于是我感到相见恨晚,自叹信息不灵了。本来帽子应该是无贵贱之分的,它的主要功用是保暖,因此在旧社会,人们春秋用夹帽,稍暖用纱帽。我们小时候戴的瓜皮帽,春节时加上红顶子,绍兴人称为"圈帽红顶子"者,便是也。红顶子的圈帽,只配赵四老爷一类人戴,阿 Q 只能戴毡帽,因此它也随着官帽一样分成等级了。戴毡帽的都是下贱人。其实毡帽轻便，可折叠，冬季风大，可以防寒护耳，实在是很实用的。加上这种帽子构图妙，形态美，因此国外的绅士先生们，国内的学者艺术家们也看中了它。阿Q如地下有知，亦将拍手叫好，上咸亨酒店去大喝一次，在赵四老爷前大摆威风了。

我国民族传统的事物中，有许多值得今日继续推广应用的东西，问题是怎样对待它，怎样选择它，怎样发掘它。这些东西是否符合今天的需要，可以加以研究。绍兴毡帽，从来没有见过广告与宣传，然而它却暗暗地、无声无闻地到了现代人们的头上，这实在太奇妙了。这里，可引起我们对如何古为今用、保存民族特色这一系列问题进行深思。将来香港进来的阿Q型毡帽恐怕要与牛仔裤一样风行社会了。阿Q是善良的好人、纯粹的人，阿Q式毡帽，亦同样表现它朴素实用的美，是富有民族形式的传统的新产品。小游归来，薄醉挑灯，写此杂感，此志吾闻。

# 花边人语

我国文学体裁上有所谓"闲适诗",它的特点是清淡、宁静,说得高一点是没有庸俗气,使人读后感到身心安逸。我在繁忙的工作之余,手此一卷,对于消除疲劳,确有意想不到的功效。由此我便想到这本《鸟语花香》,它何尝不在起同样的作用呢!一个人要能紧张工作,也要能安静休息,并从高尚的文化生活中开拓健康之路,方为上策。这对老年人的益寿延年来说,作用更大。有张有弛,从辩证观点分析,是相对的,又是相辅相成的。

在自然界,鸟语花香是客观存在,又是属于精神享受的一个方面。爱之者视同珍宝,藐视者无动于衷。近来有人猎禽打鸟,以图一饱口福,说他无理,他说:我是推广野味,搞活经济。更有人砍折名贵花木,却道是全面利用、增加生产。如此逻辑,令人愕然。我无以名之,只好叹口气,狠狠地骂他一声:没文化!但他却回敬一声:你不讲"实惠"。最后自然是他先下手为强,而书生意气,好作空论,自讨没趣。

在海外做客时,每见房舍均被浓荫覆盖,周围绿草如茵，繁花若缎，而枝头鸟语啁啾，似迎远客，真是诗一般的境界。入其室，则盆栽瓶插，花色艳丽，清香扑鼻。偶然在窗下飞过一群蛱蝶，出现几只小鸟，真叫人有宾至如归之感。对比这种亲切感人的气氛，不由自艾自叹，我们自己的生活太单调了。如今我正在写这篇小文，是上午十时半，广播中传来了华文漪的歌喉，悠扬的昆曲唱腔，使我更想念这位朋友，仿佛她又出现在我的身旁。早兰乍放，正象征了她那高雅的曲调与超越的才华。文漪的歌喉，在我聆听的片刻时间里，比鸟语还美。人是能创造美的环境的，在于你怎样去选择与安排。如今又出现了另一种的鸟语花香。

"忽有好诗生眼底，安排句法已难寻。"一个人常常遇到这种处境，在无可奈何的情况下，好文章轻轻地过去了。我是不喜欢赏名花的人，我钟情于绿叶的植物、无华的鸣鸟，就连画图也以水墨出之，这种恬淡的爱好，也许与我的性情、年龄有关吧！"纯"与"真"是世界上最珍贵的东西。那种千锤百炼，由绚烂归于平淡，从复杂趋于概括的事物，并不容易得到。兰花与昆曲之美，是高度的艺术境界。"输与新来双燕子，衔泥犹得带残红。""日淡风斜江上路，芦花也似柳花轻。"常人不注意，俗客不理解的东西，都存在着微妙的感情。

曾记得宗白华教授,解放前生活十分清苦,秋天只能在书案上瓶插几枝梧桐叶,人家说他穷也穷得美。宗老是美学家,只有他才有这样的高怀。近年来,人们对花鸟的爱好与日俱增、普遍开展,使人欢喜,情操是高尚的;然而还有一些人斤斤于花鸟的经济价值,风雅中带点铜气,颇感遗憾。花鸟的欣赏有助于文化道德的提高,兼及身心的修养,但舍此求彼、唯利是图,那似乎离题太远了。"明其道而不计其功",主次还是应分明的。"泪眼问花花不语。"我为因"风雅"而出现的"市侩"与"财奴"作风唏嘘。

## 迎春寄语

党与人民给我荣誉，让我忝列为上海市政协委员。我时时在想，荣誉之前，我该尽一点什么责呢？

政协委员绝大多数是德高望重，属于社会名流，他们一举一动、一言一行影响大，他们之中，有我童年的老师，如赵传家先生，也有我的老朋友、老前辈俞振飞先生等，对他们，我是事之如师的。

我觉得政协委员应该乐为师表。他们有丰富的社会经验，有广泛的知识与学问，尤其对新旧社会的对比认识得彻底，更有强烈的爱国主义思想。如果能身教言传、现身说法的话，那不但在文史工作、统战工作上能做出卓越贡献，对青年的教育方面效果将更大。青年人不了解旧社会，对新社会亦认识不够，有许多糊涂概念。这种思想工作，我们年龄较大的、在社会上较有声望的人，应当承担起来。

我为什么提到赵传家与俞振飞先生呢？赵传家是我十岁时的老师，我现已年近古稀，可是饮水思源，忘不了他。俞振飞是著名曲家，平时，他的谈曲，对我在中国园林的研究上,起了很微妙作用。他们在身教言传中,对我的帮助与提高很大。因此,我不但要在有生之年继续学习,更要做好对下一代的教育工作,这就是我在春回大地时的一个愿望。

# 佳节又而今

我生何幸，今年重逢甲子，又欣值建国三十五周年。我记得我三十五岁那年，大学院系调整，我调入同济大学，开始进人民自己办的高等学府工作，再过三年又是三十五周年了。因此这个三十五年的数字，对我来讲是何等的亲切，何等的难忘啊！今日在万民齐祝建国三十五周年之时，我心情的喜悦，是可以理解的。

人是"三十而立"，国家亦复如是。祖国在共产党的领导下已进入壮年时代了。自从粉碎"四人帮"以后，那种万马齐跃、万箭待发的好形势，的确令人兴奋。从局部看整体，以上海中秋节的月饼供应，可说有生以来未见的盛况，历史上恐怕没有一个朝代所能望及的。我们的国家这么大，人口又那么多，作为一个领导全国的政党与政府，当这个大家庭的家，是何等的不容易啊！我们是从旧社会过来的人，当年吃一盒杏花楼月饼已非中下人家所能望及，如今家家户户普遍饱尝了。当我细嚼月饼，回思往事，思绪万千。我虽未算老者，但无忧无愁的生活，只有在社会主义的中国才能享受到。

我记得1978年去美国筹建中国庭园"明轩",这时中美尚未建邦交,在国外的侨胞,对大陆的情况又不太清楚,旅居在纽约的老朋友王季迁先生第一个问我:"你在国内怎样?"我说:"生老病死有保障。"他莞尔笑了。的确,在国外,对这四个字的体会比我们还深,我们生在福中,往往有些迟钝了。

我们欣赏山泉与名园,景因情生,各人有各人的所得,"风花雪月,光景常新",就是好景。我们的祖国正是如此,我们凭各人所感触的,都有华章佳句可颂。但是最关键的,是要有真情相对,"我见青山多妩媚,料青山见我应如是"。祖国啊!我们是心心相印,我们有信心、有毅力把你建设得更美好。

# 国民党党歌的作者

国民党的这首"三民主义,吾党所宗,以建民国,以进大同……"的党歌,后作国歌用的歌词,正式明文是孙中山先生所作,已定为"国父"遗训之一,实际执笔人是谁呢?这个问题谁也没有提到过。记得二十多岁,我还在大学求学,随着我的老师陈蒙庵(运彰)先生到福煦路(延安中路)修德新村同谒广东鹤山易大厂(孺)先生,易先生是位书画金石家、词曲家、音乐家,那时他已脱离上海音乐学院教席,以卖字刻印为生,生活很潦倒,但文酒之会,还时参与。他擅诗词、精金石、通音乐,偶尔绘画,饶有金石气,他不以我后生,曾与我合写过一张扇面。他治印以大刀刻小字,腕力之强,时流莫能颉颃。我曾见到他为陈蒙庵师所治之印有几百方,洋洋乎大观。他的朋友中,时相往还的,是陈师与吕丈贞白,在他们二人处的手札很多,并为他印过词集名《寿楼春课》。另外,王秋湄曾印过一部他手书所集宋词,真集得天衣无缝:"一年春事都来几,红了樱桃,绿了芭蕉,正是恼人天气。三径就荒长却扫,种成花柳,筑成台榭,更谁同倚栏杆。"能寓感慨在其中。可惜这两种书印本留传太少了。如今我们还能在西湖黄龙洞看到他的题字，因为易先生曾客邓氏南阳小庐，一度遨游湖上。易大厂先生与胡汉民是广东同乡，年龄又相若，极友善，与胡氏同追随孙中山先生。孙先生任大元帅，胡汉民是秘书长，易先生任秘书，这党歌（亦称国歌）便是易先生在这时候奉命写的，以孙中山先生名义发表的。这事是当时易先生亲口告诉我们，是第一手的史料。后来我将此事告诉过李士钊同志，他是上海音乐学院的老校友，认为与事实可以相符的。现在将此事写出来，希望能得到更多的旁证，来证实一件历史。

## "有路"和"有数"

社会在进步,时代在变迁,新词汇一天多于一天,就连方言也在起变化了。我前年在绍兴鲁迅纪念馆作一次报告,因为我是越人,听众要我说家乡话,但我的绍兴话,却是儿童时代从老一辈的口中授教的,今天说来,有许多词汇年轻人就听不懂。这不怪年轻人,只显得我有迟暮之感了,我应该学习,不然我就跟不上时代了。

"文化大革命"以后,许多青年口中有两句话:一个叫"有路",另一个叫"有数"。本来这两个词汇并不陌生,也不新奇,更不需要令人深思,但如今应用在某些地方,我感到弄不懂,到底含意是什么?因为他们在用这两个词汇时,用得很巧妙,彼此之间属于"心有灵犀一点通",眉目传情,"微言大义",颇难捉摸,然而成效却非一般,达到了"有路"真是无路不通,"有数"真是万事如意的境界!

但我常常在想,这"有路"与"有数"之中,蕴藏了点什么?说得好听点,是一种科学性很高的概括词汇,假如降格以求,是一种隐语,而且大部分是不很体面的隐语，只有同伙人才能解意。路有正邪之分，数有虚实之别，但是从我这老朽的半聋的耳朵听来，很多青年，包括如今扩大队伍的中年人，也学上了这两个词汇。听说能纯熟地运用的人，必然路路皆通，无往不利。可是葫芦中到底卖的什么药，局内人当然是知道的，局外人只有瞠目结舌、不知所云。

"有路""有数"的人终究不多，他们是智慧者，但愿能将此词汇正大光明化，那才是高尚的语言。宋人晏小山词："前度书多隐语，意浅愁难答。昨夜诗有回文，韵险还慵押。"我面对这种"隐语"，又愧惜无晏小山之才，只好瞎来诠释一通，罪过！罪过！

# "请示"与"研究"

古代孔子门下有言语一科,现代又有词汇、修辞等新名目。而我们如今讲语言美,更要斟酌用词了。当然,干一行,有一行行语,其中大有文章在,值得文学家、语言学家、社会学家们研究与探讨。非简陋如我者所能道及。我如今在工作中,以及友朋中,常常感到"请示"与"研究"两个名词的"耐人寻味"。

"请示"在工作与公文中极为普遍,也是大家听惯的,它既表示了下级对上级的尊重,又表示了对工作的负责、不擅作主张,是一种守法的表现,这样做,我们拍手叫好。但是在某种人身上却走向了反面,变成不负责任的推诿词,看来是很负责,实际是一推了之,本来可解决的问题,却偏偏要请示一下。我也在想,我们教书的人,如果同学发问,也搬出这样一个"法宝",那真是救命皇菩萨了。可惜教责自负,无法"请示"啊,苦水自己喝吧!

"研究"这两个字,那更巧妙了,态度好、热情,但结果却是空无所有。你今天去,回答说"研究研究",明天去,同样也是"研究研究",有集体研究、深入研究、慎重研究、日后研究、与有关单位研究,如此"研究"来,"研究"去,不知何日才会有结果。向神求签,还分上下,"研究"一来,吉凶未明。

我在报刊上写过一篇《钟韵移情》,希望学校能用钟声代替电铃,这小文总算打动了"上帝",同济大学教务处想改用钟声了,但事隔半年,负责同志说,他已经请示过副校长了,正在研究方法。回答得冠冕堂皇,我真不解,这样一件小事,也要"请示""研究",他负责同志的谦虚谨慎乃尔。

对于"请示"与"研究"两个名词在今日的深意,有机会可以开个讨论会,我相信必有宏论惊座也。

# 说"鬼"

光天化日之下说起"鬼"来,有如痴人说梦、胡言乱语了。也许因为我老妻去世不久,感情上希望有鬼,那么她万一出现了,我们还有重逢机会。人们也许会同情我的。如果确没有鬼,为什么古书上有鬼的记载与描写呢?文字上有鬼这个字?而戏里面大家又偏爱看鬼戏。梁谷音在昆剧《活捉》中演阎惜姣,是扮鬼主角,我戏弄她叫她活鬼,因为活人演得太像鬼了,是鬼呢?却也很有人情味,大有"鬼灯一线,露出桃花面"的意境。

鬼是可怕的,人们怕见鬼,但真的鬼来了倒也不怕,《聊斋志异》上不是有许多可爱的鬼吗?而鬼影呢,那比鬼是可怕多了;鬼风鬼火呢,则更厉害了;鬼头鬼脑、诡计多端,不论在政治上、人事上、交易上,却叫人心惊。鬼话呢,言而无信,说来说去,还不是在"鬼"字上作祟嘛!鬼又称"没脚佬",这是大约与人差异之处。所以演鬼画鬼不能见脚,深佩艺术家巧妙构思。鬼看来不是真有的,可能是假的代词,鬼音与"伪"近,鬼者伪也,是个假的、欺骗恐吓人的东西。过去一提起鬼子,毛发

《聊斋全图》插图

悚然,后面再加上一个兵字,鬼子兵那是要杀人放火的,是无所不为的凶恶人了。当然,以往见了外国人有人称洋鬼子,这是不礼貌的,实在当时中国人从未接触过西洋人,相信也没有真见过鬼,容貌在主观想象中仿佛与鬼相似,这些我们也不能苛责了,已成往迹,人家亦谅解的。

前晚看电视《阿Q正传》,见到了假洋鬼子,很是亲切。阿Q是被假洋鬼子一群人害死的,但阿Q虽然还是代代有,而假洋鬼子大有"野火烧不尽,春风吹又生"之态。通过"文化大革命"的锻炼,阿Q有的牺牲了,有的被"改造"成为假洋鬼子,如今阿Q不知少了多少。而假洋鬼子呢,随着潮流的"先进",不断地大有增长,有些令人生畏了。我们这些"顽固"分子,处处有挨文明棍的危险。我不得不为自己刻了一方石章,印文是"阿Q同乡",聊以解嘲,好在祖籍绍兴,还没有冒籍啊!户口簿上写得清清楚楚。阿Q为什么痛恨假洋鬼子,因为在那个"假"字上。鬼为什么可怕,因为它不是真的。如果说我们真的洋了,那是需要的,我们是要向东西方学真的有用的东西,搞好四个现代化。现代假洋鬼子,比赵四老爷的少爷还要道地,赵家自吹是"书香传家",他家至少还有几只装点门面的书箱,如今呢?

冰箱放在会客室正中,正如假洋鬼子西装领结打在胸口一样。可怕的是"冰箱门第"代替了"书香门第",绍兴青年吃啤酒,杭州青年饮咖啡。黄酒乎?龙井乎?一律入博物馆,杭州西湖不正开张茶叶博物馆吗?我有些别有一般滋味了,高呼假"洋鬼子万岁"。

文章写到这里,我感到写不下去了,可能是"鬼"在显灵,我有些害怕。读者当我"鬼话"便是,不必谴责我吧!

# 踢足球

电视上几乎每晚都有足球赛映出,孩子们很乐意看,老头子也只好从"命",痴对着荧光屏。人是不可能没有思想的,往往无谓的联想,却又是真实情况的缩影,我们造园的人叫"悟",叫"小中见大"。

足球比赛有个大场子,参加的人数多,比赛的时间长,来往奔波,跑得满头大汗,最后也许弄到个平局,或者双方一球也没进网,下次再赛吧!这是事实,观众无人不知。

我近来在静观万物中,包括我自己在内,有时也当上了足球员,在大场子中跑得疲于奔命,一无结果。我有些羡慕打乒乓,一来一去,问题解决得快,场子小、人员少、效率高。我是建筑工作者,就拿最近龙华寺内部要建上客房来说吧,市领导已批了,还要建委批、规划局批、宗教局批,城建局、园林局、文管会同意,区里宗教学会、佛教学会点头,以及新添了什么上海城乡建设会及上海建筑学会下的这个委员会、那个委员会要评议等等,领导与专家太多了。正像球场,越来越大,球员越来越多,踢来踢去面临疲于奔命的地步,观众们急煞,而守门员仍是那么严阵以待,不知何时能进入一球,使结果可以早日得见分晓。当然佛法无边,回首是岸,多修功德,善人是福,想总有开颜之时,能皆大欢喜的吧!

白居易诗上说:"一种爱鱼心各异,我来施食尔垂钩。"同样看足球,我与孩子们的心情不同。岁月惊人,社会主义四化建设,要加快速度,又多么希望有些地方能够精兵简政,讲究实效啊!

# 阿Q同乡

我有一方图章,刻的是"我与阿Q同乡",所以人家叫我"阿Q同乡陈从周"。《浙江日报》以此为标题,还刊登过一篇文字。我祖籍绍兴,我总觉得阿Q是一个忠厚的人,在他身上有高尚的品德。遗憾的就是不能触及他的头,一提及他就要恼火,因为在他头上缺点太多了。

这个小小的问题,对我有所教育与启发。人在世上,不可能没有缺点和错误,就连大诗人杜甫对李白也写过"世人皆欲杀,吾意独怜才"的佳句,问题是成绩与缺点的比例问题。凡是优点多、对人民贡献大的人,是不怕批评的。没有偷过东西,人家说他是小偷,只不过一笑了之,所谓"日间不做亏心事,半夜敲门不吃惊"。但是错误太多,就成为阿Q的头皮了。缺点多了,即使人家表扬了他,可是也反应不大。同样,优点多的人也不在乎表扬。能勇于任事的人,是不怕批评的,只要你说得对,我就照你办。反之,尸位素餐、无所事事,专门为私而"奋斗"的人,那是同阿Q对待身体上的缺陷一样,很自动地咆哮起来,或给人小鞋穿,事物又走向反面了。这几乎是逃不出辩证法的原理的。

缺点多变成缺点少,这是矛盾转化。适当的表扬是应该的,我们不能将事物看作是一成不变的。要善意、好心肠对待他人的问题,要热心予以帮助。青年人如果对待自己的缺点,有如阿Q对自己头皮那样,可就今生难改了。"毋以寸朽,弃连抱之材。"还有望善于发现人才呵。

# 怕君着眼未分明

一位我们同济大学园林专业毕业生,今天匆匆从某地赶回来,希望学校为他解决这次分配不对口的问题。事情是这样的,因为他读的是园林学,地方单位将他分到林业局,从表面看来都是"林"啊,事实呢?完全是两个不同的专业,凡是有点常识的人全知道,然而我们办人事工作的同志,却也"难得糊涂"了,如此乱点鸳鸯,怎样人尽其才呢?

这件事原不奇怪,我写的那本《园林谈丛》,书店里不也放在林业的柜台里吗?许多同志到建筑与文化的书柜去找,却找不到,而它却悄悄地睡在另一角落。也是一个"林"字在作怪。

这两件事引人深思了,为什么在干这项工作,而对于专业知识又这样不肯去亲近呢?错就错了,反正在政策上没有犯过失,在营业上也没有出岔子,我行我素,照样升官加薪。可是人才啊,人才!书,读者一时找不到,问题还不大;人才的合理分派与使用,却马虎不得,马虎了就要浪费人家的时间与生命啊!

如今大学的学科分得很细,又添设了许多新专业,毕业生分到外面去,在专业名称上往往一字之差,便要错定终身。因此我希望管人事工作的人,也要有专业知识的学习,对人才还要了解其道德、文化、学术、技术水平。我们高校的人事主管者,如果他对教师只管政治思想而对文化水平、业务水平、科研成就、教育质量全无所知的话,那就算不了是称职的人事工作者。

我记得当年叶恭绰老先生对我说:"我选用属员,不仅看资历,我要面试以后,方才分配工作,这样容易识别与任用人才。"后来茅以升先生也对我说过,他从美国学成归来,在交通大学唐山学校任教。叶老先生任交通总长,与他一席之谈,对茅先生做了全面了解。不久就提拔他为该校副主任,那时茅先生还是风华正茂的青年啊!茅先生一直对叶老先生怀着知遇之感。

如今党中央提出要选拔年轻有为的人才,确是英明之举,但希望做具体工作的人,要"着眼分明",各行各业都有它的特殊性、专业性,做到老,学到老。

## 必也正名乎

上海南京东路有一家药房，招牌是叫"冠心"，我每次经过，总感觉恐怖可怕，我的心脏虽然还正常，但体会到冠心病患者见此二字，不知是何滋味，恐怕连购药的勇气也没有了。在苏州曾见到有一处中药铺，名"养心堂"，高高的白墙石库门三个大金字，这家百年老店，令人亲切，听说因为命名好，药未到口，病人就有舒适之意。因此后来营业鼎盛，直到今日还是如此。"冠心""养心"一字之差，观感大不一样。近来大家在讲经济实效，对于市招，也要讲点艺术性，也考验商业工作者懂不懂得一点心理学。

记得小时候，家乡茶食店有名"宜香斋""颐香斋"的，所制的条头糕特别好吃，杭州人至今还在叫颐香斋条头糕，"宜香""颐香"，多么耐人品味啊！王星记扇店未发达之前，舒莲记扇庄负大名。夏天扬扇，这"舒莲"，是多么文雅的字面，多么富有诗意的境界。"王星记"三字与之相比，似乎俗了一点吧！西湖湖滨原有一条路叫"花市路"，在临湖的路口有名"一朵花"的一家运动服装店。"花市"与"一朵花"连在一起,既漂亮又有吸引力,给我留下了五十年难以磨灭的美好印象。

南昌路上那爿餐馆名"洁而精",这三个字使就餐者顿有好感,能吃上一顿既洁又精的菜饭,亦是丰富营养、愉快身心的一件美事。正如"绿杨村"菜馆一样,因为取名好,能诱我过门必入。再看我们同济大学门口有个食堂名"彰武食堂",这是杨浦区商业局为我们近两万多名中外师生及家属安排的饮食店,是一处国际橱窗。不要看它"两间东倒西塌屋",却是我们的命根子,没有它,真叫苦连天矣。因为过去太不重视清洁工作与食品质量,大家称之为"脏污食堂",这一下名气倒大了,群众的眼睛雪亮,大众的词汇最朴素、最生动,也最妥帖。虽然区里对此已有垂怜之心,略略地有点改进,但又如水上的微波,轻得几乎还如平镜一样。借此呼吁一下,小中见大,不要小看这学校门前一角,是要影响国家声誉的。

屈原在《离骚》上写着"肇锡余以嘉名",意思说"给我取个好名字"。好名字是何等的重要,尤其商店的名号更与营业有关。我的粗见认为应该第一要能反映出这店号是什么性质;第二要有华丽亲切之感,能吸引人;第三要使人能懂,即使用字比较含蓄一点,可是一经说明,能恍然大悟。那又比一目了然者好一些。过去招牌用黑底金字，人称金字招牌，这是在艺术处理上经过推敲的。金色在黑底上最鲜明，正如美人乌黑的头发上戴上了金钗，耀眼夺目，即使在昏暗的光线下亦能见到。而招牌的字，多数是用丰满的颜（真卿）体，或是其他工整的书法，观者远近都能见到。从来没有以行草作市招的，并且金字略高于黑底平面，在视觉上有立体之感。这些传统招牌的做法特征，如今已被人淡忘了。古为今用，有许多好的做法与理论，在今日我们还有借鉴的地方。

# 废话也许有益

近来常常接触到一些事,不能无动于衷。想不说,总是在脑际盘旋,看来说出了它,可能感到轻松一点。如果因我这些"废话"于事实稍有补益,那就喜出望外了。

每次上街,看到"长江刻字厂"的巨幅招牌,我不由想起:刻印,从前称为"金石"之学,刻印的人称之为"印人"或"金石家",经营印章的店称为"印社",如西泠印社、宣和印社都负过盛名。如今来个"刻字厂",真是"工业化"了。

以此例范之,国画院可改为"国画厂",大学院校可改称"培养人才公司"……

"必也正名乎!"

"江南园林甲天下,二分明月在扬州。"这两句是我对苏扬两地园林作出的评价。粉碎"四人帮"后,两地园林管理处对所属园林都进行了整顿,令人欣慰。但是苏州网师园只开后门,扬州个园只开边门,游人入内,莫名其妙。尤其外宾进园,更须费口舌进行解释。园林不遵游览线，等于一部小说、一部电影不从头看起，这是稍懂园林之趣的人都会感觉到的。

从南京到扬州的公路上，本来车近城郭那一段，垂杨夹道，柔条迎人。如今合抱的杨树统统连根拔了，换上了近年最时髦的水杉，实用价值高了，风景点缀却破坏了，"绿杨城郭是扬州"成为历史陈迹了。

无锡风光久负盛誉。晓山凝翠，晓雾笼晴，山不高而多层次，其妙在于有林木、有云气。可是如今呢？我每次车过无锡、望惠山，怅然难言，它的山背几已秃顶，无大木、无丛林，惠山渐渐地瘦小了。大概是用惯了"假领头"，只看一端，不及全身。

寄语无锡园林管理处，前山是布置好了，后山却疏忽了，这样做是不够的。这会使人觉得，无锡虽好，惠山却只半个，假使我没有游过前山，光从火车窗口瞭望，这惠山是令人扫兴的。

# 老年人要"老实"

记得几年前在北京拜访茅以升老先生时,我说过,老年人仿佛像一株名贵的老桩盆景,要多注意保养,不要经常参加展出,随便变换环境,免得碰坏。那一次还提出了"老实"二字。对我的话,茅老莞尔以报,或许是觉得我的话还是有些道理吧!他这几年来,确是深居简出了,虽然九十高龄,仍能保持清静健康。

在老辈跟前,我只能称得上小弟弟,但如今也年近古稀了。因为还没有退休,每天照例总要到同济大学去。过去我还骑自行车,如今也不敢了,在横穿马路或车辆行人众多时,我总是分外小心,宁愿甘居落后,老实让人。"树欲静而风不止",我去避它,它却无端地来碰我,我如何能受得了,还是老实点吧!由此而推之,老年人长途旅游,单独乘车等,更应该谨慎点了。生活在大城市的老人要注意,千万不要在人最多的时候上菜场、抢购蔬菜,去凑热闹,市价略贵一点,也不必计较。万一因此而身体受到损伤,那就得不偿失了。

再说穿衣,老年人体质总是比年轻的时候衰弱了,在冬夏两季更宜注意,不可充好汉。人家青年人讲究季节服装,赶时髦,老年人就不行了。我们只能老老实实地因体质而选衣,这样也许"笨"一点,但却是实惠的。

至于饮食问题,也必须老实对待。过饱之餐,过冷之食,过量之酒,"吃下去容易,吐出来难"。"病从口入",是经验之谈。老年人,大多数都有节约的传统,食物放得时间长了,也舍不得扔弃,总是"能吃下去的,还是要吃下去"。有人会说:"年轻的时候,在旧社会,不也是这样吞下去的吗?"这就有点不"老实"了,此一时也,彼一时也。老年人如今无法充英雄,也没有必要充这种英雄。老实人做老实事,对我们可以保健康到老。

同样,对营养品与补品,与一些必要的药物,也要持老实态度。孔子说过,要"中庸之道",无"过"无"不及"。有些老人会说:"多吃点有什么不好?"这正如我们养老桩盆景一样,肥料要用得轻,甚而至于不用,用得过重倒要走向反面。如果不遵医生之言,药物用得不当,出了问题可就大啦,这件事来不得半点虚假。

写到这里,我又想到老年人对自己的认识也要有一个老实的态度,不要不服老,也不要以为一老就不中用。有的人认为"人老珠黄不值钱",是不正确的,至少是不全面的。实践证明,无用之物往往最有用。我们今天提倡尊老敬老,不仅仅因为老年人在过去的革命斗争和社会主义建设中作出过贡献,而且对今天正在进行的现代化建设仍有重要的作用。古人说得好:"经验即文章。""人老是一宝。"哪一个老人没有几十年的阅历?哪一个没有丰富的经验?孔夫子当年就礼于老子,因为老子长于他,孔夫子谦虚地、恭敬地向老子求教。"圣人"尚且尊老,向老者学,况众人乎!

在衣食住行上老实点,有利健康长寿;对自己评价老实点,正确认识长处与短处,易于自处。最后,我以小诗两句:"晚晴无限斜阳暖,不信人间有暮寒。"为诸位老友祝颂。

## 校书扫落叶　无错不成书

古人曾说过，校书如扫落叶。错字是越校越多，因此出了许多校勘学家，为前人著作尽了极大的力量，图书之功臣也。从前福州路有家书店名"扫叶山房"，其命意亦即在此。

近年来文化事业昌盛多了，出版的书籍杂志报刊也仿佛雨后春笋，太令人兴奋了。然而遗憾的是校对工作疏忽了一些，差不多每篇文章错字不在少数，有些明显的当然一目了然，有些是令人费解，有些却笑话百出矣。这里深刻反映了一个文化水平问题。其错误根源，排字人识字不多，校订人以误传误，责任编辑粗枝大叶，有些是作者无知、编者糊涂。这也可说是基本功问题，繁体字不认识，作者偶然写了繁体字，排校之人弄不清，又不去查，任意放上一个铅字。还有许多诗词韵文，编辑不知平仄韵脚，错也不能发现，甚至律诗、绝诗也搞不清，分行错了。最可笑的有些隶篆字，连写也写错了。还有一笔之差，面目全非。我曾见到绍兴酒行，有印成绍與酒行，原来"与"和"兴"的繁体字不识，而"與"

字又往往印成"興"字，等等。不一而足。

最近上海大学开了个编辑讲习班，要我去作报告，我就谈了编辑的基本功。我曾见到过商务印书馆的老校对，他正如老会计一样，前者一本书哪几处必有错字，一找就找出，后者何处短少数目一轧便轧出，这正是他们的一技之长了。

我认为，一个出版单位，应该是小中见大，其出版物之水平高低，对错字一关应作为主要标准，这是最起码的检验方法。总编辑要亲自抓这项工作，印刷厂的厂长也应该如此。奖金的多寡也要以此为依据，而读者可以检举书中的错字，这样多方面的努力，也许可以改进今日出版物中错字成灾的现象。作为一个作者与读者，我呼吁：亲爱的总编先生们，印刷厂厂长同志们，你们万勿等闲视之啊！

# 文章写给外行看

写文章这件事，想来不必再多加解释了吧。说它难，也不算难；说它容易，实在太不容易。自古及今，文章之多，岂止汗牛充栋，但能流传的又有多少呢？

有的能流传，是为了什么？有的无形无影地消灭了，又为了什么？文学理论家自然能说出很多很深的道理，而我仅能从我的直接感受中提出一些看法。我的卑论是"文学作品科学化，科学文章文学化"。目前的杂志刊物，数以千计，使人眼花缭乱，有些看了不忍抛卷，有的略一翻阅，便索然无味。这是从我个人的爱好来评定优劣的，其中也存在着我上面说的那点小道理。如常见的旅游文章，不少是谈景无情、叙事不实，文字又干巴巴的，一点没有意味，如何能引人入胜呢？

问题首先是文学的修养不够一些，但是典章考据也常常以讹传讹、不够确切，这就是科学性不够了。反转来再看有些科普文章呢，却是满纸术语，加上一些外来的新词，非此中内行，看了如堕五里雾中。如果语法有问题、用词不讲究，普及的作用又从何谈起？当然，专门性的科学论文是不在此列的。友人林徽因说过:"我们的作品会不会长存在下去,也就看它们会不会活在那一些我们从不认识的人……"(《纪念志摩去世四周年》)引申的话也可说,文章要外行人能看懂,也就会广为流传了。这话对我们做教师的课堂教学,也有极大的启发作用。

近来有很多人在攻外文,但是他们却忽略了中文的修养,因此译出来的文字也只有自己能懂。外文虽好,中文不过关,也当不了翻译家。很多的知名翻译家都是在中文上下过大功夫的,如傅雷就是。

我对于大学研究生入学考试,曾提出要考语文;我教的古建筑与古园林,虽然属理工科,但研究生入学考试要加古文与繁体字的测验。这个关不通过,外文再好,对古代文献茫然无所知,也难以深造。千句并一句,我们中国人一定要学好祖国的语言文字。

# 新岁说戏

新年到了,这是人们的喜事。接着又是春节,按中华民族的习俗,是要有热闹的文娱生活的。我们年轻时,最爱看昆剧与京剧。在江南,昆剧更是老少皆爱的剧种,后来京剧勃然兴起,且有超过昆剧之势,但毕竟两者是有血统关系的。新年春节中,众名角都要上台,好戏迭出。痛快地饱一次眼福,那种印象,记忆犹新啊!近来我们这一辈谈到京、昆剧,好像成为落后分子,甚至于有些人认为看京、昆剧有些不光彩,因为没有迪斯科时髦,连昆剧的产始地昆山,也没有昆剧团。北京青年说京剧听不懂,这益发令人不解了。有些人数典忘祖,或有可能。可是通过了一次"文化大革命",连祖宗十八代都快忘光,未免太奇特了。正如一些青年吃饭不用筷子,改用匙子,无理的抛弃、盲目的求新,似乎还有商榷余地吧。

我的儿子给我拿了一张报纸叫我看。上面有这样的消息:"北京一家剧院中,一群京剧演员站在舞台上,借助电子吉他、合成器和鼓的伴奏,大胆地唱起音调高亢的传统唱腔。"但结果:"一位年轻观众下的断语是'不成功'。他说:'我听京剧,是想听地道的京剧,不是这种玩意儿。它既不像京剧,又不像现代音乐。'很可能,吉他和合成器不但没有吸引更多的新观众,反而丢掉了老观众。"说得太痛快了。我的结论是,这样做"古不能古到底,洋不能洋到家"。京、昆剧是历史剧种,正如故宫、长城、网师园、拙政园等,是累积了精华的历史遗产,我们无法改造这些古建筑来作跳舞厅与儿童游戏场,我们要维持它们的本来面目,因此我们在这个问题上的方针是"整旧如旧"。总之,这些京昆古老剧种,应该尽量保持原状,演得有法度、有传统才好,甚至可不用"扩音机",也不需要布景,越"纯"越好。如果要新的话,那就洋到家,另演革新戏吧!若干传统剧种,就要像文物那样,丝毫不走样,千万不要把文物装上塑料座子,油漆一新。有些好心肠的革新家,让京、昆剧加上大小提琴,弄得如北京烤鸭放上番茄酱,吃不到烤鸭原味了。传统剧如果照北京那次的这种演出,要造成加速破坏,弄得老中青观众、国内外观众一个都没有,最后自趋灭亡。对于传统剧种,我们的责任是培养观众的欣赏水平,引导他们。上海昆剧团这次开的昆剧每周一曲学习班,办得很成功,成百的青少年与老年人去参加学习,既丰富了文娱生活,又学到了昆曲,更热爱了昆曲。在静安小剧场每周周末演出,观众是满满的。可以说,文化需要提倡,而不是迁就"下里巴人",也不是搞改良主义。如今不古不今、不中不西的事物,往往结果是不伦不类,包括其他许多类似的兄弟剧种,都有注意的必要。我不反对古为今用、洋为中用,可以大胆创新,不过要避免"继承不足,革新太快"的现象,否则是要出问题的。要做深入细致的研究,要弄懂历史的发展,加以理论分析,然后才能水到渠成。千万不能盲人骑瞎马,欲速则不达啊!

# 从大饼油条说起

有些话想说，但终于"欲说还休"、锐气消沉了，性情惨淡得如秋风前的白纱帘。我每天面对着同济新村门口唯一的"餐厅"——彰武食堂时，默默地经过，也无词以对了。我这在大学校中曾被誉为"大饼教授"，如今已经光荣地退出了历史舞台，因为附近再也买不到大饼油条了。我在历次的人代会、政协会上，受群众之托，提出要恢复大饼油条敞开供应的提案，可是事如春梦了无痕，何其难也。财办讲，大饼油条要蚀本，物价管理局说不能任意涨价，最后提案成虚话，不了了之。

我真不理解，任意涨价的食品不是没有，为什么要在大饼油条身上大做文章。老百姓说，我们只要能够买到，价格允许涨一点，而主管的同志为什么"原则性"这么强？就是不卖，管他什么群众意见！相反，有些人在提倡早餐品种，说大饼油条落后了，提倡西点，又要咖啡进入家庭，这真是"月亮也是外国圆"。而外国人、华裔又不远千里而来中国访求大饼油条吃，他们说风味之佳，无与伦比。贝聿铭在苏州要品尝此家乡美味，可惜得很，那油条硬时像铁条、软了像链条，宾馆只能"西"而不能"中"了，恐怕将来要出口转内销，外商贴洋广告，那又要排队抢购了。

不久前去绍兴，小青年鄙视黄酒，要饮啤酒了，这正与用咖啡来代替茶叶一样，如此下去，我们的茶叶、绍酒等生产是是要遭受到重大冲击，怎么办？这种不切实际的假洋鬼子想法，阿Q如在世必大打出手了，他是纯正的。

大饼油条问题，小中见大，是目前社会中反映出来的一个不正常的苗子，望主管部门万万不能粗心大意啊！

# 行路难

老妻在瑞金医院动手术，呻吟病榻。作为苦乐相依四十多年的丈夫，不能将护理之责，全部委托给儿辈。小女馨儿已经为了母病，辛劳过甚而流产了，反又增加一个住院者，人至此日，老情何堪！

我住在市东，到瑞金路多要乘三部车，少则也要两部，往返最多要花三四小时，常常就是一半天在途中浪费掉了，当然挤车之苦，如今也不必多谈了。有几天又逢下雨，更是苦不堪言。

我在这苦处中，发现了上海的市政工程，似乎太"先进"了。这只怪我们，当了半辈子以上土建大学的教师，却没有培养好人才，内心有疚，应受谴责。就拿我上车而论，站前积水成塘，跳越无能，那就得牺牲皮鞋，我长筒靴尚未购置也。

由于车太挤，有时我宁愿"安步当车"，天晴时从大路一直到人行道，还看不出什么路病。可是一下雨，低者成洼，在昏暗的路灯下，几乎"五步一楼，十步一阁"，那积水小池，远超秦始皇阿房宫的楼阁了，至此我才觉悟，任何工程要经得起各种考验：晴天不发现，雨天出洋相了。

有人也许要问，以你阁下的身份，何苦吝啬如此，叫部小汽车不好吗？是的，我总算持有一张出租汽车特约乘车证，可以享受一点"优先"的权利，但车子也还是叫不到的，不是说没有，因为还有"优先"的"优先"，相比之下，我又差了一截。我已到了退休的年龄，但是还在工作，就算老妻生病是私事，假使有时"因公出差"，能不能破格照顾一下呢？只怕也是未必。一纸在手，形同虚文，老实点，还是动用我的双脚，艰苦地表演一出"行路难"吧！

## 观事于微

世界上有许多看来是小事,但往往事到临头又变成大事了。我的信件是比较多的,有些来信,尤其是有些陌生的发信单位,信封上只印着某某机关或某某学校,而地址呢,没有。何省?何县?也没有。没奈何只好用放大镜细看邮戳了,看得出还好,看不出呢,对不起,我的复信也是欲寄无处寄了。就说那些宾馆吧,同名者很多。比如"湖滨饭店",西湖有,太湖也有。如不写清在哪个地方,我的复信是寄到杭州,还是寄到无锡呢?

再看国外来信,信封上的地址写得清清楚楚,规规矩矩,既有规定格式,又有一定位置,还有邮政代号,称得上"科学"二字。我们现在口口声声在提倡现代化、科学化,要观事于微,见此一斑。

信封上不写明发信单位的地址,这件事不大不小,但给收信人带来的麻烦与不方便,却是你想象不到的,特别是非要我回信的单位,你连地址都不告诉我,我又怎么回答你?请理解一下别人的难处吧!

# 狮子吃垃圾

"狮子笑嘻嘻,开口吃垃圾。"这几年为了搞好卫生清洁,到处设了垃圾箱,确是好事,这狮子大开口的怪物也应运而生了。但这样一来,又变成精神上的不文明了,我屡屡想对此说几句话,但下笔踌躇,恐怕得罪人,欲说还休。不过对此有异议的人还不少,尤其国外的佛教徒和高僧对此反感尤大,似乎我也应该陈辞一番了。

狮子本是珍贵的动物,它的形象历来放在重要地位,从宫殿寺庙一直到府第,莫不如此。我们古代的艺术家们,在美学上有个本领,能将事物转化:凶猛的狮子可以雕成和蔼可亲的样子;丑态的蝙蝠,可以绘成"百福(蝠)图"。而龙的造型,变化更是丰富多彩了。但都没有降低它们的身份,同今天做垃圾箱来委屈它不一样。尤其佛寺中的法堂,是讲经之处,其中必悬挂"狮子图",象征说法犹如狮子吼,命意很清楚了。用狮子来做垃圾箱,从大门一直到办公楼、礼堂、食堂、花径、水榭等等,皆"笑脸"迎人,伸舌乞讨,我见了总有些默然难受。这也怪我不够"革新"吧!熊猫垃圾箱也上过市,这样纯洁可爱的世界著名珍贵动物,也吃起垃圾来,令人太不愉快了。我们造园讲"得体",这样的美术设计,只能讲是考虑不周吧!

风景名胜区、园林,以及公共场所,应该设垃圾箱,但造型宜简、色彩宜洁,隐而不藏、显而不露。安放地点,只要让人能找到即可,不一定要抛头露面,这也要讲"因地制宜"的。同济大学开办了全国城市建设干部班与风景园林建设干部班,我对前来学习的各地领导同志,也说了这些话,他们是同情我的。看来狮子得救之日,为期不远矣。

# 闲话"请客"

"请客",是交际中必不可少的一部分,所谓"礼尚往来"原是人之常情。可是近几年来"请客"已经成风了,简直有些惊人。我一听到人家要请客,便不寒而栗,硬着头皮去吃一顿,思绪屡屡难平。像我们这些人,是薪水阶级吧?无公费可用来摆阔、作交际,老着面皮吃别人的就是了。当然啰,公家请客去作陪,自然是口福天降。什么公司开幕,居然以"名流"身份入座,也可油水润口,还可以带点礼品回家,皆大欢喜。小青年结婚,倚老卖老,"丑画"一张,也可免费白吃。但是人还是人,再老的面皮亦有三分自疚之心。

我们出差到外地,到国外,人家请了我们;他们到上海,岂可不做东道主?有时人家请我是公费,我回敬人家是私费,这一下,可苦煞人了。一是我多少有些社会影响,二是也有几个外国朋友知道我这个人,不得已办一席,几乎花了近一个月的收入,有人说"吃人家的汗吃出,吃自己的眼泪水吃出"。真的"如鱼饮水,冷暖自知"了,鱼尚有冷暖,我这顿饭请下来真是有冷无暖啊！我并不是在叫穷，而是说老实话，用自己的钱请客确是有些肉痛，因为来之非易，所以有这样的牢骚。

然而试看以公费请客，往往客人二三位，陪客二三桌，听说有些单位是排好先后名次，使大家都有机会"乐胃"一次，而且越来越高级了。最高级的请客，是讨好"上司"、接待外宾。"大宴三六九，小宴天天有"，有些国外人说，中国是逐渐富强了，可是没有像请客的水平那样提高发展得快啊！香港请客之风特盛，国内也快赶上香港了。人家做生意，请客是私人掏腰包，而我们呢，公家付款，个人享乐。看来一样请客，人家是目的明确，将本求利，不是白给人家吃的，门槛相当精；而我们呢，有些部门，乱讨好人家，借此化公为私、乐在其中。我们这种怕进酒菜馆的人，并不是上帝没有给我吃福，其实是孔方兄[①]在作怪。如今酒菜馆的价格，仿佛无人在检查，可以自由涨价、天天加码。我有些杞人忧天，这样吃下去，再大的家私也吃穷了。量入为出，勤俭办一切事业，是人的美德。我希望在"请客"这个问题上，大家多少要开始注意一下了。

---

① 指铜钱。——编者注

## "〇"字的妙用

不久前,我陪美国旧金山的代表团去扬州参观。我们一起步行到何园,园在徐凝门。当我们见到路牌写的"徐〇门"时,代表团中的华裔问我,这是什么意思?好在我是个"扬州通",马上答复,它叫"徐凝门",同行者恍然大悟。

后来听说有人写信到上海零陵路,信封上写的是"上海〇〇路",聪明可敬的邮递员,竟将地名猜出,不误投送,想来是煞费苦心的了;我们同济大学党委书记王零同志,居然有人写作"王〇";食堂菜单上有脚圈,有汤团,为了方便,写成"脚〇""汤〇";北京圆明园的大名,亦曾出现过"〇明〇"的代号;最奇妙的莫如园林、圆圆、团圆、圆圈,一律代以"〇〇",由读者各取所需而理解之,真尽一"〇"多用之能事矣!

我总觉得写字求简有时固有必要,但像这样如捉迷藏、猜谜语似地简单化,实在令人啼笑皆非。扬州有句俚语,把一事无成叫做"零了一个圈",不啻为此作解。

这种近似"无字天书"式的写字法,表现了一种只图自己方便,不体谅人家困难的人生态度。他其实不知道,这样做的结果,无异自搬砖头自压脚,造成的麻烦,最终还是归给自己。我仅举写"〇"为例,别的就不多说了。

# 余卖柴

立春过了,人的感情也跟着起变化了。虽然春寒料峭,无异残冬,然而欣欣向荣,不正将在眼前展现么?人们是那么喜欢春天的来临,是因为她象征社会主义的繁荣、祖国的兴旺。清晨碰到同事余卖柴同志,互相寒暄了几句,我开玩笑地说:"老兄,你这个大名太落后,不符合现代化了,电气、煤气将代替你了。"他却很自然地回答我:"我是余卖柴,我将修剪下来的余枝,晒干去做燃料,来节约能源,有什么不好呢?"这一下使我恍然大悟。这位出生于安徽歙县山区农村的同志,他的老辈为他取这个名字,含意多么深啊!老农能结合生态、经济来为子孙起名,是有内涵之美和教育意义的,体现了过去的农村是怎样生产、怎样生活的。

我在想,农民爱森林、爱绿化,如何使生态平衡与生活改善紧密地联在一起,两全其美;以视今天那种任意破坏森林、杀鸡取蛋的原始行为,以及到处乱挖老树桩,连根拔去做盆景的自私行为,不禁黯然了。

长远与目前、国家与个人、建设与破坏、"好心肠"

变成坏结果,等等,这一系列的思绪使我难以自解。做一个有益于人民的人,虽"卖柴"二字,其上还要加一个"余"字,多么发人深思!

我们做任何事都要有广阔的眼界,跳出个人与小集体目前利益的圈子,那我们国家正像春天,天天变样,不,她比春天更美丽动人呢!

# 闲话《朝花》

《朝花》从创刊到现在已三千期了,这悠悠的岁月,一个副刊能坚持得如此久,是多么不容易的事,可以说"持之以恒"了。高寿的副刊,它给人民带来了不可估量的好处,我唯有致以高度的敬意,祝《朝花》延年益寿,长生不老。

副刊之所以能存在得久,关键在于有特色、有面貌,再说得通俗一些,是有书卷气,没有市侩气,没有低级味。如今有许多报,原来办得很好,近来东拼西凑,五花八门,说它期刊吧,不像;说它"参考消息"吧,也不像;说它庸俗性小报吧,又不像。总之大有四不像趋势,甚矣办报难矣哉!

我认为报办得好坏,在于副刊。老实说第一、二版国内外新闻,我们的各报基本一律。至于国内外新闻,理应抢先发表,而我们有许多消息简直是"明日黄花",外间早已传闻,而见报何姗姗来迟呢?姑且不论。

如今要说的是什么呢?我觉得报办得好坏既在于"副刊",那么"武戏文做"便是办好报的妙计了。为什么人们喜欢看各种报,就是爱好看不同的副刊,亦就是欣赏"文做"的部分。武戏如果演得如目前的武打戏那样,连在发源地香港,大家也认为低级庸俗之物,问津人太少了,原因是只武不文。我们京、昆剧中的武打戏却有身段、有表情、有韵律、有风度、有含蓄、能耐看,真如好菜一样,油而不腻,荤菜倒有素菜风味,那就是高手了。事实往往是这样地变化多端,怎能不引人深思啊!所以办报要办好副刊。寄语《朝花》,《解放日报》之能否拥有广大读者,那要看《朝花》今后再度努力了。

# 编辑的甘苦

"为人裁作嫁衣裳",这是我为编辑的甘苦所发的牢骚。人们常常不正确地对待编辑的劳动,认为他既不写文章,又不排字印刷,这种买空卖空的工作,只要认识几个字,便能应付得了的。可是,说来话长,"如鱼饮水,冷暖自知"。

编辑的工作,表面看来是稿子收到,审阅一下,用与不用,留稿或退稿,稿定后编排发稿,似乎很简单轻松地完成任务了。事实呢?单就审稿一关,已够麻烦了,单篇文章还可以,几十万字的一本书,从头到尾,一字一句地通读一遍,已头昏脑胀,然后看书的结构、内容的分量、文辞的水平、错别字、标点符号等等,真是一点儿也不能漏过,最后提出用与不用意见。如果编委通过采用,进一步又要进行加工工作;如果发现有必要与作者商榷的,那要用通信或走访的方式取得联系。若稿件书写糊涂,繁简字互用,标点不清楚,文章欠通顺……再加图照的真实与清晰度,真是乱麻一把有待于编辑的爬梳。这种催人白发的工作,太值得人尊敬了,最后不过排上一个责任编辑完事。我曾说过，一本好书的出版，编辑至少要占十分之三的功劳。当然能占此功劳的，必然是品学兼优的编辑，当年的茅盾、叶圣陶、王伯祥等前辈，皆成了学者，而他们当编辑时也都是高度负责任的，他们在改稿时从不写一个草字，勾画得清清楚楚，这样便于排版改版工作。如今有许多编辑连字典也不肯查一下，将错就错，明眼人一看便知，这是水平低的编辑所造成的。而韵文的平仄、韵脚，引文的出处，处处皆须编辑查校。负责的编辑，其工作量可说是无底的，同时在无底的工作中也正是他本身学问提高的过程。至于封面应用何种题字、哪种图案，编辑有责任与权，对封面设计进行选择与决定。封面的好坏，也表现了编辑的水平。过去名出版社，必然有名编辑，有时编辑的学问远远在作者之上，而且目光敏锐，对书的优缺点及错误之处皆能纠正，作者对编辑真应该事之如师。我对业务水平高的编辑，是万分尊敬的；对那不负责的"南郭先生"，是十分不客气的，因为是害人害己，做了损害文化事业的事。如果编辑不认真地干工作，不钻研业务，那是绝对不会从本质上理解"甘苦"二字。苦是谈了，甘呢？编成一本好书，不论装帧、编排、封面，等等，都是高质量，读者一卷在手，亲切有味，他必然对编辑油然而敬。编辑本身自我陶醉外，得到读者的赞扬，加上一个名编辑的帽子，名扬遐迩。如果再来一个评语，说是编辑水平与功劳在作者之上，那就太了不起了。反之人们说，书很好，编辑水平低，编坏了，影响了销路，那罪过是在编辑。过去开明书店的书，就是几位编辑有文字、编排、美术等多方面的学识，使人一见书，便知道是开明书店的书，在出版界有其独特的开明风格。这是从总编辑起直到校对，有着一个共同的努力方向。这中间全靠文化修养提高，甘就水到渠成，自然而来了。甘与苦是对立的统一，有苦才有甘，无苦便得苦，因此编辑要辩证对待这个问题。

# 博大精深
——述张大千画

1978年冬,我赴美国筹建中国庭园"明轩"于纽约,拟会见久别的大千师未得,其时师已去台湾,怅然而归,曾写《蜀道连云别梦长》(见《书带集》)一文记其事,促其重游故园。朝夕相盼,而迢迢南天,终闻噩耗。今年(1983年)6月13日应全国美协及中国画研究院之邀,兼以叶老浅予眷念旧谊,坚属此行,遂止于颐和园藻鉴堂。夏木垂荫,望天际缥缈孤云,仿佛夫子乘鹤归来;而廊虚人静,野鹜低飞,回思往事,如梦如幻。每念如何扬师学术于万一,则后生之责也。爰拈"博、大、精、深"四字概括之,是否有当,有求于今之大家,愿乞教之。

博:我国绘事,人物山水花鸟兰竹,分门别类,画家术业专攻,晚而愈细,能兼顾诸艺,史载无多。石涛博通众艺,固一代之宗也。大千师早年私淑石涛,今世解石涛最深者,大千师推为第一人。石涛以时代之局限性,虽其身世之感,有人所难堪者,而一一发于毫端。但所见之广、所历之程、所绘之作,与大千师相较,其

明轩的一角

错综变幻，远非石涛所能及。一生湖海，老客异乡，可歌可泣，可喜可哀之事一一发见于笔墨间，人云嬉笑怒骂皆可入文，师且嬉笑怒骂而已。其《长江万里图》《匡庐观瀑图》，实画史也。

大：画大，实境界大、笔力大、气势大，咫尺可见千里，斗方而存乾坤。人谓"大千笔力可扛鼎"，真知言也。试以大千师画荷而论，册页之作与丈二之构，其大一也。伟大二字本不以尺幅之宽狭而定者。造园言小中见大，师作多画外之境。晚莲半朵，足容一秋。幅无大小，存境一也，境大则画大。

精：大千师运腕使毫，势大如雷霆风雹，精细则如游丝袅空，绵密精致处，观者屏息。其画粗犷处见密，极周到；而精细处，丝毫不脱板，绝不苟且，但舒卷自如，如行云流水，工笔细描，婉约处隐藏深秀，骨寓其中，百折回肠，能动荡人魂。回忆最初拜到师前者，即为画之神韵所摄。而其精，则又与其大相辅相成者，两者合流，终归神韵。故无笔下之功，无以发胸臆之怀抱。大千师爱人爱物，一往情深，情发驱笔，宇宙间一切为我奴役，奔走楮毫之间。是画家，亦诗人。

深：大千师作画，其持恒之久，七十年来朝夕从无间断，精力之充沛，千古能几？其用功也。画勤、分析勤、研究勤、搜集勤、游历勤、观察勤,正本清源,脉络分明,此深者之一方面也。人但知言技,而不知技之外尚有道存焉,未明后者即不解其人。大千师奇人也,学养之功深,有儒家之学、有释家之典、有道家之术。而诗酒留恋,泉石钟情,有极浓厚之士大夫感情。晚岁浪迹海外,多怀国之思,感触益深。"膏之沃者其光晔。"故成就也有如此大者。

客窗岑寂,孤灯荧然,搁笔凄然。

1983年6月18日

于藻鉴堂

# 后记

5月上旬，美国安娜思夫人与吴定一博士代表美国文化界赠送给扬州一批马可·波罗事迹陈列品，意大利驻上海副领事汉第福也参加。因为这件事是我从中作媒介的，所以亦躬逢其盛。我住在扬州西园，正是初夏天气，向晚恬静极了。唐代刘禹锡《陋室铭》中的那几句"苔痕上阶绿，草色入帘青"，形容得太妥帖了。以往我出过两本散文集，取名为《书带集》与《春苔集》，命名由来，实际皆在小住扬州时所想到的。这次旧地重游，情感分外亲切，因而就用"帘青"二字作为我近三年来所写散文的集名，凑成三部曲了。书带草、春苔，是我们常见之物，而通过一层帘去欣赏它，便更觉得起了造园中"隔"的妙处。老实说，我的文章，有许多是怨而不怒，有不少是谈往忆旧，多少存在些"隔"意，过了若干时间来看更有隔世之感了。

这一年多来，因为我妻蒋定病重，情绪十分恶劣，四十多年患难相处，眼看她病一天天坏下去，真是百感交集，情何以堪！而此书结集之时，又正是她易箦之日，想不到此书的出版,将用来作为纪念她了。

我十分感激友人周道南兄,他对我真是关切,这书是承他为我抄录,内侄蒋启霆为之排比校对,知己之感,永铭难忘。而冯其庸学长解我怀抱,以其函作为斯集之序,尤可感也。复旦大学老校长苏步青教授,是一位善吟咏的数学家,又是与我提倡"文理相通"的同道,欣然为我题眉。

复旦、同济两校,缔此翰墨因缘,增添了学林一段佳话。抑更有慨者,我妻于五月廿七日去世,而苏老恰先我四日,亦赋悼亡。伤心人同罹厄运,书此后记,柔肠几寸断了。

时 1986 年 6 月

陈从周于同济大学建筑系

陈 从 周 作 品 精 选

| | |
|---|---|
| 出 品 人 | **康瑞锋** |
| 项 目 统 筹 | **田 千** |
| 产 品 经 理 | **贺晓敏** |
| 编图及版式 | **宽 堂** |
| 封 面 设 计 | **InnN Studio** |

从周
书法 陈从周先生

陈从周作品精选

《谈园录》
《书带集》
《春苔集》
《帘青集》
《随宜集》
《世缘集》
《梓室余墨》

在这里，与我们相遇

领读名家作品·推荐阅读

黄石文存
冯至文存
费孝通作品精选
何怀宏作品选

领读小红书号　　领读微信公众号